BESTSELLER

ISABEL ALLENDE

Mi nombre es Emilia del Valle

DEBOLS!LLO

Papel certificado por el Forest Stewardship Council®

Penguin
Random House
Grupo Editorial

Primera edición en Debolsillo: mayo de 2026

Printed in Spain – Impreso en España

ISBN: 978-84-663-8876-4
Depósito legal: B-4.162-2026

Compuesto en La Nueva Edimac, S. L.
Impreso en Black Print CPI Ibérica
Sant Andreu de la Barca (Barcelona)

P 388764

A Juan Allende, mi hermano del alma

PRIMERA
PARTE

1

El día en que cumplí siete años, el 14 de abril de 1873, mi madre, Molly Walsh, me vistió de domingo y me llevó a la plaza de la Unión a tomarme una fotografía, la única que existe de mi infancia, donde aparezco de pie junto a un arpa con el aspecto despavorido de un ahorcado, que se explica por los minutos que debí de permanecer sin respirar frente a un cajón negro y el susto que me llevé con el fogonazo de la lámpara. Aclaro que no sé tocar ningún instrumento, el arpa era uno de los polvorientos accesorios teatrales del estudio, junto a columnas de cartón piedra, jarrones chinos y un caballo embalsamado.

El fotógrafo era un hombrecillo bigotudo de origen holandés, que se había ganado el sustento con su oficio desde la época de la fiebre del oro. En aquel tiempo los mineros que bajaban de las montañas a depositar sus pepitas de oro en los bancos de San Francisco se tomaban retratos para enviarlos a sus familias casi olvidadas. Cuando del oro no quedó más que el recuerdo, los clientes del estudio eran gente encumbrada que posaba para la posteridad. Nosotras no entrábamos en esa categoría, pero mi mamá tenía sus propias razones para obtener un retrato de su hija. Por principio, más que por necesidad, regateó el precio con el artista. Que yo sepa, ella nunca ha comprado nada sin darse el gusto de pedir rebaja.

—Ya que estamos aquí, vamos a ver la cabeza de Joaquín Murieta —me dijo cuando salimos del estudio del holandés.

Al otro lado de la plaza, la que daba acceso al barrio chino, me compró un bollo de canela y después me llevó a una taberna insalubre. Pagamos la entrada y recorrimos un largo pasillo hasta la parte posterior del local, donde un tipo patibulario levantó una pesada cortina y nos hizo pasar a una sala de cortinajes lúgubres alumbrada con cirios de iglesia. Al fondo había una mesa cubierta con paños negros y dos grandes frascos de vidrio. No recuerdo el resto de la decoración, porque el pavor me paralizó. Mientras yo temblaba de miedo, aferrada con las dos manos a la falda de mi mamá, ella parecía eufórica. En el primer jarrón flotaba una mano humana en un líquido amarillento y en el segundo había una cabeza de hombre con los párpados cosidos, los labios recogidos, la dentadura a la vista y los pelos erizados.

—Joaquín Murieta era un bandido. Como tu padre. En general, así acaban los bandidos —me explicó mi mamá.

De más está aclarar que esa noche sufrí de espantosas pesadillas. Me dio fiebre, pero mi mamá consideraba que a menos que alguien estuviera sangrando, no había necesidad de intervenir. Al día siguiente, con el mismo vestido y los malditos botines, que ya tenían dos años de uso en mi poder y me quedaban bastante estrechos, recogimos la fotografía y nos fuimos caminando al distrito elegante de San Francisco, donde hasta entonces yo no había puesto los pies. Calles empedradas enroscadas en los cerros, casas señoriales con jardines de rosas y arbustos recortados, cocheros de librea y caballos lustrosos, y ni un solo mendigo a la vista.

Mi existencia transcurría en el barrio de La Misión, en la multitud variopinta y políglota de inmigrantes de Alemania, Irlanda, Italia, los mexicanos, que siempre habían vivido en California, y un grupo considerable de chilenos que llegaron con la fiebre del oro en 1849 y varias décadas más tarde seguían siendo tan humildes como cuando inmigraron. Del oro, nada. Si pudieron conseguir algo en las minas de las sierras, se lo quitaron los blancos que llegaron después. Muchos regresaron a su tierra sin fortuna, pero con historias fabulosas que contar, y otros se quedaron porque el viaje de vuelta era largo y costoso. En La Misión teníamos fábricas, talleres, basura, perros sin dueño, burros flacos, ropa tendida y puertas abiertas, porque no había nada valioso que robar.

Ese peregrinaje con mi mamá al universo inalcanzable de la clase alta fue mi primer atisbo de que éramos pobres. No me refiero a la pobreza de pasar hambre entre ratones, como la que sufrieron mis abuelos maternos en Irlanda, sino la modestia de quienes viven al día. Hasta ese momento no me había fijado en la existencia de personas de mejor situación que nosotros, porque no tenía contacto con ellas, solo las veía de lejos cuando iba con mis padres al centro de la ciudad, lo que ocurría rara vez. Los coches con caballos relucientes, las damas con exagerados vestidos victorianos de vuelos, flecos y rosetones, los caballeros de chistera y bastón y los niños vestidos de marinero eran seres de otra especie. Nuestro barrio lo habitaba gente trabajadora, todos éramos más o menos iguales. Allí la mayoría de las viviendas albergaba a una o dos familias de niños descalzos, mujeres eternamente preñadas y hombres alcoholizados que intentaban ganarse el pan en diversos oficios. En comparación con nuestros vecinos, mi pequeña familia era afortunada. Tal como decía mi honorable padrastro, teníamos trabajo, cariño y dignidad, no necesitábamos nada más. También contábamos con una casita decente y carecíamos de deudas.

No me atreví a preguntarle a mi mamá adónde íbamos, así que la seguí cerro arriba y cerro abajo aguantando las ampollas en los pies. En esa época Molly Walsh era una joven de rostro angelical, es decir, con la expresión beatífica de los mártires de las iglesias, y una voz cristalina de ruiseñor, que todavía conserva y resulta engañosa, porque es fuerte y mandona. En las raras ocasiones en que menciona a mi padre le cambia la voz, y en vez de su tono habitual algo plañidero escupe las palabras. Sin que ella lo dijera, adiviné que esa dolorosa caminata al barrio de los ricos estaba relacionada con él.

Llegamos jadeantes a Nob Hill, en lo más alto del cerro, con una vista panorámica de la ciudad y de la bahía de San Francisco. Nos detuvimos frente a la mansión más imponente de la calle, protegida por una alta reja de hierro coronada con puntas de flechas, a través de la cual vislumbré un jardín maravilloso con una fuente de piedra que vertía agua por la boca de un pez. Al fondo se alzaba una enorme casa color mantequilla con un porche de columnas y una puerta monumental de madera oscura flanqueada por dos leones de piedra. Mi madre dijo que era un esperpento de nuevos ricos, pero a mí me dejó boquiabierta; así debían de ser los palacios de los cuentos. Permanecimos frente a esa reja durante varios minutos recuperando el aliento, mientras mi mamá se secaba el sudor de la cara y se acomodaba el sombrero. De pronto, antes de que ella alcanzara a tirar del cordón de la campanilla, salió por un costado de la casa un hombre con traje negro y cuello almidonado, cruzó la vasta extensión del jardín en nuestra dirección y se dirigió a mi madre sin abrirle la puerta de la reja. Creo que le bastó una mirada para evaluar con precisión nuestra clase social, a pesar del esmero que ella había puesto en nuestra presentación.

—¿Qué se le ofrece? —preguntó en tono altanero con un acento británico tan cerrado que casi no le entendimos.

—Vengo a hablar con el señor Gonzalo Andrés del Valle —replicó mi madre, tratando de imitar la petulancia de ese hombre.

—¿Tiene cita con él?

—No, pero me va a recibir.

—Me temo que está de viaje, señora.

—¿Cuándo vuelve? —le preguntó mi mamá con el ánimo desinflado.

—No sabría decirle.

El hombre abrió la puerta, pero no nos hizo pasar, nos dejó en la calle. Sentí que nos examinaba de la cabeza a los pies y supongo que llegó a la conclusión de que no representábamos una amenaza o una molestia, porque adquirió un tono ligeramente más amable.

—El señor Del Valle viene de visita a San Francisco de vez en cuando, pero vive en Chile —aclaró el inglés, y agregó que la familia no recibía visitantes sin previa cita.

—Dígame adónde puedo enviarle una carta. Es muy importante —dijo mi madre.

—Déjela conmigo, señora...

—Señora Molly Walsh —replicó ella, sin mencionar su apellido de casada: Claro.

—Me ocuparé personalmente de que llegue a sus manos, señora Walsh —le aseguró el hombre.

Ella le entregó el sobre que contenía mi fotografía y la nota en que le presentaba a Emilia, su hija. Esa no fue la última carta que le enviaría a mi presunto padre.

Me crie con la idea de que mi padre biológico era un chileno muy rico y yo tenía derecho a una herencia que el destino me había birlado, pero que Dios, en su infinita misericordia, pondría a mi alcance en su debido momento. La estrechez económica del presente era una prueba que me enviaba el cielo para aprender humildad, pero en un futuro yo sería recompensada, siempre que fuera obediente y virtuosa. La virtud se medía con virginidad y recato, porque nada ofende tanto a Dios como una chica ligera de cascos y desfachatada. En misa y al rezar cada noche de rodillas junto a mi cama, mi mamá me hacía pedirle a Dios que ablandara el corazón de nuestros deudores y que los perdonara en la medida en que ellos pagaban sus deudas. Habrían de pasar varios años antes de que yo comprendiera que esa bizantina oración se refería a mi padre.

En verdad, mi niñez fue perfecta. Mi mamá me mimaba, pero vivía muy ocupada y no tenía tiempo ni disposición para vigilarme, y mi padrastro estaba seguro de que su princesa era incapaz de una maldad, así que tampoco me vigilaba. Tenía razón, yo fui una chiquilla introvertida, viciosa de la lectura, solitaria y sensible, que se entretenía sola y no daba problemas, hasta que el ventarrón de la adolescencia me transformó en una arpía. Por suerte, esa etapa no duró demasiado. La estrechez a que se refería mi mamá era irrelevante, porque nadie a nuestro alrededor tenía más, y la hipotética herencia era un cuento de hadas, que yo me cuidaba mucho de mencionar, porque se habrían burlado de mí. Me espantaba la posibilidad de que ese misterioso chileno, un bandido como Joaquín Murieta, apareciera un día para reclamarme como su hija y llevarme lejos, porque la idea de separarme de mi mamá me aterraba y porque mi padre era Francisco Claro, a quien siempre he llamado Papo, y nadie más. Lo era entonces y seguirá siéndolo siempre, aunque no seamos de la misma sangre.

Molly Walsh, mi madre, nació en Nueva York, hija de inmigrantes irlandeses, que llegaron escapando de la hambruna de la patata. Al escuchar que en California el suelo estaba empedrado de oro, su padre se unió a las caravanas de pioneros que cruzaron el continente de este a oeste en 1849 con la esperanza de hacerse ricos. Por el camino murió uno de sus hijos, que quedó abandonado en una pequeña tumba sin nombre. A los pocos meses de arribar a la naciente y caótica ciudad de San Francisco, falleció su esposa de consunción. Esa mujer, mi abuela, resistió heroicamente los meses terribles del viaje, porque debía velar por los niños que le quedaban, pero el coraje y la voluntad no le alcanzaron para prolongar su existencia en California, la tierra de gente ambiciosa y ruda adonde fueron a parar, y en uno de sus ataques de tos sanguinolenta se le detuvo el corazón. El viudo, mi abuelo, se vio solo con los hijos en una ciudad inclemente, y comprendió que no podía hacerse cargo de ellos si pretendía cumplir el propósito de encontrar oro. Se llevó a las sierras al mayor, que ya tenía doce años, colocó al segundo de peón sin sueldo en una hacienda, y dejó a Molly, de cuatro años, en un orfanato fundado por tres monjas mexicanas, con la promesa de que tan pronto tuviera la fortuna que ambicionaba, iría a buscarla. Eso nunca llegó a suceder.

En su niñez Molly era sumisa y piadosa, parecía disfrutar del sufrimiento. Así me lo ha contado mi Papo, pero cuesta creerlo al verla ahora convertida en la guerrera que encabeza las protestas callejeras y, armada de su uslero de amasar, se enfrenta por igual a borrachos, bandidos, policías y otros que suelen armar líos en nuestro barrio. La pequeña Molly pasaba tantas horas de rodillas, ayunaba con tanto fervor y aceptaba con tal resignación las burlas y bromas pesadas de sus compañeras, que adquirió el apodo de Santa Molly. Las dos monjas más jóvenes, mujeres sencillas, la distinguían entre el montón de niñas, conmovidas ante el posible milagro de tener en su seno a una santa en gestación. En los primeros tiempos, la madre Rosario, directora de esa minúscula comunidad religiosa, no le dio importancia a la exagerada devoción de Molly y la loca esperanza de las otras dos monjitas; sus pupilas eran niñas huérfanas o abandonadas que a menudo manifestaban conductas extrañas, sin embargo, tuvo que intervenir cuando a los once años la chiquilla empezó a tener visiones y oír voces. Eso ya era demasiado. La madre Rosario consideraba que la beatería estaba bien en mujeres ociosas, pero no tenía lugar allí, donde el amor a Dios se probaba trabajando. Decidió que el límite entre los mensajes celestiales y la enfermedad mental era muy tenue, y se dispuso a curar la santidad de raíz con baños de agua fría y aceite de geranio. Obligó a Molly a ingerir tres comidas al día, estrechamente vigilada para que tragara y no fuera después a vomitar a escondidas, y la puso a trabajar en el jardín con pala y picota, en las bateas del lavado, en el horno del pan y en el suelo con cepillo y lejía. Entre las legumbres con arroz de cada día y el sudor del trabajo pesado, la niña navegó los años difíciles de la pubertad y la adolescencia con cierta normalidad, pero mantuvo siempre su inclinación a lo dramático. Como jamás tuvo noticias de su padre o de sus hermanos, aceptó la idea de que su única familia eran esas tres monjas. Estaba tan ocupada que le quedaba poca inspiración para imitar a los mártires del calendario, pero su vocación religiosa se mantuvo intacta y a los quince años rogó ser aceptada en el noviciado.

Y así fue como Molly Walsh tuvo la dicha inmensa de que le raparan la cabeza como a un preso y de vestir el hábito blanco de tela áspera de las novicias. Se integró en el pequeño grupo de mujeres entre las cuales había crecido, dispuesta a entregarse en cuerpo y alma a la caridad. Hubiera preferido entrar en un convento de clausura, algo verdaderamente austero y bárbaro, un edificio de piedras heladas donde estuviera permitido usar un cilicio para castigar la carne, dormir sobre el suelo duro con un tronco por almohada y ayunar hasta el desmayo; pero tuvo que conformarse con una existencia más amable en la casona de adobe del orfanato, donde los camastros de tablas tenían colchones de crin de caballo y la comida era sencilla pero abundante. La madre superiora, cuyo buen apetito se manifestaba en el contorno de su cintura y los rollos de sus caderas que el hábito no lograba disimular, era partidaria de alimentarse bien, porque no se podía servir al Señor sin fuerzas ni buena salud.

A los diecisiete años, Molly estaba lista para cumplir la labor para la cual la habían entrenado: servir y educar. Había mucho que hacer en el orfanato, pero la madre Rosario creyó conveniente que su pupila saliera al mundo, a ver si descendía de las nubes, adquiría algo de sentido práctico y ponía a prueba su vocación. Sospechaba que la chica tenía una hoguera por dentro que ningún hábito de monja podría contener.

El mundo al cual se refería la monja superiora se limitaba al distrito de La Misión, cuyo origen se remontaba a la primera misión de frailes franciscanos en el siglo XVIII. Allí se juntaba la numerosa población mexicana de San Francisco. Días después del descubrimiento del oro, se firmó el vergonzoso Tratado de Guadalupe Hidalgo, que puso fin a la guerra y México cedió a Estados Unidos más de la mitad de su territorio, incluso California. La mayor parte de las antiguas haciendas de mexicanos fueron expropiadas y los campesinos que habían vivido allí durante generaciones, despedidos. Algunos persiguieron inútilmente el sueño del oro, otros se convirtieron en bandidos y el resto se las arreglaba como podía. Sabíamos que ciertos vecinos se ganaban la vida asaltando a los viajeros en los caminos, pero mientras respetaran a la gente de La Misión, nadie los denunciaría. Más de una vez se había dado el caso de que en una redada de la policía los vecinos habían tenido que esconderlos, porque a su vez ellos solían retribuir con favores y en un momento de necesidad prestaban dinero sin interés. Nadie confiaba en los banqueros, ellos sí que eran ladrones.

Molly Walsh se empleó como maestra en una escuelita con el pomposo nombre de El Orgullo Azteca. Consistía en una sala de adobe y techo de paja, donde se hacinaban los alumnos, todos varones entre las edades de seis y diecisiete años. Las clases eran en español, pero había un par de chiquillos irlandeses y otro negro, nieto de esclavos, cuya familia había llegado a California escapando de Alabama durante la guerra civil. Los tres aprendieron el idioma rápidamente. El modesto local contaba con dos mesas largas y varios banquillos y sillas donados por los vecinos, una estufa de leña en un rincón para combatir la humedad de la neblina y freír huevos, un armario con materiales escolares y una letrina en el patio. También había un gallinero que proveía los huevos para la merienda de los niños, porque algunos de ellos llegaban a clase con el estómago vacío. Todavía quedaban algunas poderosas familias hispanas en California, pero sus hijos se educaban en colegios religiosos lejos de La Misión. Los alumnos de El Orgullo Azteca eran pobres.

El fundador de la escuela, director y único maestro hasta la llegada de Molly, era un mestizo de Chihuahua llamado Francisco Claro, conocido por todos como don Pancho, un verdadero sabio, que pasaba su existencia estudiando con la ambición mesiánica de explicar el universo, la vida y la muerte. Nada escapaba a su apasionada curiosidad ni a su formidable memoria. Su deseo de despertar en sus alumnos el prurito del conocimiento se estrellaba contra la dura realidad, porque apenas aprendían los rudimentos de la lectura, escritura y aritmética, los muchachos dejaban la escuela para ir a trabajar. Rara vez estudiaban más de un año o dos. Hasta los más chicos tenían que contribuir a la familia y ganar su subsistencia.

Don Pancho recibió a la joven novicia con respetuoso agradecimiento. La necesitaba. Con ella de asistente pudo separar a los alumnos. Dividió la única sala de clase con un biombo de papel pintado con garzas y emperadores, que consiguió en el barrio chino, y él se dedicó a los chicos mayores, mientras ella se encargaba de los menores. También delegó en Molly la ingrata tarea de mantener la escuela con donaciones, que conseguía entre los pocos mexicanos de buen pasar y los blancos adinerados deseosos de aplacar la mala conciencia que suele acompañar a la codicia desmedida. A ella, con su cara de ángel, sus modales suaves y su hábito religioso, era muy difícil negarle lo que pedía por caridad. Tal como sostenía la madre Rosario, que era mestiza de pura cepa, la piel traslúcida y los ojos azules de Molly le abrían muchas puertas que estaban cerradas para la gente de color.

Desde los primeros días, a Molly y a don Pancho les cambió la vida. A ella se le abrió un horizonte insospechado y él pudo compartir con ella su pasión por el saber y la tarea de educar. Pasaban el día juntos, llegaban al amanecer para limpiar el patio, la letrina y el gallinero; a mediodía preparaban la merienda de tortillas y huevos revueltos para la clase; enseñaban hasta las cinco de la tarde y después de que los alumnos se iban, Molly se quedaba a estudiar bajo la dirección del maestro. Así aprendió del prodigioso mundo animal, las incontables galaxias, las costumbres de pueblos remotos, la infalibilidad de las matemáticas y todo aquello que él consideraba esencial. De la maldad del mundo, sin embargo, permaneció tan ignorante como lo había sido entre las monjas.

Por primera vez don Pancho tenía una discípula con buena disposición para aprender y tiempo para hacerlo. Imaginaba que Molly era maleable, un lienzo blanco, impoluto y liso donde él podía imprimir su sello; no sospechaba que bajo su aparente ingenuidad Molly ocultaba una voluntad inquebrantable. Tal vez ni ella misma lo sabía entonces. Muy pronto se instalaron cómodamente en sus rutinas y se estableció entre ellos una relación de padre e hija tan inocente que la madre Rosario no se inquietó por el hecho de que la novicia pasara tanto tiempo a solas en compañía de un hombre. Al director de El Orgullo Azteca no se le conocían los vicios de alcohol, juego, peleas o mujeres, tampoco parecían gustarle los hombres; de hecho, se rumoreaba que había perdido las bolas en la batalla de Chapultepec, donde combatió a los veintiún años, no por fervor patriótico, como él mismo decía, sino porque lo reclutó el Ejército de Santa Anna a punta de bayoneta. Creía que solo los locos con ganas de matar se prestan voluntariamente para ir a la guerra.

El hábito que cubría a Molly de pies a cabeza ocultaba la forma de su cuerpo, pero no tapaba su cara de muchacha bonita. Mi mamá posee ese tipo de piel blanca que con cualquier emoción se ruboriza y en la juventud es luminosa, pero no resiste bien el paso de los años. Tiene la nariz recta de las estatuas clásicas, la boca pequeña, hoyuelos infantiles en las mejillas, el mentón partido y los ojos del color intenso del lapislázuli, que con la edad no se han desteñido. Ni una hebra de cabello estaba a la vista bajo su apretado pañuelo de novicia, pero por el color de esa piel y esos ojos cabía imaginar que era rubia. No lo era. Debajo de la toca mi madre tenía el cabello negro cortado a tijeretazos. Si alguna vez don Pancho estuvo tentado de admirar sus atributos femeninos, descartó el pensamiento de inmediato. El hábito era una coraza, Molly Walsh era intocable. Aun siendo enemigo acérrimo de la religión, consideraba a esa joven tan sagrada como a la Virgen de Guadalupe.

Y así, entre el estudio, el trabajo y la camaradería, transcurrieron los tres años siguientes en El Orgullo Azteca y se acercó la fecha en que por fin Molly tomaría el velo de monja. La madre Rosario había decidido que la ceremonia tendría lugar en diciembre con motivo de la visita de un obispo itinerante que habían mandado de México y andaba recorriendo las iglesias y parroquias de California. Sería una ocasión solemne dentro de la pobreza digna del orfanato.

Molly Walsh nunca llegó a ser monja, y cualquier ilusión de santidad que albergara en su primera juventud fue demolida en pocos días por un señorito chileno de bastante fortuna, fina estampa y escasos escrúpulos. Se llamaba Gonzalo Andrés del Valle. Era mi padre, según tengo entendido. El hombre se fijó en la novicia, impresionado por su rostro y la gracia de su porte, y dedujo que debajo del horrendo hábito que la cubría había un cuerpo apetecible. No sé dónde la vio por primera vez, quizá ella andaba tocando a las puertas de las mansiones de Nob Hill con su canastilla de pedir donaciones para la escuela y así se encontraron. El chileno, acostumbrado a satisfacer sus caprichos con impunidad, se propuso conquistarla y el hábito, lejos de frenarlo, fue un incentivo.

Nunca sabré cómo se las arregló ese señorito chileno para derrotar la resistencia de aquella joven para quien casi todo era pecado y nada escapaba al juicio implacable de Dios, pero el hecho es que la atrapó como a un conejo hipnotizado. O tal vez no tuvo necesidad de emplear complicadas estrategias y le bastó despertar el afán de amor que ella llevaba adentro como un volcán dormido. Tampoco sé dónde cometieron el acto que dio origen a mi persona. Hablo en singular, porque se me ocurre que después de esa primera vez, Del Valle perdió interés en la aventura. Por supuesto, nada de esto me lo ha contado mi mamá, pero me resulta fácil imaginarlo porque la conozco muy bien. Sin ropa, Molly resultó ser aún más bella de lo que el chileno había imaginado, a pesar del cráneo rapado de lunática, pero era pudorosa en extremo, sensiblera y melodramática; en resumen, un fastidio. La chica no se prestaba para escarceos eróticos, el encuentro fue como una violación y el efímero placer del acto se disipó de inmediato y a él le quedó un mal sabor de boca por haber engañado a aquella novia de Cristo. La inocencia de la chica le complicaba la existencia; lo que menos deseaba era una mujer histérica que se entregaba rígida como un cadáver y después, bañada en lágrimas, murmuraba padrenuestros y le rogaba a Dios que la perdonara mientras él se ponía los pantalones. Debía librarse de ella y lo más compasivo era cercenar la relación de un solo golpe, como decapitar a una gallina. Eso transformaría la pasión amorosa en resentimiento y la muchacha podría olvidarlo fácilmente. Se las arregló para evitarla.

Molly Walsh ignoraba los aspectos mundanos de la existencia, pero no era boba y pronto se dio cuenta de que había sido usada y descartada como un harapo. Con ayuno severo, piedrecitas en los zapatos y otras mortificaciones intentó pagar su pecado y arrancarse de raíz la ilusión del amor. Decidió no volver a pensar en ese amante fugaz y tal vez lo habría conseguido si yo no hubiera existido. Varias semanas después de la apresurada aventura carnal descubrió que estaba encinta. Lo interpretó como castigo divino, así me lo dijo muchas veces: yo no soy fruto del amor, ni siquiera del placer, soy un castigo de Dios. Mi mamá me lo recuerda cuando me porto mal, pero no le hice caso en mi infancia y ahora que soy adulta me da risa. Por suerte estaba don Pancho, quien me dio la confianza necesaria para salir a flote; según él, yo soy un premio del cielo.

En fin, para qué vamos a gastar palabras en este asunto que en realidad no me hizo daño.

Del Valle no respondió a las misivas desesperadas que Molly le hizo llegar a la mansión de Nob Hill, pero finalmente ella logró atraparlo en la catedral de la Inmaculada Concepción, adonde acudían los católicos empingorotados para ser vistos en la misa dominical del mediodía. Desde el fondo de la nave ella lo vio pasar por delante del confesionario, comulgar y rezar arrodillado con devoción teatral; lo esperó a la salida, se le colgó de la chaqueta y lo increpó, roja de vergüenza. Varias personas se detuvieron a gozar del espectáculo; nada más sabroso que un escándalo de la aristocracia. A decir verdad, Del Valle nada tenía de aristócrata, era un nuevo rico, como casi todos los ricos de San Francisco, ciudad de aventureros. No era anglosajón ni protestante, provenía de un país que casi nadie podía ubicar en un mapa, por lo tanto no podía aspirar al título de aristócrata en Estados Unidos.

El origen de la fortuna de los Del Valle, acumulada durante la fiebre del oro, fue el curioso negocio de transportar en barco a California productos comestibles desde Chile. A la visionaria matriarca de la familia, Paulina del Valle, se le ocurrió la fantástica idea de cubrir el fondo de un velero con pedazos de hielo de un glaciar del sur de su país y sal gruesa y llenar la cala con verduras, frutas, huevos, carnes ahumadas, embutidos de la mejor calidad, quesos frescos y otras delicias, viajar durante dos meses desde Valparaíso hasta San Francisco, vender la mercadería perfectamente preservada a precio de oro y luego ir a Panamá a vender el hielo que le sobró. Repitió esta aventura una y otra vez con inmensa ganancia hasta que otros navíos más rápidos empezaron a competir con ella. Ninguno de sus descendientes tenía la audacia de doña Paulina, y el espíritu empresarial desapareció en la familia. Si me refiero a ella es porque un día habrían de cruzarse nuestros caminos. Gonzalo Andrés era uno de sus sobrinos, además de su ahijado, y resultó ser tan holgazán y de pocas luces como el resto de sus primos y hermanos.

Ese día en la iglesia, Gonzalo Andrés cogió a Molly de un brazo y, apartándola bruscamente del grupo de feligreses que salía de la misa, la acusó de endilgarle un crío que no era suyo. ¿Qué prueba existía de que él fuera el padre? Cierto, era virgen cuando se acostaron —y conste que ella lo hizo de muy buena gana—, pero de eso hacía más de dos meses y entretanto podría haber tenido otros amantes. Si el hábito de novicia no le impidió follar con él, tampoco le pudo impedir hacerlo con otros, le dijo masticando las palabras y en voz baja, para que no lo oyeran los curiosos que se iban acercando disimuladamente. En un impulso inexplicable, dado el carácter timorato y sumiso que había mostrado hasta entonces, Molly Walsh se secó las lágrimas a manotazos y lo amenazó con énfasis aterrador y elocuencia de oráculo.

—¡Ninguna mujer te va a querer, no podrás tener otros hijos y te irás de cabeza al infierno!

En ese momento la verdadera Molly Walsh, atrevida y corajuda, emergió entre los pliegues del hábito y llegó para quedarse. El seductor recibió la siniestra profecía con una risotada burlona, le dio la espalda y se marchó. Sin embargo, con el tiempo Gonzalo Andrés del Valle comprobaría que esas palabras se le habían clavado en los huesos. No pudo olvidarlas.

Mi madre escondió su embarazo durante cinco meses, hasta que llegó diciembre y en vez de prepararse para la ceremonia con el obispo trashumante, debió admitirle su estado a la madre Rosario. Ya no era la novia de Cristo, sino una futura madre soltera, inmoral, pecadora, otra ramera de Babilonia. La monja superiora replicó que California quedaba muy lejos de Babilonia, había que enfrentar la situación con calma. Se sentía responsable de lo ocurrido por haber mandado a esa inocente al mundo y no tuvo corazón para hacerle demasiados reproches. Molly había perdido la honra y había sido abandonada, que Dios se apiadara de ella. Le entregó un poco de dinero de la cajita de la limosna, una falda de paño negro y una severa blusa blanca de mangas largas y cuello cerrado, que encontró entre la ropa que la gente donaba para los pobres. La muchacha se despidió de ella y de las otras monjas con el compromiso de llevar una vida irreprochable y educar en el seno de la Iglesia católica al niño o la niña que iba a tener. Después fue a buscar consuelo adonde su único amigo, el maestro de El Orgullo Azteca.

Don Pancho Claro se había enamorado de Molly apenas la conoció, pero convirtió esa atracción en camaradería, porque no se sentía digno de esa joven que estaba destinada a la Iglesia y, además, él la doblaba en edad. A pesar de que durante tres años la había visto a diario, se le pasaron por alto los cambios recientes en su aspecto, porque ella era muy delgada y el ropaje holgado de novicia disimulaba su barriga. El maestro demoró un minuto en reconocerla cuando la vio aparecer vestida de señorita a una hora inesperada y no se fijó en su cintura hasta que ella le confesó su drama.

—¡La muerte es preferible! Ya no hay lugar en el mundo para mí. ¿Qué voy a hacer? —sollozó Molly trágicamente.

—Por el momento, nada. Esperar, es todo lo que puede hacer, Molly —respondió don Pancho.

—¿Cómo voy a hacer eso, maestro? No puedo volver al orfanato a ofender a las monjitas con mi pecado. ¡Estoy en la calle!

—Véngase a vivir conmigo. Mi casa es pequeña, pero hay una habitación para usted. Estas cosas se arreglan solas, permítame ayudarla —le ofreció él.

—¿Vivir con usted? ¡Qué va a decir la gente!

—La gente hablará de todas maneras, Molly, a menos que me haga el inmenso honor de casarse conmigo —le dijo don Pancho con tanta timidez que ella creyó haberle oído mal y el pobre hombre tuvo que repetir su proposición.

—¿Casarme con usted, don Pancho? Pero no lo amo…

—Ambos sentimos respeto y afecto por el otro, ese es un buen comienzo, Molly. Aunque no pretendo merecerla, tal vez con el tiempo usted llegue a quererme un poco. No la molestaré con demandas matrimoniales. Podemos ayudarnos y acompañarnos mutuamente. La soledad es muy dura.

—¿Y esto? —le preguntó ella señalando su panza con un gesto dramático.

—Yo me haré cargo, no se preocupe.

—El responsable de esto se llama Gonzalo Andrés del Valle y este bebé va a llevar su apellido —le anunció ella.

—¿Por qué? Ese hombre se ha lavado las manos en este asunto —argumentó el maestro.

—Porque al bebé le corresponde una herencia —dijo ella.

—Eso no será necesario, Molly. No tengo fortuna, pero le aseguro que a este niño o niña nada le va a faltar.

Se casaron a la semana siguiente. Ella quería hacerlo en estricta privacidad, dada la vergüenza de su condición, pero don Pancho era de la opinión de que a los chismes hay que salirles al encuentro con determinación y de que una boda sin fiesta sería un insulto a la comunidad. Había vivido durante años en ese barrio, conocía a toda la gente, había educado a muchos de los niños, era árbitro de las pendencias y consejero en las dificultades. Nadie le iba a perdonar que se casara a escondidas. Los vecinos cerraron la calle, colgaron banderines multicolores y prepararon montañas de comida. Había mole de treinta ingredientes, chiles rellenos, cabrito asado, carnitas, enchiladas y tacos, pozole de cerdo y cerros de tortillas de trigo y maíz. No faltó nadie, hasta las monjitas, encabezadas por la madre Rosario, acudieron a la parranda con bandejas de pasteles. Para los menores había horchata y ponche de frutas, y para los adultos, cantidades ilimitadas de sotol, el licor de Chihuahua que puede contener hasta un cincuenta por ciento de alcohol y también se usa para matar cucarachas y atenuar el dolor en la cirugía. Los músicos deleitaron a la concurrencia con rancheras, jaranas, valses y canciones populares que bailaron por igual los mexicanos y los inmigrantes de otras tierras. La calle quedó sembrada de basura y de ebrios contentos. Hasta las monjas se fueron trastabillando al orfanato.

A su debido tiempo, Molly Walsh dio a luz a una niña —esa soy yo— y nadie celebró tanto el acontecimiento como don Pancho Claro. «¡Es igual a mí!», dicen que exclamó al verme, y no se equivocó, porque aunque físicamente no nos parecemos en nada, tenemos muchas otras cosas en común. Me bautizaron Emilia del Valle Claro, así figuro en el libro de registros de la parroquia de La Misión. Mi madre insistió en Del Valle y don Pancho impuso el apellido Claro, porque yo no era una bastarda cualquiera, era la hija que él siempre quiso tener.

Jamás he lamentado el vacío que dejó mi progenitor, porque he contado con un padre excelente, pero ese escurridizo chileno flotaba en el aire de mi infancia como un persistente moscardón. Sin la alegre ternura de mi padrastro, mi mamá me habría envenenado el corazón con su despecho. Nunca pudo superar el engaño que había sufrido y creo que mi presencia se lo recordaba con demasiada frecuencia. Aunque mantuvo sus modales suaves, su vocecita de adolescente y sus remilgos de novicia, se endureció por dentro. Se me ocurre que esa dureza tal vez estuvo siempre agazapada en su interior y afloró con la desilusión del primer amor traicionado. Mi mamá es muy sensible, para ella todo es personal, hasta la lluvia y el viento, y con los años se ha puesto achacosa. No padece de ninguna enfermedad, pero suele manifestar los síntomas de cualquiera que le llame la atención, así ha pasado incólume por disentería, cólera y malaria, que apenas se da en California, pero ella leyó en alguna parte que suele diezmar a los colonos ingleses en la India.

—Lo que usted tiene es lepra, mamá —le dije un día en que le picó una araña y le dejó una roncha.

—¡Dios es testigo de que mi propia hija se burla de mí! ¡Voy a sentarme en esta silla a esperar a que todo el sufrimiento de Job me caiga encima! —exclamó con cierta oculta ironía.

Desde entonces le recordamos a Job cuando se pone demasiado histriónica. Por lo general, eso corta en seco el ataque. Sufre migrañas, que no son imaginarias, y tiene las tripas delicadas por haber ayunado tan severamente en su primera juventud, pero eso no disminuye en nada su energía ni su afán de trabajar. Mi mamá nunca descansa. Su ropa es oscura y simple, nada de adornos ni del carmín en las mejillas que se ha puesto de moda; si no fuera por el cuidado que dedica a su peinado, parecería la monja que quiso ser. La convivencia con don Pancho, agnóstico y anarquista, ha atenuado su fanatismo católico, pero no ha logrado curárselo.

En aquella época El Orgullo Azteca era la única escuela con clases en español y era el corazón del barrio; en cierta forma, todavía lo es. Molly compartía las responsabilidades de su marido en la enseñanza y en las obras de caridad, además de hacer las labores domésticas, porque él es un sabio que vive de las ideas y no hay que molestarlo con asuntos prosaicos, como dice ella. La verdadera razón es que él no tiene ni un ápice de sentido práctico. Si ha de freír un par de huevos, don Pancho pierde diez minutos frente al sartén meditando en alta voz sobre la trillada cuestión filosófica de si el huevo viene antes o después de la gallina. Molly carece de paciencia para eso.

Nunca sabré los detalles de la intimidad de mi madre y su marido, porque es uno de los tópicos que no me atrevería a plantearles, pero adivino que vivieron en castidad por un buen tiempo. Al principio, la desilusión traumática de Molly, su embarazo y la maternidad se interpusieron entre ellos. Durante los primeros cinco años de mi vida dormí en la cama de mi mamá en la habitación principal, mientras don Pancho lo hacía en una litera en la pieza chica. Creo que no tenían un matrimonio normal, pero se querían mucho; la gente comentaba que eran una pareja ideal. Don Pancho siempre ha sido muy tierno, indulgente y generoso con mi mamá y ella reserva su coquetería y sus bromas solo para él. Esa mujer tan seria en público se convierte en una muchacha juguetona cuando está sola con su marido. Él siempre la ha amado y a su debido tiempo la simpatía y el cariño que ella sentía por él se transformó naturalmente en amor y tal vez en pasión. Un día me anunciaron que ya tenía edad para dormir sola y sin más trámite me trasladaron a la pieza que antes era de mi Papo, mientras él ocupó mi lugar en la cama de mi mamá. Estoy segura de que la espera valió la pena. A pesar de sus grandes diferencias, don Pancho y Molly han permanecido enamorados como un par de novios. Como era de esperar, nuestra familia aumentó y ahora cuento con tres hermanos.

Antes de tener otros hijos, mi mamá visitaba a los ancianos, acompañaba a los enfermos, ayudaba a las viudas y madres abandonadas. Todavía se levanta al amanecer para hornear el pan de los mendigos y alcanzar a la primera misa de la mañana antes de cumplir con el resto de sus obligaciones. La modesta casa de don Pancho, alzada en el mismo terreno de la escuela, consistía en tres piezas semivacías, que ella convirtió rápidamente en un hogar acogedor. Encaramada a una escalera, pintó las paredes por dentro y por fuera, tejió colchas y cortinas a crochet y plantó un jardín de flores y varios árboles frutales. A ella le ha tocado siempre juntar los fondos para financiar la escuela y es la administradora natural de los gastos familiares. Como a su marido el dinero le sirve para regalarlo, ella le da una mesada que le alcanza apenas para cigarrillos. Con los ahorros compró muebles y pudo agregarle una cocina a la casa, una sala y un corredor techado para sentarse por las tardes.

A pesar de su carácter exigente, los achaques reales e imaginarios, la prisa para juzgar, la vocación de diva trágica y los largos silencios taimados de mi madre, su marido la adora y vive agradecido de su buena suerte por haberse casado con ella. A sus ojos, Molly será siempre la hermosa muchacha de diecisiete años que se empleó en El Orgullo Azteca, nunca cambió. Aunque ella es casi veinte años menor que él, la diferencia ya no se nota, porque ella ha envejecido prematuramente y para él se detuvo el reloj. Puedo probarlo, porque tengo un retrato de ambos en su boda. Ahora, veintitantos años más tarde, mi Papo sigue igual, con todos sus dientes amarillos por el tabaco, el pelo abundante, el bigote negro y la misma expresión inquisitiva y traviesa. De él tengo el carácter optimista, pero por desgracia tengo muy poco de mi madre. No heredé su lustroso cabello negro, ni su piel perlada ni sus ojos de lapislázuli; solo su altura, que me ha servido para que no me miren desde arriba. Tengo ojos oscuros y pelo castaño.

Siempre supe que Francisco Claro no es mi padre, pero ese es un dato abstracto y banal, porque de hecho lo ha sido con creces. Nadie me ha querido tanto como ese maestro bigotudo y chaparrito, mi Papo. Tuvo tres hijos con mi mamá, pero yo fui hija única durante más de ocho años antes de que nacieran mis hermanos y en ese tiempo acaparé toda su atención y su cariño. He sido siempre su favorita, la luz de sus ojos, como me llama cuando se pone sentimental, lo que ocurre a cada rato. Según él, puede consentirme como a una princesa porque soy su niña, mientras que a los varones hay que criarlos con mano firme para que sean hombres de bien. Nunca permitió que mi madre me castigara a chancletazos, pero acepta que ese es el método más eficiente para enderezar a mis hermanos.

—¡Mimas demasiado a Emilia! Esta mocosa pretende que la sirvan, no sabe hacer nada. Espero que le dé sarna, para que aprenda a rascarse sola —solía decir mi madre.

2

El idioma de mis primeros años fue el español, pero cualquiera que nace en Estados Unidos acaba hablando inglés. Los fundamentos de mi educación los adquirí en El Orgullo Azteca, como muchos de los niños del barrio, pero la cultura y el desplante me los inculcó don Pancho Claro en cada momento de nuestra vida en común. También alimentó mi insaciable curiosidad, que me ha empujado adelante desde muy chica. Según mi madre, la curiosidad es peligrosa en una mujer, porque conduce a la desgracia. Dice a menudo que la curiosidad mata al gato, y si alguna vez me encuentro en problemas, será culpa de mi Papo. Esta característica se me ha manifestado de muchas formas a través de los años, pero en esencia es lo que me impulsa a buscar lo que hay a la vuelta de la esquina y más allá en el horizonte.

Mientras otros chiquillos pateaban una pelota y saltaban a la cuerda, yo me divertía aprendiendo todo lo que mi Papo deseaba enseñarme, desde el contenido del diccionario y de sus textos de ciencia, hasta a jugar a las cartas y bailar, porque decía que así se hacen amigos. Todavía hoy, habiéndome convertido ya en una mujer adulta con vida propia, somos íntimos amigos; le cuento mis secretos, compartimos libros y periódicos, comentamos las noticias, que siempre son malas, paseamos en la naturaleza identificando plantas y aves, vamos a museos, al teatro y, a veces, si viene alguna compañía de Nueva York o Europa, vamos a la ópera. Mi mamá, siempre ocupada con sus hijos menores, las tareas domésticas y sus obras de caridad, rara vez participa en nuestras actividades, excepto cuando se trata de planear crímenes.

Si bien es cierto que mi Papo carece de los vicios habituales, tiene una debilidad que comparte conmigo: las novelas de diez centavos. No hay quien no conozca esos libritos que se popularizaron en Estados Unidos durante la guerra civil, de noventa o cien páginas, tamaño de bolsillo, papel ordinario, con historias escritas al volar de la pluma sobre indios, vaqueros, aventureros y soldados, fáciles de leer y entretenidas. Los críticos los consideran basura para semianalfabetos, pero en realidad llenan un vacío en las vidas de la gente sencilla, en especial entre hombres y muchachos, porque a las mujeres las atrae muy poco ese tipo de lectura, la mayoría no tiene tiempo para leer y las señoritas ociosas de la burguesía prefieren la poesía y el romance. Mi Papo los colecciona y yo he devorado todos los que él posee. A los diecisiete años se me ocurrió contribuir a la colección.

—¿Qué le parece si me pongo a escribir novelas de diez centavos, Papo? —le propuse un día.

—¿Cómo piensas hacer eso, princesa?

—Es fácil. Asesinatos, codicia, crueldad, ambición, odio… ya sabe, Papo, lo mismo que en la Biblia y la ópera.

—Estás muy joven para eso —me dijo.

—No pierdo nada con intentarlo. ¿Usted me ayudaría? —le pregunté.

Yo llevaba varios años trabajando con él en la escuela, porque mi mamá ya no podía hacerlo, estaba muy ocupada con mis hermanos. Deseaba aliviar la carga de mi Papo con sus alumnos, pero no tengo vocación de maestra, soy demasiado impaciente. Él aceptaba mi ayuda agradecido, pero insistía en que yo debía adquirir una profesión antes de que apareciera en el horizonte un pretendiente más decidido que otros y yo cayera en la tentación de casarme. Decía que con una profesión podría mantenerme sola y hacer lo que me diera la gana, sin depender de un marido ni de nadie. Mi mamá consideraba que cualquier mujer que trabaja para mantenerse acaba siendo pobre, porque le pagan poco, y agregaba que él quería verme convertida en solterona para que nunca me fuera de su lado. Seguramente tenía razón. Si de adquirir un diploma se trataba, ella sugería Enfermería, mientras mi Papo insistía en Medicina. Ya existían unas pocas mujeres en esa profesión graduadas en la Universidad de California, pero a mí el dolor, la sangre, las heridas y la muerte, que tan buen uso les he dado en mis novelitas, no me atraen en la vida real. No podía imaginar entonces que el destino me tenía reservado una buena dosis de aquello.

De este modo comenzó mi carrera en las letras, si así puedo llamar a este oficio. Las novelas satisfacían mi deseo de explorar más allá de mi limitada realidad. Escribiendo podía trasladarme a cualquier parte y hacer lo que se me ocurriera. Mi Papo quiso ayudarme al principio, pero curiosamente fue mi mamá quien imaginó el argumento del primer libro: una joven es violada por una banda de desalmados, que pagan la fechoría con sus vidas. Nada muy original, excepto que la venganza no está a cargo de un héroe de recia mandíbula y buena puntería, sino de la chica misma, que se viste de hombre para matar a los cuatro malhechores, uno por uno, de la manera más brutal.

Nunca habíamos visto a mi mamá tan entusiasmada; mientras más espantosos eran los detalles de aquella orgía de sangre, más contenta estaba. El melodrama le calza como un guante. Se me ocurre que al despachar a esos cuatro felones al otro mundo se dio el gusto de castigar a su seductor, Gonzalo Andrés del Valle. Incluso pretendía que la doncella castrara a los violadores antes de asesinarlos, pero supuse que eso sería demasiado para mis posibles lectores masculinos. Los hombres son muy quisquillosos respecto a sus partes privadas.

Mi Papo pulió un poco el manuscrito, yo lo traduje al inglés y después él se lo llevó a un editor, porque a mí no me habría prestado la menor atención. *La venganza de la doncella*, por un tal Brandon J. Price, se publicó simultáneamente en inglés y español, para competir con las novelas que llegaban de México.

La emoción de ver mi primer libro impreso es indescriptible, nunca he vuelto a sentirla con ninguno de los que he publicado desde entonces. Al abrir el paquete envuelto en papel de estraza y encontrar los diez ejemplares que mandó el editor, me puse a llorar como una mocosa. Mi Papo pretendía invitar al vecindario completo a celebrar, pero le recordé que no podíamos divulgar que Brandon J. Price era yo. Habíamos pasado horas pensando en el nombre más macho posible antes de decidir mi seudónimo. Ese era un secreto que hasta mis hermanos, todos menores de nueve años, tendrían que guardar. A falta de fiesta, decidió marcar la ocasión con un par de regalos durables: le compró a mi mamá aretes de filigrana y granate y a mí una medalla de oro con la imagen de la Virgen de Guadalupe, ambas joyas en el más puro estilo mexicano.

Ese verano se vendieron nueve mil ejemplares en inglés de mi novela en todo el país y dos mil novecientos en español en Texas y California. Cuando la editorial solicitó otra no tuvo que esperar, porque ya estaba lista gracias a mi entusiasmo por la escritura y la valiosa imaginación morbosa de mi mamá. La segunda se llamaba *Una mujer mala*, y la protagonista era la misma doncella ultrajada de la primera novela, que se dedicaba a vengar a otras víctimas. A eso siguieron muchos otros libritos de diez centavos y folletines semanales en los periódicos, con los que Brandon J. Price se hizo un nombre. Traté de ampliar mi repertorio con novelas románticas para el público femenino, pero no me resultaron. La fórmula consiste en variaciones sobre el amor sembradas de obstáculos entre una muchacha buena y pobre y un noble rico y desencantado del amor, pero como los editores exigen que siempre triunfe la virtud y la moral, no logré inspirarme. Además, mi madre no podía ayudarme con argumentos convincentes; lo de ella nunca ha sido el romance, solo la tragedia.

Ese título de «mujer mala» se convirtió en una broma familiar. Mi mamá me crio con firmes principios católicos, similares a los que las monjas le inculcaron a ella: mucho pecado, contrición, culpa, cielo, purgatorio e infierno, y cuando su marido intervenía en mi favor para suavizar las reglas, ella lo paraba en seco con el argumento de que debían formar a una mujer buena. Así zanjaba la discusión. Nunca ha aclarado en qué consiste eso exactamente, pero de acuerdo con la tradición es una boba que se somete a las reglas impuestas por otros. Un día le grité en medio de una pataleta que quería ser una mujer mala. Yo tenía seis años. Es el único momento de motín infantil que recuerdo; los verdaderos ataques de rebelión fueron más tarde, cuando aparecieron dos protuberancias sobre mis costillas y vello entre las piernas. Mi mamá alcanzó a invocar a Dios por testigo y a levantar la chancleta en el aire antes de que mi Papo le sujetara el brazo. Mi buen padrastro se aferró a eso para ridiculizar el concepto de mujer buena y lo hizo con tanta elocuencia que ahora mi mamá admite que en ciertas ocasiones ser mala es conveniente, siempre que una lo sea con discreción. «No hay necesidad de meter bulla», agrega.

Los ingresos de mi aventura literaria, que ha funcionado muy bien desde el comienzo, han servido para ayudar en mi casa y para mis propios ahorros, que mi mamá siempre ha considerado sagrados.

—Ya que no tienes marido, y al paso que vas dudo que llegues a tenerlo, debes velar por tu futuro —me repite a menudo.

Entre ella y yo mantenemos a la familia, yo con mis libritos y otros escritos, ella con su sentido común, su espíritu ahorrativo y su trabajo. El pan de los pobres, que Molly Walsh ha hecho por caridad desde hace muchos años, con el tiempo se ha convertido en una industria doméstica. Mandó construir dos hornos de barro en el patio y se puso a hornear panes de varias clases, salados y dulces, primero sola y después con la ayuda de un par de muchachas del barrio. Cada mañana, incluso los domingos, hay una cola de clientes esperando el pan. Y cada mañana despierto con la visión reconfortante de mi madre y sus dos ayudantes amasando, y el olor incomparable del pan caliente, que descansa sobre el mesón de madera humeando bajo paños blancos. Lo que no se vende en la mañana, por la tarde va a darlo a los mendigos, que han apodado a la panadera Santa Molly, sin sospechar que así la llamaban en la niñez.

Mi mamá sostiene que no basta con ganar dinero, hay que saber manejarlo, especialmente en el caso de una mujer, porque a nosotras nos engañan, nos pagan menos, nos roban y, si nos casamos, todo pasa a manos del marido. Ella no tiene ese problema, porque a mi Papo no se le ocurriría ni preguntar por el dinero que ella gana o por la forma en que lo administra. Sabe que si no fuera por el esfuerzo y el buen criterio de su mujer, seríamos pobres de solemnidad. Tampoco le interesa lo que yo gano; es mi mamá quien lleva las cuentas.

Cuando estoy escribiendo esto, mi Papo sigue enseñando en la escuela, aunque ya le falta poco para los setenta años y a su edad los que no están muertos están cabeceando en una silla de mimbre y masticando el aire. Vive de estudiar, leer y pensar, despreocupado de los asuntos materiales; nada necesita, nada pide, siempre que no le falten sus cigarrillos. Mi mamá dice que ese temperamento de saltamontes lo mantiene joven, mientras que ella es como las hormigas del cuento, que laboran y ahorran; por eso tiene arrugas y canas.

Así, entre ayudar a mi Papo en la escuela y escribir novelas de acción y sangre, pasó el tiempo sin darme ni cuenta. Me faltaba poco para cumplir veintitrés años cuando empecé a trabajar de columnista en el *Daily Examiner*. Así se llama ahora el antiguo *Democratic Press*, que fue un periódico esclavista y por lo tanto estaba prohibido en nuestra casa. Después del asesinato del presidente Lincoln, la oficina del periódico fue asaltada por una turba furiosa que destruyó las instalaciones a hachazos; entonces cambió de inclinación política y de nombre. Fue adquirido por un empresario de minas que le puso el nombre actual. Se decía que lo había ganado en una partida de póquer.

Cuando me enteré de que el periódico había pasado a manos del hijo de ese empresario, un joven de mi edad llamado William Randolph Hearst, me atreví a pedirle audiencia, porque se rumoreaba que tenía ideas modernas y estaba contratando a ilustradores y escritores, algunos que mi Papo y yo habíamos leído, como Jack London, Ambrose Bierce y Mark Twain. Era un tipo ambicioso que soñaba con poseer un imperio de la prensa, una cadena de periódicos en las ciudades más importantes del país. Pensé que en ese imperio podría haber algún empleo para mí, porque empezaba a cansarme de las clases en El Orgullo Azteca y las novelas de diez centavos, necesitaba abrirme al mundo y todo lo que este contiene, en vez de limitarme a imaginarlo. No pude hablar con Hearst, por supuesto, pero después de mucho insistir, aclarando que no pretendía un puesto de mecanógrafa, sino de periodista, me recibió el editor en jefe.

Su oficina estaba separada por un vidrio de la sala de redacción, donde trabajaba una docena de reporteros en la penumbra del humo de cigarrillos y el concierto atronador de máquinas de escribir, teléfonos, telégrafo y voces. El señor Chamberlain era un hombre con una larga trayectoria en la prensa, dinámico y apurado, que me dio cita para diez minutos exactos, como insistió el recepcionista. Me recibió de pie, dispuesto a despacharme en cinco, pero somos de la misma altura y al enfrentarnos cara a cara no le resultó fácil intimidarme. Mi Papo me inculcó confianza en mí misma desde chica. «Acuérdate de que eres más inteligente que los demás», me repetía a menudo. Además, llevaba varios años publicando y tengo más experiencia que cualquiera de los tipos que machacan las teclas en la redacción del *Examiner.*

—No tenemos mujeres reporteras —me anunció Chamberlain a modo de saludo.

—Por eso mismo estoy aquí, señor. Su periódico me necesita —le contesté.

—¿Qué experiencia tiene en periodismo? —me preguntó, sorprendido ante mi audacia.

—Ninguna, pero sé escribir.

—Pruébelo. Le doy quince minutos para que me presente una página sobre la exposición de flores de San Francisco —me dijo señalándome una mesa vacía al otro lado de la ventana que nos separaba de la sala de redacción.

—No puedo, señor. Las flores me aburren, pero si quiere le escribo dos páginas sobre el asesinato de Arnold Cole. Deme veinte minutos.

El editor me clavó la vista durante unos segundos eternos, con el ceño fruncido, y por último me indicó una silla, se sentó detrás de su escritorio y encendió pausadamente un cigarro mientras me observaba intrigado. Me di cuenta de que estaba ganando tiempo y me dediqué a examinarlo a mi vez. Yo tenía veintidós años y parecía menor, a pesar de que me había vestido de matrona para esa entrevista, con chaqueta de terciopelo azul oscuro de mangas abultadas y un sombrero del mismo color adornado con un pájaro emplumado que mi mamá usa en ocasiones especiales.

—A ver, señorita… ¿cómo dijo que se llama? —me preguntó al fin el editor.

—Emilia del Valle Claro, pero mi nombre de pluma es Brandon J. Price.

—¿Nombre de pluma? ¿Cómo es eso?

—Escribo novelas de diez centavos y folletines de aventuras para revistas y periódicos. Se venden muy bien. Los editores no me conocen, les mando mi trabajo por mensajero o por correo, creen que el autor es un hombre —le expliqué sacando un par de ejemplares de mi bolso.

El hombre les echó una mirada asqueada, como quien escarba en la basura. Las burdas ilustraciones de las tapas eran truculentas, cuerpos desmembrados o degollados, puñales, revólveres, manchones de sangre.

—¿Usted escribe esto? —me preguntó sujetándolos con la punta de los dedos.

—A todo el mundo le gustan los crímenes, ¿no cree?

—Supongo que tiene razón. Pero para cubrir crímenes tengo varios reporteros fogueados. Esos no son temas para una mujer. Voy a darle una oportunidad en la sección femenina, en las páginas sociales; no me defraude, señorita.

Me puse de pie y me alisé la falda.

—Lo siento, señor. Hasta luego.

Chamberlain me atajó en la puerta. Estaba poco acostumbrado a negociar con mujeres.

—¿Qué puede escribir sobre el asesinato de Cole que yo no sepa? —me preguntó.

—Depende. Basándome en lo que ha salido hoy en la prensa, puedo contarle lo mismo en un estilo espeluznante, pero si me da un par de días para investigar, puedo traerle algo nuevo —le dije.

—Le doy dieciocho horas. Pero le advierto que tengo a Eric Whelan a cargo del caso, es nuestro mejor periodista. Escríbame una crónica. No me la mande con mensajero, venga a verme personalmente.

—Si la publica, ¿sería con mi nombre? —le pregunté.

—Con un nombre de mujer nadie la tomaría en serio. La puedo publicar con su nombre de pluma. ¿Cómo dijo que era? ¿Brandon J. Price?

En San Francisco, como en casi todas partes, la humanidad se divide en capas sociales. Según mi Papo, en algunos países, como Inglaterra o Francia, se requiere el refinamiento de generaciones o un título nobiliario para pertenecer a la clase alta, pero en San Francisco, una ciudad joven que hace tan solo cuarenta años era una aldea de mormones llamada Yerba Buena, basta el dinero, que en general no proviene de la fiebre del oro sino de los negociados, los bancos, la industria, además de la corrupción y el crimen. Los hombres de fortuna tienen el poder político y económico, mientras que sus mujeres controlan celosamente el acceso a la buena sociedad. Para esa gente, entre la que se contaba el infortunado Arnold Cole, el mundo de la clase trabajadora, los inmigrantes recién llegados y los pobres de siempre es como otro país. Dudo que alguno hubiera puesto los pies en mi barrio de La Misión, donde vivían mi familia, mis amigos y muchos de mis lectores. En cambio, nosotros, los de abajo, nos introducimos de forma solapada en las vidas de ellos. Somos invisibles.

Apenas se supo del drama de Cole, sucedido hacía solo un día, empezó la ola de rumores en La Misión. Mi madre llegó del mercado con las verduras de la cena y los detalles sabrosos del crimen, que pasaban de boca en boca con la advertencia de no divulgarlos para proteger a una vecina inocente. Por fortuna, entre nosotros nadie sabe guardar un secreto.

Naturalmente, cuando el señor Chamberlain me dio el encargo de Cole, lo primero que se me ocurrió fue movilizar a la red de chismosos de mi barrio, porque todavía no disponía de ninguno de los contactos con la policía que ahora tengo. En pocas horas, ayudada por mis padres, descubrí el origen de los rumores y ubiqué a Josefa Palomar, la humilde mujer que sabía más que nadie de la vida privada del senador y cuyo anonimato los chismosos no pudieron proteger.

Arnold Cole era un político de California, aunque había nacido en Delaware, de enardecida oratoria, que inició su carrera como partidario de la esclavitud, pero cuando esta empezó a estar mal vista dejó de mencionarla y se dedicó a la defensa de la superioridad de la raza blanca y la religión protestante. Sembraba animosidad con sus diatribas contra católicos y judíos, que al aumentar en número amenazaban la moral y el equilibrio racial, y los chinos, que si bien no se mezclaban, según él también eran un problema. «Estados Unidos es un país blanco y protestante, debemos impedir la invasión de gente de color, gente inferior que viene a aprovecharse de los beneficios de América y a imponer sus degradantes costumbres», alegaba. Decía que los negros habían venido como inmigrantes de África, que se habían civilizado bajo la protección de los blancos y que lo mejor para ellos sería que los repatriaran a sus tribus. A sus espaldas se comentaba que se había casado por conveniencia; su esposa era ocho años mayor que él y no se esmeraba en su apariencia; de hecho, estaba deformada por la gordura, mientras que él tenía reputación de dandi por su pinta atlética, sus trajes ingleses y sus purasangres. El dinero de su mujer financiaba sus caprichos y le garantizaba una posición ventajosa en la sociedad. Los caballos de carreras le valieron cierta fama, su retrato aparecía en tarjetas de colección, esas que vienen en las cajas de tabaco y de cigarrillos. Decían que usaba tanta colonia que a su paso se desmayaban las plantas. Como cualquier político, contaba con el mismo número de seguidores que enemigos, pero nadie lo tomaba tan en serio como para matarlo. Tenía cuarenta y siete años cuando murió de un balazo tan bien colocado que le dejó apenas un hueco del tamaño de medio dólar en la nuca. Lo sorprendieron por detrás y posiblemente no alcanzó a darse cuenta de lo que ocurría; se especulaba que murió de pie, antes de desplomarse en el suelo. La policía guardaba silencio mientras conducía la investigación, pero la prensa se estaba dando un banquete con las especulaciones.

Josefa Palomar nació y se crio en una de las antiguas haciendas mexicanas que fueron confiscadas y divididas a mediados de siglo. Ya tenía sus años, le calculé unos cincuenta y tantos, y para ella el concepto de América no existía, seguía viviendo en tierra mexicana. Hablaba muy poco inglés y no le hacía falta, su existencia transcurría entre los que hablaban español, pero trabajaba para los blancos. Conocía muy bien a mi Papo porque sus hijos asistieron a El Orgullo Azteca cuando eran chicos, por eso aceptó conversar conmigo. Me presenté en la casita donde vivía con su hija, su yerno y tres nietos pequeños. Me ofreció café y nos sentamos en el patio, alejadas del bochinche de su familia.

—Cuénteme lo que sabe del señor Cole, doña Josefa. Le prometo que voy a proteger su nombre —le pedí.

—No lo mataron en la calle, niña Emilia, eso es todo lo que puedo decirle.

—Usted trabajaba para él, ¿verdad?

—Haciendo limpieza no más. En un apartamento que tiene en la calle Fillmore —me respondió.

—Entonces lo conocía bien...

—No lo veía casi nunca; me dejaba el pago sobre la mesa y

cuando yo llegaba él ya se había ido. Allí lo visitaban mucha-chos —me aclaró.

—¿Cómo dice? —le pregunté.

—Mujeres, nunca vi. Hombres sí. Jovencitos. Hacían cochi-nadas y a mí me tocaba limpiar —me explicó.

—¿Por qué cree usted que no lo mataron en la calle?

—No llegó allí por su voluntad, niña Emilia. Lo llevaron. Mire, lo encontraron ayer, que era miércoles, pero el martes lo vi muerto con mis propios ojos. Y no estaba en la calle, sino tirado en el piso de su apartamento. Desnudo lo encontré al pobre señor, con todas sus vergüenzas al aire, que Dios lo per-done —me contó persignándose.

—¿Qué hizo usted? —le pregunté.

—Lo más cristiano habría sido ponerle por lo menos los calzoncillos, pero me dio miedo y me fui corriendo, pues. No le conté a nadie, solo a mi hija, pero ya ve como todo se sabe —me respondió con un suspiro.

—Debería haber avisado a la policía, señora Josefa.

—¡Cómo se le ocurre, niña! No quiero problemas con esos tipos, son todos blancos y peores que bandidos —exclamó.

—Tarde o temprano se va a saber del apartamento y que usted lo limpiaba. La van a interrogar de todas maneras —le expliqué.

—¿Qué me va a pasar?

—Si nadie la vio entrar ni salir el martes, supongo que no tiene por qué decir lo que vio.

—¿Y qué digo entonces? —me preguntó.

—Hágase la tonta, usted no sabe nada, no ha estado allí desde la semana pasada. Por lo que me cuenta, alguien vistió el cadáver y se las arregló para dejarlo en la calle y simular que lo habían asaltado —le dije.

—Serán cosas de maricones, pues, niña…

Mi Papo, que tenía conocidos en todas partes, pudo hablar con un bedel de la morgue y con la mujer que les llevaba comida a los policías al cuartel, así consiguió averiguar otros detalles. Esa noche escribí mi crónica con lo que podía revelar sin mencionar a Josefa Palomar. Era un tema estupendo para mi próxima novela, como dijo mi mamá, pero tenía que reservarlo para el *Examiner*.

En la segunda entrevista no tuve que esperar en la antesala, el señor Chamberlain me recibió de inmediato. Me señaló la misma silla que yo había ocupado antes y se plantó junto a la ventana a leer mis dos páginas. Después se asomó a la puerta y le indicó a su secretaria que llamara a Eric Whelan.

—¿Le apetece un café o una manzanilla, señorita? —me ofreció abriendo un gabinete lleno de botellas y sirviéndose un vaso de buen tamaño.

—Brandy, por favor —le contesté para impresionarlo.

Lo sirvió y me lo alcanzó, sorprendido. En ese momento entró Eric Whelan. Resultó ser uno de esos irlandeses pecosos, de cabello rojo, alto y desaliñado, que abundan en San Francisco, sobre todo entre los policías; tenía la camisa y los dedos manchados de tinta, los pantalones arrugados y sujetos con suspensores, la nariz quebrada y barba corta y bigote que no eran colorados sino de color castaño. No se correspondía con la imagen que yo tenía de un periodista, más bien parecía un pugilista pobretón. Le calculé unos treinta y tantos años. No puedo negarlo, me pareció atractivo, aunque no era mi tipo; a mí me gustan los italianos de pelo negro. Chamberlain le pasó mis dos páginas, volvió junto a la ventana y miró la calle mientras Whelan leía. Aproveché para vaciar el brandy en la escupidera que había junto al escritorio. Whelan terminó de leer con un largo silbido.

—¿De dónde salió esto? ¿Quién es este Brandon J. Price? —le preguntó a su jefe.

—Es el mismo de las novelas de diez centavos. Aquí presente —replicó Chamberlain señalándome con un gesto del mentón.

—No entiendo —dijo el pelirrojo.

—Soy yo. Emilia del Valle Claro, a sus órdenes —le informé.

—¿Usted? Supongo que esto es ficción… —dijo el irlandés agitando en el aire mis páginas.

—¿Qué parte de mi crónica le parece ficción? —lo interrumpí.

———◆———

Viernes, 15 de febrero de 1889

UN HOMBRE EJEMPLAR
Por Brandon J. Price

Amanece en San Francisco. Todavía la ciudad duerme, envuelta en el tupido velo de la niebla. Solo un carretón con una mula y unos pocos trabajadores se aventuran de madrugada en las calles silenciosas, entre ellos un panadero alemán, cargado de espaldas, el sombrero calado, el cuello del abrigo subido, el paso apurado. Es Karl Josef Meyer, dueño de la panadería y pastelería Viena, en la esquina de las calles Fillmore y Lombard. Faltan dos cuadras para llegar a su destino y todavía no puede ver el agua cercana de la bahía. La luz pálida del otoño se filtra apenas a través de la espesa neblina que entra del Pacífico.

Karl tropieza y lanza una maldición. Un hombre yace en la acera. Otro borracho de las tabernas del barrio, piensa. Está a punto de seguir de largo, pero nota la postura inusual del individuo: está despatarrado, una pierna doblada en un ángulo imposible. Se inclina, lo remece, enciende un fósforo, lo observa de cerca en el resplandor tembloroso de la llama y comprueba con un sobresalto que está muerto. Su primera reacción es evitar un problema, ese infeliz no le concierne, tiene que abrir su local y encender los hornos; vacila, echa a andar, se detiene y por fin decide cumplir con su deber de buen ciudadano. El panadero da la voz de alarma.

Pronto se junta gente y cuando llega el coche de la policía ya hay suficiente luz. El cadáver está sin chaqueta y descalzo. Le dan la vuelta y alguien que colecciona tarjetas del tabaco lo reconoce: es el político Arnold Cole. Un ataque al corazón, supone uno de los policías, pero otro nota salpicaduras de sangre en la camisa y entonces ven el orificio en la nuca.

En este momento, mientras usted lee estas líneas, el cuerpo de Arnold Cole yace en la mesa metálica del forense. El primer examen somero determinó que la muerte se produjo entre veinticuatro y treinta y seis horas antes de que fuera encontrado. La bala incrustada en el cráneo proviene de una pistola Derringer que posiblemente fue disparada a quemarropa. Eso es todo lo que se ha filtrado a la prensa.

¿Qué hacía este conocido señor a esa hora, tan lejos de su casa y su oficina? Resulta imposible que su cadáver haya permanecido tanto tiempo tirado en una esquina concurrida de la ciudad sin ser descubierto; sin duda murió o, mejor dicho, lo mataron en otro lugar y fue trasladado bajo el amparo de la niebla. Me pregunto: ¿lo asaltaron por sorpresa? ¿O tal vez conocía al asesino —o la asesina— y le dio la espalda, confiado? ¿Dónde y con quién estaba Arnold Cole esa noche fatídica? No se han encontrado huellas de lucha o de robo, parece una limpia ejecución, una *vendetta*. Su esposa declaró que el martes no llegó a su casa por la noche; no era la primera vez, porque a menudo iba a Sacramento por asuntos del Gobierno o trabajaba hasta tarde. Pero nadie lo vio en Sacramento y no hay constancia de que se quedara en un hotel. ¿Un apartamento de soltero para diversiones inconfesables? ¿Una *garçonnière*? La policía no tardará en averiguarlo, pero veremos si la verdad sale a la luz: en esta ciudad suele ser escurridiza como el jabón y hay muchas maneras de sofocar un escándalo, como bien sabemos.

La prensa publicó un obituario elogioso y declaraciones del gobernador y de algunos colegas de Arnold Cole lamentando el trágico fin de un hombre ejemplar, padre de familia, servidor público, respetado por todos, incluso por sus adversarios políticos, víctima de la inseguridad que deben soportar los honrados ciudadanos de San Francisco, donde la delincuencia se ha apoderado de las calles. Sin embargo, quienes nacimos y vivimos aquí sabemos que las calles jamás han sido seguras; esta es una ciudad fundada por aventureros, malhechores, marineros de paso, predicadores y renegados atraídos por el oro, es una ciudad de moral negociable.

¿Qué secretos tenía este hombre ejemplar? ¿Por qué lo asesinaron? Tal vez era de moral negociable, como San Francisco.

———— ❦ ————

Eric Whelan opinó que mi crónica equivalía a acusar al difunto, sin ninguna prueba, de que llevaba una doble vida y era inmoral. La familia iba a querellarse, la reacción del público sería negativa, el *Examiner* no podía convertirse en un pasquín de prensa amarilla, dijo.

—El apartamento existe —le aseguré.

—¿Cómo lo sabe? —me preguntó el señor Chamberlain, quien hasta ese momento había permanecido en silencio.

—No puedo revelar mi fuente, señor Chamberlain.

—¿Tenía una querida? —preguntó Whelan.

—Allí llevaba a muchachos… —respondí enrojeciendo.

—¿Me está diciendo que Cole era homosexual?

Yo nunca había oído ese término en voz alta, se habla de «amor viril» y otros eufemismos, pero en general no es tema de conversación entre gente de buenos modales, y no me salió la voz para contarle lo que había oído. En esos asuntos yo todavía era muy ignorante y mojigata, no podía imaginar las supuestas cochinadas que había mencionado Josefa Palomar. Ahora soy una mujer con experiencia, pero la verdad es que todavía no lo tengo muy claro. Asentí con la vista en el suelo.

—Su crónica es pura especulación, pero me gusta, señorita —dijo el editor.

—Gracias. ¿Va a publicarla?

—Primero la revisará un abogado del periódico para evitar problemas legales. Los voy a poner a ustedes dos en el caso de Cole y espero que colaboren mutuamente.

—Siempre he trabajado solo —dijo el periodista, bastante molesto.

—Usted seguirá reportando, Eric, y la señorita escribirá crónicas.

—¿Cuál es la diferencia? —le pregunté.

Me explicó que el periodismo se basa en hechos concretos y procura informar de manera objetiva, eso le tocaría a Eric Whelan, mientras que la crónica es subjetiva, una interpretación de los hechos, la visión personal del autor, es decir, de Brandon J. Price. Le gustaba el tono de mi artículo e insistió en que la marca de un buen columnista es una voz única que los lectores identifiquen con facilidad. El uso de la primera persona y el tiempo presente en mi artículo eran acertados. Agregó que debíamos compartir la información que obtuviéramos; Whelan se entendería con las autoridades y el público, como siempre, y yo tenía que aprovechar mis fuentes, esas que no deseaba revelar, y escribir a mi manera.

—¿Entendido? —preguntó.

—Entendido. ¿Debo llamarla Brandon o señor Price? —me preguntó el irlandés con un guiño burlón.

—Señorita Del Valle Claro —le respondí.

—Encantado de conocerla, señorita Del Valle Claro. Llámeme Eric —dijo él tendiéndome la mano.

Así empecé a publicar en el *Examiner*, esta forma de periodismo me abrió al mundo. Todo lo que sucedía en la ciudad me interesaba, nunca faltaban historias que investigar. Obtuve la información para mi segunda crónica gracias al amigo de mi Papo, el bedel de la morgue. Eric Whelan ya había estado en la morgue el mismo miércoles en que se supo del crimen, y el sábado pudo presenciar la autopsia y entrevistar al forense y a su ayudante. Entre otras cosas, averiguó que el senador Cole estaba intoxicado con alcohol y se inyectaba morfina. La viuda le confirmó entre lágrimas a Eric que su marido sufría de dolores inexplicables y esa droga era lo único que lo aliviaba.

A mí no me dejaron ver la autopsia; era un espectáculo truculento no apto para señoritas, me podía dar un soponcio, como dijo el forense, y no pude hacerlo cambiar de opinión. Estoy segura de que yo habría soportado la autopsia mejor que Whelan, quien terminó descompuesto. Por suerte, el bedel me dio una información que habría de servirme. Me contó que llevaba veintitantos años trabajando allí y le había tocado ver mucho, porque en San Francisco no faltaban crímenes de todas clases, desde mujeres asesinadas por los amantes o maridos hasta chinos acuchillados por deudas de juego. Le llamó la atención que el político estuviera en camisa y sin zapatos, tirado en la calle en una noche de pleno invierno, cosa que ya había señalado la prensa.

—Pero al desvestirlo resultó que tampoco llevaba calzoncillos ni camiseta —me dijo.

Por lealtad a Josefa Palomar, yo no podía escribir que Arnold Cole estaba desnudo cuando lo mataron, pero ese dato del bedel me permitió plantearlo como una teoría: por muy apurado o bebido que hubiera estado Cole, no habría olvidado su ropa interior, ya que era muy meticuloso con su apariencia. Alguien lo vistió de cualquier manera después de muerto. Si estaba desaliñado o sin ropa cuando lo atacaron, debía de ser en un lugar seguro: la habitación o el apartamento que usaba cuando no iba a dormir a su casa, un espacio donde podía descansar —o divertirse— de forma discreta.

Después de la morgue, de donde salió pálido y tembleque, Eric Whelan me citó en el bar del flamante hotel Palace, que en sus cortos años de existencia se había establecido como el corazón de la vida social y era el edificio más alto y lujoso de la ciudad. Estaba de moda reunirse frente al gran reloj del vestíbulo.

—Tenía razón, señorita Del Valle Claro.

—En privado puede llamarme Emilia —lo interrumpí.

—Bueno, Emilia entonces. Cole estaba casado y tenía una hija, pero prefería a los hombres. No le voy a explicar cómo lo supe.

—Creo que estaba desnudo cuando lo mataron. ¿Estaría con uno de esos hombres? —le sugerí.

—Puede haber sido más de uno. No es fácil vestir un cadáver y arrastrarlo hasta la calle —me dijo.

—Supongo que lo trasladarían una corta distancia. Dígales a sus amigos policías que busquen la *garçonnière* de Cole en la calle Fillmore, cerca de la esquina con Lombard. No debe de ser difícil ubicarla.

—Usted sabe exactamente dónde queda, pero no piensa decírmelo, ¿verdad? Está encubriendo un crimen —me acusó el pelirrojo.

—No me pida que revele mis fuentes, Eric, porque me obliga a mentirle. Le estoy dando una primicia, puede lucirse. Conoce al inspector y al jefe de policía, son tan irlandeses como usted. Y tiene acceso a donde yo no tengo —le dije.

—¿Puedo preguntarle cuál será su próxima crónica, Emilia? Le advierto que no podemos publicar lo que le conté de Cole sin tener pruebas. Y aun teniéndolas no podríamos hacerlo por respeto a su familia y su posición social.

—Pienso escribir sobre la impunidad de la gente bien conectada, la manipulación de la verdad, la parcialidad de la justicia y los vicios secretos de los hombres honorables. No voy a mencionar nombres, no será necesario —le respondí.

Durante los años que he colaborado con el *Examiner* no he sido la única mujer, ya que existen un par de señoras que cubren las páginas sociales, la moda, las exposiciones florales, los bailes de gala y los temas domésticos, pero soy la única que al principio se escondía detrás de un seudónimo masculino. Mi editor no me consideraba periodista y me recordaba a cada rato que yo era columnista y mi éxito dependía de mi originalidad.

Según Eric Whelan, yo tenía una perspectiva única y particular que gustaba a mis lectores. Sin embargo, yo no formaba parte del personal de planta ni tenía un sueldo fijo, lo que me pagaban era ridículo, ni un anacoreta podría vivir con eso, pero me sentía orgullosa de que publicaran mis crónicas. Eso de que a las mujeres nos paguen siempre mucho menos que a cualquier hombre enfurecía a mi Papo y a mí también, pero yo carecía de antigüedad en el *Examiner* para pelear con Chamberlain por mi paga; primero debía probarle que era indispensable. Creo que yo tenía más mérito que los reporteros del periódico, porque era doblemente publicada, escribía mis crónicas y mis novelas de diez centavos con las que me mantenía y corría con la mayor parte de los gastos de mi familia.

Le daba a mi mamá un porcentaje de lo que ganaba, era lo justo, porque mientras ella amasaba pan o barría el patio se le ocurrían los mejores argumentos de crímenes espantosos y pasiones fatales. Mi Papo compraba pasquines de prensa amarilla para sacar ideas, pero Molly Walsh no necesitaba ayuda para inspirarse. Me he preguntado a menudo qué clase de persona sería mi madre si no la hubieran criado las monjas. Esas buenas mujeres no consiguieron domar su truculenta imaginación, pero le inculcaron el respeto por las normas tradicionales de buena conducta, que ella ha aplicado siempre con rigor en su propia vida, y, si pudiera, también las aplicaría en las vidas de su marido y sus hijos, especialmente en la mía.

Mi mamá decía por entonces que si yo pusiera empeño en mi apariencia podría conseguir un marido de buen pasar y escribir por diversión, ya que mantenerse con la pluma no era propio de una señorita, como habría sido el oficio de maestra o de enfermera.

Esta era una típica discusión entre mis padres:

—¿Cuántas mujeres periodistas hay? —preguntaba mi mamá.

—Bueno, por ejemplo, Fanny Fern, que llegó a ser la columnista mejor pagada del país —replicaba mi Papo.

—Y si puedes nombrarla, es porque se cuentan con los dedos de una mano. En todo caso, está muerta.

—La gente tiene la mala costumbre de morirse, Molly —anotaba mi Papo.

—¿Cuántas escritoras existen? Más o menos cinco, ¿no? Y también están muertas, varias se suicidaron. Emilia tendría que ser cien veces más capaz que cualquier hombre para competir en el mismo terreno —advertía mi mamá.

—Lo es. Si no se deja apabullar por nadie, logrará lo que se proponga —concluía mi Papo.

¿Y qué es lo que me proponía? Todavía no lo sabía, pero soñaba en secreto con publicar una novela de verdad, nada de noventa páginas a diez centavos. Con mi nombre, por supuesto. Existen varias escritoras de ficción que podían servirme como modelos, a pesar de que los críticos juzgan su literatura como inferior, porque dicen que las mujeres no tenemos la experiencia del mundo y la racionalidad de los hombres. Lo nuestro son temas sentimentales y cualquier incursión en otros asuntos puede ofender a los padres o maridos.

—¡Qué estupidez tan grande es esa! Mary Shelley tenía dieciocho años cuando empezó a escribir *Frankenstein*. ¡A ver si algún hombre iba a imaginar algo como eso! —exclamaba mi Papo.

Mi mamá leyó ese libro en dos días y opinó que el mejor personaje era el pobre monstruo, tan triste y solitario. El error de su creadora fue darle consciencia y sentimientos, eso lo condenó al sufrimiento. La lectura le inspiró una novelita de Brandon J. Price en que un ser deforme, enjaulado, hambriento y humillado en un circo se escapa con la ayuda de la trapecista y juntos cometen fechorías para sobrevivir, siempre perseguidos por el malvado dueño del circo, que desea a la chica. No me acuerdo de los detalles, solo que el villano mata al monstruo y entonces la trapecista, con el corazón roto, le prende fuego a la carpa del circo y los malos mueren carbonizados. Por supuesto, me aseguré de que soltara a los animales antes de encender el fósforo.

Para mis crónicas del *Examiner* tenía que limitarme casi siempre al área de la bahía de San Francisco, que afortunadamente es extensa y pervertida, no me faltaban temas. Escribía sobre crímenes, que siempre les interesaban a los lectores, pero no pude seguir investigando la muerte de Arnold Cole, porque la presión política y las amenazas de la viuda impidieron que se divulgaran las preferencias sexuales del difunto, sus deudas de juego y su apartamento en Fillmore. Se dijo que lo habían asaltado para robarle, pero la policía sabía que, tal como sugirió Josefa Palomar, fue un homicidio entre amantes masculinos y después arrastraron el cuerpo a la calle. Mediante el dato que les sopló Eric encontraron su apartamento y las huellas irrefutables de lo ocurrido.

Cuando escaseaban los actos de delincuencia, yo debía optar por asuntos banales buscando el ángulo para hacerlos novedosos: comunidades y barrios, todos tan diferentes como pequeñas naciones independientes; la huelga de los estibadores del puerto, los basureros, el maltrato de caballos y mulas de tiro, los nuevos inmigrantes, el asilo de locos, los coyotes, que salían de noche a comerse las gallinas y las mascotas, la epidemia de ratones…, en fin, siempre había material.

Eric Whelan se convirtió en mi mentor y en mi mejor amigo. Me presentó a sus amigos de la policía, a investigadores, informantes y soplones, me enseñó a atrapar la atención de los lectores en las primeras frases, cómo estructurar un artículo de principio a fin, a verificar la información obtenida, me demostró la forma de conducir una entrevista en profundidad y a usar siempre más de una fuente. Decía que yo escribía muy bien, pero eso no me hacía una buena periodista. Yo tenía mucho que aprender y él siempre estaba dispuesto a compartir conmigo su experiencia y sus conocimientos. Nunca percibí aires de superioridad en él ni ningún asomo de insinuación romántica; nos tratábamos como camaradas.

Llegó un momento en que quise salir de mi burbuja y aventurarme más lejos, y Eric me apoyó. Fue idea suya que probara mis alas lejos de San Francisco. Llevaba escribiendo para el periódico más de un año cuando le anuncié al señor Chamberlain que pensaba ir a Nueva York y le ofrecí una serie de crónicas del viaje. Transamos en un precio por cada una y gastos de traslado y hotel. Me dio un plazo de un mes para escribir diez crónicas, que le enviaría por tren, ya que el telégrafo se reservaba para noticias de actualidad.

Mi mamá opinó que ese viaje iba a provocar un coro de chismes, que iban a decir que yo era una aventurera, que dónde se ha visto que una señorita se lance sola a través del continente sin ninguna necesidad, casi cinco mil kilómetros de peligros y tentaciones. Le expliqué que en San Francisco existían los mismos peligros y tentaciones.

—Quien juega con fuego acaba chamuscado, Emilia. ¿Para qué provocar al diablo? ¡Rezo todos los días para que mi única hija no sufra la suerte que sufrí yo! —exclamó en uno de sus arrebatos melodramáticos.

—¿Se refiere a lo que le pasó cuando era novicia? Ya ve como eso puede suceder en cualquier parte, mamá. No hay necesidad de ir a Nueva York. ¿Cuándo va a perdonar y olvidar a ese chileno? Su suerte ha sido muy buena. Gracias a él me tiene a mí y tiene al mejor marido del mundo —argumenté.

Mi Papo también se opuso a mi viaje, por una vez ambos estuvieron de acuerdo, pero le recordé que él mismo me había inculcado desde la cuna el deseo de conocer el mundo. No pudieron atajarme.

3

El Transcontinental Express, inaugurado en junio de 1876, demoraba ochenta y tres horas entre San Francisco y Nueva York, un trayecto que antes duraba un mes en diligencia. Ese tren que une dos océanos es uno de los avances tecnológicos más espectaculares de este maravilloso siglo de inventos. Cuando lo abordé ya no era una novedad, pero para mí fue una experiencia que me transformó. Me fui a Nueva York en un coche con calefacción, asientos de felpa que se reclinaban para dormir, atención personal, comida sabrosa en platos de porcelana y vino en copas de cristal. Nunca había visto nada tan lujoso y lo primero que hice al llegar fue enviarle un telegrama de agradecimiento al señor Chamberlain por haber pagado el pasaje de primera clase.

Como ya se había escrito mucho sobre el famoso tren, decidí dedicar mis crónicas a los empleados del ferrocarril que rara vez veían a sus familias, a los seres invisibles que tendían los rieles y se ocupaban del mantenimiento, casi todos chinos, a los hombres sudorosos y tiznados que alimentaban a la bestia de acero con toneladas de carbón, a los camareros que dormían sentados, a la variedad sorprendente de paisajes y de gentes a lo largo del camino.

En menos de cuatro días llegué descansada y alegre a Nueva York. No me quedé en la residencia para señoritas que me habían recomendado, porque las reglas eran tan estrictas como las de mi madre; no había ido a Sodoma y Gomorra, como solían llamar los predicadores a esa ciudad, para encerrarme a las ocho de la noche sin experimentar tentaciones ni peligros.

Nueva York resultó más fascinante de lo que yo podía imaginar, en cada esquina había algo sorpresivo; por comparación, San Francisco era una aldea. Como no pensaba gastar la mayor parte de mi presupuesto en alojamiento, me instalé entre inmigrantes pobres, en medio de una mezcolanza de todas las razas y una furiosa e incesante actividad. El ruido del tráfico, talleres y fábricas competía con la cacofonía de múltiples lenguas; a ninguna hora, ni en la medianoche, se callaban las calles. El olor a fritanga y basura saturaba el aire. La necesidad es cruel, no deja lugar a la compasión. Levas de niños harapientos jugaban, peleaban y trabajaban en las calles, robaban carbón de los carretones a menudo a riesgo de sus vidas y eran perseguidos a bastonazos por la policía. Vi cómo unos obreros, que estaban colocando alquitrán, calentaban centavos al rojo y se los tiraban a los niños, que en el afán de cogerlos se quemaban las manos mientras los hombres se doblaban de risa. Mi hotel se erguía entre los ruinosos edificios donde se hacinaban las familias en una pobreza diferente a la de mi barrio de La Misión, porque nosotros teníamos espacio, podíamos respirar sin toser y no vivíamos en un estado de desesperación. El hotel tenía pretensiones de respetabilidad; al entregarme la llave me informaron solemnemente de que las camas estaban libres de chinches.

Eric Whelan me había dado la dirección de Owen, uno de sus hermanos, bastante mayor que él, para que me mostrara la ciudad y me protegiera, como dijo. Le aseguré que podía valerme sola, pero le mandó conmigo una caja de cigarros de regalo y así lo conocí.

Con Owen Whelan perdí la virginidad. Es difícil explicar cómo sucedió eso tan rápidamente. Apenas nos conocimos me vi envuelta en su magnetismo, atrapada y feliz; con él me sentí interesante y bella por primera vez. Era mucho mayor que yo, pero su energía viril era como un torbellino del cual resultaba imposible escapar. No se parecía en nada a Eric, era moreno e intenso, como los italianos que me gustan. Yo no tenía ninguna experiencia y me rendí con la pasión y la inocencia del primer amor. No calculé las posibles consecuencias y, apenas me lo sugirió, le permití que me acompañara al hotel. Una mujer sola no podía recibir visitas en la habitación de ese establecimiento, solo en el vestíbulo, como anunciaba uno de los carteles clavados con tachuelas en la pared, pero nadie vigilaba. Por precaución, él se presentó como mi marido para conseguir que le dieran una llave.

Lo que viví en esa pieza prefiero callarlo, por pudor y porque varias personas que quiero mucho podrían leer estas páginas; a pesar de que haré lo posible por evitarlo, no quiero darles un mal rato. Basta decir que con algo de práctica logré zafarme de mi timidez y torpeza y pasé muchas horas de esas benditas cuatro semanas en la cama con Owen. Me di tiempo, eso sí, para cumplir con las crónicas que le debía al periódico, tarea muy fácil en Nueva York, donde lo inesperado era la norma y todo tenía interés humano, como quería el señor Chamberlain.

Desde el primer beso, Owen Whelan me advirtió que no debía alimentar ilusiones románticas, porque lo único que podía ofrecerme era placer, puro y simple placer. No sospechaba que yo era virgen y cuando lo averiguó ya era tarde para retroceder. Con muy buena disposición me enseñó lo fundamental para pasarlo bien y no quedar encinta. Me explicó que los condones se pueden adquirir en cualquier botica o taberna, pero no se los venden a las mujeres y además ninguna que se respete trataría de adquirirlos. Aunque las consecuencias de la imprudencia eran mucho más graves para mí, la precaución más eficaz estaba fuera de mi alcance. Al día siguiente me llevó adonde un supuesto médico, un compatriota suyo con la narizota color berenjena de los alcohólicos empedernidos, quien le vendió un ingenioso aparato de goma, un diafragma en forma de medio limón, que según me informaron era más efectivo que esponjas, duchas y otros métodos corrientes. De más está decir que una mujer soltera no podía conseguirlo sin un doctor complaciente. Owen quiso que lo usara para familiarizarme.

—Los condones también evitan infecciones, por eso son más convenientes. Conmigo no tienes que preocuparte, pero ten cuidado en el futuro. Ninguna mujer inteligente confía en que el hombre la proteja —me advirtió.

Me sentí ofendida hasta el alma ante la sola suposición de que pudiera haber otros hombres en mi vida, pero lo disimulé con la voluntad firme que había heredado de mi madre. Owen había sido muy claro respecto a sus intenciones: se trataba solamente de pasarlo bien durante unos días, sin pensar en el futuro. De amor, nada por parte de él, pero pensé que podía hacerlo cambiar de actitud. Mi amor alcanzaba para los dos.

No puedo quejarme. Owen me enseñó mucho y me hizo feliz durante un mes. Tanto me gustó lo que hicimos que, una vez superada la grave desilusión romántica, he aprovechado algunas oportunidades que se me han presentado de repetir esa experiencia, lo que no es fácil para una mujer que pretende mantener limpio su nombre. La virtud y la decencia tienen un precio muy alto; basta una debilidad para perder la honra, y eso es peor que la muerte, según los preceptos de mi mamá.

Aprendí con ese primer amante que para disfrutar como es debido la fiesta de los sentidos, conviene avanzar con calma, buen humor y ternura. Esa etapa es esencial para mí y tal vez lo sea para todas las mujeres, pero sospecho que la mayoría de los hombres se la salta porque el deseo los vuelve ciegos y sordos. Para Owen, en cambio, era más importante mi disfrute que el suyo, ese era su secreto de gran seductor. Supe que lo aprendió en la adolescencia durante su primera aventura amorosa con una dama de dudosa reputación, varios años mayor que él. Esa señora le enseñó lo indispensable y el resto lo aprendió preguntando, porque aquello que le agrada a una persona puede ser repugnante para otra. Me dijo que nunca tuvo que forzar ni comprar a una mujer, tampoco tuvo que atraerlas con mentiras y promesas.

Owen me dio un folleto feminista de la psíquica y activista Victoria Woodhull, quien propició el amor libre antes de volverse cristiana y abominar de su pasado: «Sí. Soy partidaria del amor libre. Tengo el derecho inalienable, constitucional y natural de amar a quien quiera, de amar por un periodo tan corto o tan largo como pueda; de cambiar ese amor a diario si me place, y con ese derecho nadie ni ninguna ley que inventen tiene autoridad para intervenir».

Me apropié de esa declaración, que es dogma de fe para la mayor parte de los hombres y anatema para nosotras. Supongo que eso me convirtió oficialmente en una mujer mala.

Owen Whelan me facilitó una lista de lugares y personas que podían servirme para mis crónicas, y en algunos casos me acompañó. Fuimos, por ejemplo, a ver a cinco jóvenes expuestos al público como una rareza de zoológico bajo el rótulo de HORRIBLES PIGMEOS, que no eran ni horribles ni pigmeos de África, eran tan solo bajitos. Al entrevistarlos, resultaron ser muy agradables, todos de la misma familia, dos hermanas, un hermano y dos primos, que venían de gira desde Suiza. Susana medía un metro de altura y pesaba diecinueve kilos, Julius, ochenta y ocho centímetros y doce kilos, y los otros tres pesaban menos de once kilos. Su diminuto tamaño les había servido para ganarse la vida, estaban orgullosos de ser diferentes y de su fama.

También conseguí ser invitada a una sesión privada de espiritismo con Cora Hatch, quien andaba en Nueva York dando demostraciones de su poder. La mujer había comenzado su carrera cuando era una niña, se había casado cuatro veces y tenía decenas de miles de seguidores. Asistí a la reunión, que se llevó a cabo en la mansión de uno de sus admiradores, provista de la sana incredulidad que mi Papo había fomentado en mí desde la infancia.

A sus cincuenta años Cora era tan carismática y bella como en su juventud. Tras unos pocos minutos de inaugurada la sesión cayó en trance y empezó a hablar entrecortadamente con una voz de hombre que el dueño de la casa reconoció como la de su hijo, muerto a los dieciocho años en Gettysburg, la más sangrienta batalla de la guerra civil. El espíritu del difunto contestó preguntas cuyas respuestas, según el padre, nadie más que él conocía. No era mi papel desenmascarar algún fraude posible, pero escribí lo que presencié con la debida ironía.

Varias de mis crónicas fueron inspiradas en la calle, cuando iba paseando y algo me salía al encuentro. Así me uní a una marcha de sufragistas, que terminó en estampida en el momento en que la policía nos atacó a caballo, y a una huelga de obreras de una fábrica de fósforos, que denunciaban las condiciones inhumanas en que trabajaban: dieciséis horas diarias de pie, con sueldos de hambre, respirando vapores tóxicos que les provocaban quemaduras, vómitos y hasta muerte prematura. Entrevisté a varias, las visité en sus miserables viviendas, conocí a sus hijos, algunos muy desnutridos, pero no pude hablar con los gerentes y capataces de la fábrica, que me negaron el acceso. Al señor Chamberlain le interesó muy poco ese asunto, porque sucedía lejos de San Francisco, en otro planeta. En cambio, le encantó lo que escribí sobre una bailarina con poca ropa. Eso era noticia para nuestros lectores de California, que soñaban con verla en persona algún día.

Diciembre de 1890, Nueva York

LA DIVINA ODALISCA
Por Brandon J. Price

Omene causa sensación con su danza del vientre en los teatros frívolos de Nueva York y Chicago, grandes urbes donde casi nada logra sorprender al público, hastiado de novedades. Conocemos a la Divina Odalisca, como la llama la prensa, por la publicidad de los cigarrillos Virginia Bright y Sweet Caporal. Ella figura en trece de las tarjetas que se incluyen en las cajetillas del tabaco, pero solo dos la muestran en su atuendo de bailarina exótica; en las otras aparece, por contraste, cubierta del cuello a los tobillos. También contribuyen a su fama la lista de sus amantes y el rumor de que más de uno se ha suicidado por ella. Con tales antecedentes, me propongo entrevistarla.

El teatro, de segunda o tercera categoría, con capacidad para noventa butacas, está lleno. El público, masculino en su totalidad, anticipa el espectáculo con chiflidos y chirigotas estrepitosas realzados por el alcohol que se vende en el vestíbulo. El primer acto consiste en unas cuantas canciones y un ventrílocuo y mago, como relleno antes de la atracción de la noche, que es premiado con abucheos y groserías.

Al abrirse la cortina del segundo acto, un jadeo colectivo recibe a Omene, quien entra ondulando en el escenario envuelta en seda dorada al ritmo de la música sugerente de una

73

cítara, un laúd y una flauta. Minutos más tarde aparecen dos supuestos eunucos con turbantes, cimitarras y babuchas, que le quitan la túnica y las sandalias a la bella y la dejan cubierta con escasos velos, en plena libertad para ejecutar su voluptuosa danza del harén. Ante aquella barriga desnuda, que se contonea como una comadreja, el público estalla en un incontrolable entusiasmo, gritos, aplausos, silbidos; algunos hombres incluso intentan asaltar el escenario. La danza resulta menos escandalosa que la reacción de los espectadores, que se comportan como animales en celo.

Después de la función me deslizo tras bastidores y voy a tocar a la puerta del camerino de la estrella. El impulso inicial de Omene es darme con la puerta en las narices, pero me presento como columnista de un importante periódico de California y de inmediato cambia su estado de ánimo y me recibe con cierta tolerancia. Toda notoriedad es bienvenida en su profesión.

De cerca, la Divina Odalisca es menos atrayente que en el escenario, donde los velos, los eunucos, las lámparas y la música crean la ilusión de que estamos frente a Cleopatra. En persona, es más bien baja y un poco regordeta, pero bien proporcionada, de piel clara y ojos oscuros agrandados con maquillaje. Su gracia y coquetería, que resultan tan naturales cuando danza, en la intimidad del camerino son reemplazadas con hostilidad. Está apurada.

—¿Qué piensa de las sufragistas? —me pregunta de pronto.

—Creo que las mujeres deberían tener derecho a voto… —digo.

—¿Para qué? —me interrumpe—. El voto no les ha servido de mucho a los hombres.

—La democracia… —balbuceo, desconcertado por el rumbo que ha tomado la entrevista.

—La manejan unos cuantos bribones —me interrumpe de nuevo—. Lo único que pueden hacer las mujeres es manejar a esos bribones.

Mientras se embadurna la cara con crema para quitarse el maquillaje, me cuenta que nació en Turquía y que su madre le enseñó la danza del vientre a los ocho años. A los doce, la casaron a la fuerza con un hombre mucho mayor, quien finalmente la abandonó, y entonces escapó a Londres, donde empezó a ganarse la vida con su arte. Allí conoció a un americano que la introdujo en Estados Unidos.

—Antes de que yo la trajera a Occidente, la danza del vientre no se conocía aquí, lo que existía era una burda imitación —me dice.

Le pregunto si era cierto lo de los suicidas y me aclara que se trata de uno solamente, un infortunado poeta. También le pregunto sobre Estambul y la historia de este arte tradicional, pero ella elude esos temas, solo le interesa informarme sobre su brillante trayectoria artística y amorosa. Entre sus planes futuros contempla un viaje a California; le aseguro que la recibiremos como merece.

En resumen, me encuentro frente a una auténtica empresaria, cuyo talento no consiste tanto en la danza, como en la determinación de crear su propia leyenda y de paso hacer dinero. Al verla, comprendo que la belleza no tiene que ser natural, se puede fingir con postura y atrevimiento.

Si Omene tuviera cara de gorila, no la veríamos, engañados por su actitud y distraídos por sus ojos renegridos de kohl. Me impresionan su poderosa ambición y su falta de escrúpulos, dos características que suelen llevar a un hombre a la cumbre del éxito, pero a una mujer pueden conducirla a la ruina, a menos que, como la Divina Odalisca, se burle de las convenciones y sepa utilizar las debilidades del prójimo en su favor.

Al cumplirse el plazo de mi estadía en Nueva York, pasé una última noche con Owen Whelan bebiendo vino blanco y saboreando charcutería italiana desnudos en mi habitación. Supongo que siempre recordaré con nostalgia esas horas de gula y lujuria, muertos de risa, explorándonos mutuamente sin ninguna prisa y hablando de tonterías. Ese hombre era de una frivolidad refrescante, le gustaba el boxeo y no leía ni los periódicos. Nada tenía en común con su hermano Eric. Mi Papo jamás entendería que yo, su princesa, se revolcara en un hotel con un tipo que no sabía quién es Frederick Douglass o Charles Darwin.

Me fue a dejar a la estación y nos despedimos con un apretón de manos, ya que estábamos en público. Ninguno de los dos manifestó la intención de seguir en contacto, tal como habíamos pactado desde un comienzo, pero confieso que me sentí dolida, porque me había enamorado y deseaba más que nada un beso y una promesa de amor. La razón debería iluminar nuestras acciones, como predica mi Papo, pero el corazón se burla de la prudencia y hace lo que le da la gana.

De vuelta a San Francisco viajé en un vagón de tercera clase, porque ya había experimentado la primera y andaba buscando nuevos temas para mis crónicas. El carro era de metal, con pésima ventilación y angostos bancos de madera donde dormíamos sentados, sin ninguna de las amenidades de la primera clase. Ni agua para beber había disponible. Compré algo de comer de las mujeres que vendían en las estaciones o se embarcaban con canastos de fiambres, pan y manzanas. El frío por la noche y el olor a sudor, ropa sucia y encierro fueron un tormento al principio, pero pronto me acostumbré y agradecí la promiscuidad que invitaba a conversar; así conseguí varias historias para Chamberlain. Esa distracción me ayudó a soportar el deseo inmenso de escribirle cartas apasionadas a Owen y enviarlas desde cada estación donde el tren se detenía.

La mayor parte de los pasajeros eran hombres jóvenes en busca de trabajo o de aventura en el oeste, pero también había familias de inmigrantes, sobre todo del sur de Italia y judíos rusos. El viaje duró nueve días, porque en varias instancias desenganchaban el carro para dar paso a vagones de carga o de lujo, que tenían prioridad, y nosotros debíamos aguardar con paciencia un día o dos, hasta que nos colgaban a otra locomotora y seguíamos adelante.

Al segundo día no soporté más el corsé y me las arreglé para quitármelo sin llamar la atención. Me di cuenta de que no necesitaba el suplicio de esa armadura debajo del vestido, porque soy delgada y todavía era muy joven. Según mi mamá, el corsé es indispensable para mantener las carnes en su sitio

77

y la espalda recta, la buena postura distingue a la mujer disciplinada y elegante. Poco después me desprendí también de las horquillas, que se me clavaban en el cráneo, y me peiné con una trenza, como varias de las mujeres que viajaban conmigo. Así me integré mejor en el resto de los pasajeros; con corsé, chaqueta, guantes y sombrero descollaba y seguramente parecía pretenciosa.

En esos días eternos en que padecimos la misma incomodidad se vio el carácter de cada uno. Había poca comida, pero algunos estaban dispuestos a compartirla. Varios hombres jugaban partidas de naipes, que a veces terminaban en insultos, y bebían ginebra y whisky, pero respetaban el acuerdo tácito de no echar mano de las armas, que casi todos llevaban. Las madres, pendientes de sus familias, soportaban los inconvenientes del tren sin quejarse mientras procuraban distraer a los niños y hacerlos dormir. Un hombrón griego con pocos dientes y pestañas largas tocaba el acordeón y al atardecer nos regalaba música de su país. Como me veían escribir, les mencioné mis crónicas y varias personas querían que se las leyera, pero yo no tenía copia, solo los apuntes recientes. Terminé entreteniendo a mis compañeros con los dramas de mis novelas de diez centavos. La deshonra de la doncella le arrancó lágrimas a más de uno y cuando ella se las arregló para vengarse, aplaudieron. El griego y algunos otros no entendieron ni una palabra, no hablaban inglés, pero aplaudieron por cortesía.

Antes de llegar a San Francisco traté de acomodarme un poco para evitar que mis padres me vieran en tan mal estado, pero era imposible disimular el mal olor, el pelo desgreñado y la mugre en la ropa. En la estación de San Francisco me recibió Eric Whelan. No lo esperaba y traté de escabullirme, abochornada, pero me atrapó de un ala y tuvo la gentileza de disimular el efecto que mi aspecto le causó. Traía una bolsa de pan dulce y una cantimplora con café, que me vinieron de maravilla después de la proeza de esos nueve días en el vagón de tercera clase.

—¿Cómo supiste que venía? —le pregunté.

—Owen me mandó un telegrama. Mi hermano quedó muy impresionado contigo.

—Y yo con él. Te ves diferente, casi no te he reconocido —le dije.

—Corte de pelo y estoy recién afeitado. Habrás notado que ya no tengo barba —me aclaró.

—¡Ah, eso es entonces! Si querías sorprenderme, lo has conseguido. Te ves limpio y guapo.

—Gracias. Lamento no poder decir lo mismo —respondió riéndose.

Nos sentamos en un banco de la plaza a dar cuenta del café y los panecitos. Le conté a grandes rasgos mis impresiones del viaje y de Nueva York, muchas de las cuales él ya había leído en mis crónicas, y a su vez él me dio las noticias más relevantes publicadas en el *Examiner* durante mi ausencia.

En ese banco, bebiendo café tibio y echándoles migas a los pájaros, me enteré de que Owen Whelan estaba casado. Durante las semanas de intimidad en que me desnudé en cuerpo y alma convencida de que él hacía lo mismo, no me informó sobre su estado civil y a mí, boba que soy, no se me ocurrió preguntarle, simplemente di por hecho que era libre. La posibilidad de adulterio no entraba en mi limitado conocimiento del mundo. Owen nunca mencionó a su esposa ni a sus cuatro niños. Cuando Eric me lo dijo de pasada, sin sospechar el golpe que sería para mí, sentí que ardía de la cabeza a los pies, el corazón se me disparaba al galope, me faltaba aire. Eric me preguntó extrañado si estaba bien y le expliqué que me sentía muy cansada, necesitaba un baño y dormir en mi cama. Llamó a un coche de alquiler, pero no le permití acompañarme, porque prefería que no supiera dónde ni con quién vivía yo.

Pensé mucho en lo que me había ocurrido con Owen. Sentí un gran alivio por no haberle escrito mensajes de amor en el tren y me prometí no cometer jamás la tontería de enviar ese tipo de carta, porque tarde o temprano se termina el amor y las cartas, que por lo general son sentimentales y ridículas, quedan en manos ajenas. Es cierto que en la aventura con Owen la falta no fue mía sino de él, yo no era responsable de sus acciones, él tendría que entenderse con su esposa, con su confesor —era católico— y con su conciencia, si es que esa infidelidad le pesaba, pero la experiencia me sirvió para ser más cautelosa. Mi Papo, que no cree en pecados ni castigos divinos, se rige por una norma muy simple: «No hacerle a otro lo que no quieres que hagan contigo». Yo sufriría mucho si otra mujer me levantara al hombre que amo, aunque fuera un amorío sin futuro. Tal vez la esposa de Owen nunca sepa lo que pasó o tal vez sospecha que su marido es mujeriego y le da poca importancia, porque el deleite que él le brinda compensa sus debilidades, pero sea como sea, no quiero ser parte de una traición. Decidí que desde ese momento en adelante solo aceptaría a hombres sin ataduras. Por suerte, de esos hay bastantes.

Eric Whelan siempre ha sido el mejor de los amigos. Según mi madre, la amistad entre un hombre y una mujer es imposible, siempre hay una corriente de seducción que al menor descuido termina mal. Bueno, a veces termina bien, depende. En parte tenía razón, porque a pesar de que éramos camaradas, de que él me trataba como a uno de sus amigotes del bar y a mí no me gustan los pelirrojos desaliñados, me sorprendí en más de una ocasión imaginando cómo sería besarlo. Posiblemente olía a tabaco y cerveza. También me preguntaba si sería tan buen amante como su hermano, en cuyo caso podría perdonarle su color zanahoria.

Al estrecharse nuestra amistad fui aprendiendo más sobre él. Eric había nacido en un pueblo minero de Irlanda, el menor de un número exagerado de hermanos: diecisiete. Eran todos de la misma madre, una buena mujer afligida de incontrolable fertilidad. Su pobreza era la de todos en ese lugar, pero más digna y menos desesperada, porque el padre no era alcohólico y trabajaba con la fortaleza y resignación de un buey. Los hijos también trabajaban desde la pubertad: los varones se empleaban en la mina y las niñas como sirvientas.

A Owen, alto, fornido y rápido con los puños, le encargaron el cuidado de su hermanito Eric, siete años menor, que resultó ser tímido y con tendencia a la lectura. Era el único con esas características en aquella manada de chiquillos Whelan, todos más bien brutos, según me los describió Owen en una ocasión. Entre ellos no había ni un solo intelectual o artista en varias generaciones, Eric era una excepción. Owen asumió su papel de protector en serio. Mientras él podía batirse a puñetazos y patadas con cualquiera, aunque tuviese el doble de su tamaño, Eric se refugiaba en libros y revistas que conseguía en la escuela. La familia consideraba que eso estaba bien para señoritas ociosas, pero no para un hombre que iba a tener que sobrevivir en este mundo. Owen lo llevaba a un club de boxeo y lo obligaba a ponerse los guantes y defenderse, pero si surgía un enfrentamiento fuera del club lo empujaba a un lado y lo defendía con una determinación suicida. Eric le debía su nariz quebrada a una de esas escaramuzas en el ring con su hermano.

Eric sentía una admiración rayana en idolatría por Owen, y cuando este decidió a los veintiún años emigrar a América, él se le colgó de la maleta y no la soltó hasta que se embarcaron juntos. Así es como los hermanos Whelan llegaron a Nueva York en la cala de un barco inglés junto a docenas de inmigrantes tan llenos de esperanza como ellos.

Al principio Owen y Eric se mantuvieron con la ayuda de un pariente lejano, que les permitió dormir en el sótano de su pescadería a cambio de largas horas de servicio en el local. En los primeros tiempos se alimentaron básicamente del pescado añejo que ya no se podía vender. El olor nauseabundo se les pegó para siempre en la memoria y ninguno de los dos volvió a probar nada proveniente del mar a partir del momento en que pudieron independizarse.

Owen se empleaba en lo que podía y con sus puños de piedra redondeaba sus magros ingresos en peleas clandestinas de recintos patibularios; mientras, Eric ganaba todos los concursos de publicidad. A los quince años ya era un genio inventando rimas graciosas o frases convincentes para vender ropa interior de damas, píldoras laxantes, sombreros o lo que fuera. Apenas aparecía el anuncio de un concurso, Eric enviaba media docena de ideas e invariablemente acertaba con más de una.

Según me contó Owen durante nuestra breve bacanal, desde la época de la pescadería Eric no había necesitado ensuciarse con trabajo manual, siempre se las había arreglado para vender palabras. Me comentó que Eric, el único pelirrojo y con el cerebro lleno de ideas entre sus numerosos hermanos, casi con toda seguridad era hijo de otro padre. Era un chiste, por supuesto, porque sería imposible que la madre de dieciséis hijos tuviera ánimo para serle infiel al marido y dar a luz a un bastardo número diecisiete.

Al conocerlo, Eric me pareció un hombre de mundo bastante cínico, pero con el tiempo me di cuenta de que era más bien un romántico reacio cuya verdadera naturaleza aflora con varios tragos. Pude comprobar que, como todo buen irlandés, sabe muchas canciones en gaélico que lo hacen llorar de nostalgia, aunque llegó a América muy joven y nunca ha vuelto a poner los pies en su patria. Una vez lo vi batirse a puñetazos con unos hombres que estaban maltratando a una mula. La pelea terminó con él en el hospital. Es el mejor periodista de California, lo ha sido durante muchos años, lo puedo asegurar sin temor a la exageración.

Brandon J. Price, quien ya tenía un nombre como escribidor de novelas de aventura, después lo tuvo en el ámbito más sofisticado del periodismo de opinión. Sus crónicas eran muy bien recibidas por el público lector. Ese personaje ficticio recibía correspondencia en el *Examiner* y lo invitaban a dar charlas, incluso le ofrecían giras por varias ciudades como conferencista, pero no podía hacerlo sin revelar su identidad. Tenía reputación de ser un hombre misterioso, un recluso, a quien ni siquiera Mark Twain, quien deseaba conocerlo, había podido ver en persona, porque cada vez que el célebre autor había estado en San Francisco, resultaba que por desgracia Brandon J. Price andaba en el Salvaje Oeste o en los bajos fondos de Chicago buscando inspiración para sus novelas y crónicas.

Aparte de Eric Whelan, de William Randolph Hearst, el dueño del *Examiner*, de Chamberlain, mi editor, y de mi reducida familia, nadie sabía quién era Brandon J. Price. Le dije en más de una ocasión al señor Chamberlain que no pensaba continuar en el anonimato y en un futuro cercano empezaría a publicar bajo mi verdadero nombre. Su respuesta siempre fue la misma: «Tendrá que pasar sobre mi cadáver, señorita».

Por fortuna, eso no fue necesario. En el año 1891 se me presentó la oportunidad que esperaba y me llegó por la vía más insólita.

4

A pesar del incurable rencor de mi madre por el chileno que la sedujo, nunca tuve curiosidad por ese hombre ni por el lugar de donde provenía, tampoco la fantasía desquiciada de la herencia que mi progenitor me debía. Tuve que buscar Chile en un mapa cuando el señor Chamberlain me mandó escribir sobre ese país. No me lo asignó con exclusividad, también puso a Eric Whelan a cargo de la noticia. Nos explicó brevemente que en Chile había una revolución o una guerra civil, no estaba seguro de cuál era la diferencia, y que los rebeldes habían adquirido armas y municiones en Nueva York y pensaban enviarlas a California para embarcarlas a Chile por el Pacífico.

—Comprar armas es legal en este país —apuntó Eric.

—Estados Unidos apoya al Gobierno chileno. No puede aparecer vendiéndoles armas a los enemigos del presidente legítimo —explicó el editor.

—¿Qué le importa a nuestro Gobierno algo que pasa tan lejos? —insistió Eric.

—La versión oficial es la defensa de la república, pero en realidad son los minerales chilenos, que controlan los ingleses —replicó Chamberlain.

—No creo que esto les interese para nada a nuestros lectores… —opinó Eric.

—Depende del enfoque —interrumpí, porque de inmediato vi la posibilidad de una aventura, de ir en busca de mi padre y de librarme del fantasma de Brandon J. Price de una vez por todas—. Las armas son el punto de partida. Hay que seguirles la pista hasta Chile y cubrir la guerra civil.

—Buena idea, señorita Emilia. Otra cosa que puede interesar a nuestros lectores es la arrogancia de Chile. Aunque parezca ridículo, esa pequeña nación pretende competir con Estados Unidos en la influencia y el dominio de la costa del Pacífico. ¿Está dispuesto a ir tan lejos, Whelan? —le preguntó el editor.

—Yo iré —interrumpí de nuevo—. Hablo español y tengo relación con ese país. Mi padre es chileno.

Era la primera vez que yo admitía lejos de la intimidad de mi hogar la existencia de un padre que no fuera el maestro Francisco Claro. Chamberlain y Whelan me miraron incrédulos, pero les aseguré que tenía familia en Chile y conocía perfectamente la situación política que atravesaba ese país. Por suerte no me pidieron detalles.

—¡Cómo se le ocurre que la voy a mandar a la guerra como corresponsal, señorita! —exclamó el editor.

—¿Por qué no? Como mujer voy más segura, nadie se va a fijar en mí. No me extrañaría que allá hubiera varias mujeres periodistas —le dije.

—Bien —aprobó por fin Chamberlain, después de una larga pausa—. Irán ambos como corresponsales, pero separados, para abarcar más terreno. Usted, Eric, cubrirá la guerra y la

situación política. Usted, Emilia, me mandará crónicas de interés humano.

—¿Qué significa eso? ¿Cree que no puedo escribir sobre
los mismos temas que Eric? —le pregunté enrojeciendo.

—Agradezca que le doy esta oportunidad, antes de que me
arrepienta. Usted verá cómo se las arregla para darles a nuestros lectores una visión de ese país y su gente. También de la
guerra, pero desde un punto de vista humano, ¿entiende? No
le faltará material, estoy seguro —replicó.

—Entiendo. Necesito que me firme un contrato, señor
Chamberlain. Quiero que lo escrito por mí sea publicado bajo
mi nombre, Emilia del Valle Claro. Se acabó Brandon J. Price.

—¡Cómo voy a publicar crónicas de guerra escritas por una
mujer! —exclamó el editor.

—¡Sería un estupendo golpe de publicidad, señor Chamberlain! Llamaría mucho la atención —intervino Eric, siempre
dispuesto a ayudarme.

—Emilia del Valle basta —decidió por fin Chamberlain
después de mucho vacilar.

—¿Qué tiene de malo el apellido Claro? —le pregunté.

—Nada, pero los nombres largos no pegan y menos si sue-
nan mexicanos —replicó.

La media hora siguiente se fue en discutir la estrategia
para cubrir las noticias y viajar a Chile. Eric se iría de inmediato a Nueva York a reportar sobre las armas adquiridas por los
chilenos y su traslado a la costa del Pacífico en tren. Yo averi-
guaría cómo y dónde iban a embarcarlas hacia el sur.

Me rehusé a dejar la oficina sin un salario y el contrato,
que consistió en dos frases escritas a mano, pero con el sello

del periódico y la firma del editor y la de Eric Whelan como testigo, indicando que mi trabajo llevaría mi nombre. Ser mujer es un grave inconveniente para prosperar en el mundo en general, y en particular en una profesión casi enteramente masculina. Pero ya que no podía ser hombre, al menos podía actuar como si lo fuera. De Omene, la Divina Odalisca, aprendí que la mansedumbre y el hábito de complacer, tan apreciados en una dama, son graves obstáculos para andar en este mundo. A punta de petulancia, le saqué el contrato a Chamberlain.

Del periódico me fui deprisa a contarles a mis padres que iría a Chile. Mi mamá, que tanto se había opuesto a que viajara sola a Nueva York, no pareció muy afligida al saber que su hija iba a una cruenta guerra al fin del mundo.

—¡Qué suerte tienes, Emilia! Vas a poder cobrar tu herencia y hasta te van a pagar el pasaje. Lástima que eso queda tan lejos y yo no pueda acompañarte —dijo con el delantal lleno de harina y la masa del pan en las manos.

—Se trata de una guerra, Molly. Esto no me gusta nada. Imagínate si algo le pasa a la niña… —replicó mi Papo.

—No exageres, Pancho. La mayoría de la gente sobrevive en la guerra —apuntó ella.

En vista de que no me podía disuadir, mi Papo aceptó ayudarme a obtener la información básica que había salido en algunos periódicos sobre el conflicto chileno. Tiene el hábito de recortar las noticias que le parecen dignas de ser recordadas, es otra consecuencia de su insaciable anhelo de saber y en esa ocasión nos vino muy bien. Sus gruesos archivos contienen los acontecimientos universales en un apretado orden de su invención que solo él entiende. Cuando se muera habrá que quemar todo eso en una pira inmensa, porque a nadie más le servirían. Supongo que había juntado las noticias de Chile por la posibilidad de que a su mujer le interesaran, pero a ella lo único que la unía a ese remoto país era su resentimiento. Había poco sobre Chile entre los papeles de mi Papo, pero lo suficiente para tener una idea del lío en que iba a meterme, y el resto lo consiguió él en la Biblioteca Libre de San Francisco, inaugurada hacía un par de años, a disposición de lectores masculinos solamente. Le extrañó que el *Examiner* enviara a dos periodistas a cubrir lo que ocurría en Chile.

—En caso de que yo muera, siempre quedaría mi colega de repuesto —le dije en broma.

—Espero que tú no seas la muerta —me respondió en serio.

—Creo que habrá muchos corresponsales. Inglaterra, Francia y Estados Unidos tienen intereses económicos en las minas chilenas.

Debo aclarar que, a pesar de mis alardes de libertad, yo vivía con mis padres, como una joven soltera de respetable familia burguesa. Aunque nosotros no pertenecíamos a esa clase social, mi mamá era implacable en materia de reputación. Desde hacía diez años yo ocupaba el mismo cuarto pequeño que mi Papo construyó para mí cuando cumplí los quince. Para entonces habían nacido mis tres hermanos y la casa nos quedaba estrecha. No pensaba mudarme a otra parte, esa casita en el patio trasero de El Orgullo Azteca era mi puerto; podía navegar por el mundo con la certeza de que la brújula me conduciría de vuelta a esa orilla. Eric Whelan creía que yo era una joven independiente; se habría burlado de mí al saber que esa ambiciosa periodista y defensora del sufragio femenino seguía pegada a sus padres.

En el barrio de La Misión muchos se preguntaban cuándo me iba a casar y formar mi propio hogar; ya me habían puesto el título de solterona. Algo malo debe de tener esa muchacha si a los veinticinco no ha conseguido marido; demasiado alta, demasiado flaca, muy atrevida, poco femenina, eso pasa por dárselas de intelectual, los hombres se asustan, no quieren a una mujer que sabe más que ellos y no es capaz de disimularlo, cuchicheaban. Mi mamá me contaba lo que se decía a mis espaldas, más enojada conmigo que con los chismosos. A pesar de mis deficiencias, no me habían faltado algunos pretendientes, incluso uno bastante imprudente que quiso casarse, pero el matrimonio y la maternidad no me tentaban. Suponía que en un futuro lejano iba a cambiar de opinión, pero en ese momento me atraía más una guerra que un posible marido. Le agradecía a Owen Whelan que me hubiera roto el corazón, eso facilitaba mi propósito de ser libre.

Eric Whelan partió de inmediato a Nueva York, donde había conseguido un contacto con el encargado de comprar las armas para los chilenos, mientras yo investigaba los antecedentes de aquella revolución. Habíamos decidido que cada uno cubriría un bando del conflicto y lo sorteamos, lanzando una moneda al aire; a él le tocaron los insurgentes y a mí el Gobierno del presidente Balmaceda. En general, trataríamos de respetar la división del trabajo ordenada por Chamberlain, pero no íbamos a permitir que eso nos limitara. Eric podría hacer entrevistas de interés humano, si venía al caso, y yo podría inmiscuirme en el conflicto y la política si se me presentaba la oportunidad. Esperando a que el armamento llegara a California, escribí una serie de crónicas para informar a los lectores sobre la situación. A regañadientes, Chamberlain las publicó con mi nombre.

<hr />

Abril de 1891, San Francisco

CHILE, PAÍS GUERRERO
Por Emilia del Valle

En el extremo sur del continente americano se extiende Chile, remoto, largo, estrecho y orgulloso, aislado del mundo por las montañas de los Andes al este y el océano Pacífico al oeste, seis mil y tantos kilómetros de costa abrupta. Lo habita un pueblo de fiero temperamento, mezcla de dos razas guerreras, los bravos indígenas araucanos, pacificados al cabo de trescientos años de lucha, pero jamás derrotados, y los no menos corajudos conquistadores españoles y colonizadores europeos. En lo que va del siglo, ha estado siempre con las armas en la mano, y en cada conflicto ha salido victorioso; eso justifica una sensación de superioridad y el propósito de expansión territorial. En la reciente guerra del Pacífico derrota a sus vecinos Perú y Bolivia y se apodera de extensas provincias del norte, donde se encuentran los valiosos depósitos minerales. Sin embargo, esa riqueza no beneficia a toda la población, la mayoría de los dos millones y medio de chilenos vive en la pobreza. Chile es todavía un país rural y jerárquico con escasa representación popular. A pesar de la emergente clase media, el control de la economía y el poder político han estado siempre en manos de la oligarquía de ascendencia europea. La libertad electoral es una comedia, los presidentes son designados a mano y todos provienen de la aristocracia política.

El presidente Benjamin Harrison le tiene puesto el ojo encima, porque necesitamos el nitrato o salitre chileno. También lo necesitan potencias extranjeras, como Gran Bretaña, que tiene una fuerte presencia en Chile. Estados Unidos aspira al control de materias primas en América Latina y no puede permitir que esa pequeña nación sureña, movida por una furia patriótica, manifieste pretensiones imperialistas.

En septiembre de 1886, José Manuel Balmaceda, del Partido Liberal, asume la presidencia de Chile, un par de años después de la guerra contra Perú y Bolivia. Su ambicioso programa contempla utilizar los ingresos del nitrato en obras públicas, educación, salud e industrialización, pero su gobierno se caracteriza por sucesivas crisis políticas y sociales. La oposición lo acusa de asumir poderes dictatoriales. Las reformas amenazan los intereses de los terratenientes, la aristocracia y los empresarios. El argumento es que, si el país está bien, ¿qué necesidad hay de cambio? El apoyo del pueblo, del que gozaba Balmaceda al comienzo, se ha debilitado mucho.

A fines del año pasado el Congreso, con mayoría de partidos de oposición y apoyado por Inglaterra, se niega a aprobar las leyes de presupuesto para el año 1891. El presidente decide aplicar el mismo presupuesto del año anterior. El Congreso lo declara fuera de la ley y a su vez él disuelve el Congreso.

En enero del año en curso se subleva la Escuadra en favor de los congresistas rebeldes, mientras que el Ejército permanece leal al presidente. Así, con las fuerzas armadas divididas, comienza la guerra civil. Los insurgentes se trasladan por mar al norte del país, donde establecen una Junta de Gobierno en el puerto de Iquique, y desde allí controlan el salitre y comienzan a reclutar tropas entre los mineros.

Balmaceda necesita los barcos encargados a Europa y los rebeldes necesitan armas y hombres. Entretanto, ambos bandos esperan, separados por la región más inhóspita del mundo: el desierto de Atacama.

Gran Bretaña apoya a los rebeldes y Estados Unidos al Gobierno legítimo, ambos países movidos por la misma razón: el salitre, que se utiliza para fertilizantes y explosivos. Ningún imperio puede prescindir de la pólvora.

El editor aceptó mi crónica, pero me recordó que los temas políticos le correspondían a Eric Whelan, quien estaba en Nueva York. En las crónicas siguientes describí Chile sin haber estado nunca allí, basándome en los datos disponibles en los periódicos, los que conseguía mi Papo en libros, mapas y revistas, y en largas conversaciones con algunos inmigrantes chilenos que llegaron con la fiebre del oro y todavía añoraban la patria mítica, adonde no habían vuelto en más de cuarenta años. Se congregaban en un sector de La Misión que llamaban Chilecito y mantenían viva su nostalgia patriótica con banderas, empanadas y canciones sentimentales de su país. Unas semanas más tarde, cuando por fin llegué a Chile y empecé a familiarizarme con el terreno y la gente, comprobé que mis publicaciones eran bastante acertadas.

Entretanto, Eric enviaba información desde Nueva York por telégrafo y me escribía por correo, que demoraba solo unos pocos días en el tren. Se las arregló para hacerse amigo del encargado de adquirir las armas para el bando congresista, un abogado de apellido Trumbull fogueado en ese tipo de negociación. Me explicó que se trataba de una misión secreta, porque los insurgentes no contaban con la simpatía de nuestro Gobierno, pero logró averiguar los detalles entre vasos de whisky en el bar del lujoso Fifth Avenue Hotel: cinco mil rifles Remington y dos mil cajones de municiones. Concluí que, si un periodista californiano lo sabía, no era un secreto muy bien guardado.

A medida que Eric y yo inundábamos el periódico con noticias y crónicas, Chamberlain se fue entusiasmando y aquel conflicto distante, que al comienzo le interesaba muy poco, llegó a obsesionarlo. Cuando el cable de Eric le informó de que los cajones habían sido embarcados en el tren y venían de camino a California, me mandó al puerto de Los Ángeles a averiguar quiénes lo recibirían. Decidí que cualquiera que fuese el destino de esas armas, yo iría a Chile de todas maneras. Nunca iba a tener un pretexto mejor que ese para descubrir algo sobre mis orígenes.

Al despedirme, mi mamá me llevó sigilosamente a El Orgullo Azteca, donde a esa hora no había clases y el aula estaba vacía, y me entregó una carta para Gonzalo Andrés del Valle. Su actitud me pareció sospechosa y rehusé servirle de correo sin conocer el contenido del sobre. Tuvo que mostrarme la carta, después de advertirme que era confidencial y no podía comentarla con mi Papo. Al leerla me avergoncé de mi madre. Santa Molly, la mujer ejemplar adorada por su marido y respetada por todos, la de las obras de caridad y las misas diarias, era capaz de sentir una inmensa ira y mezquindad. La carta contenía un sartal de reproches, entre ellos que él jamás había cumplido con el deber de mantener ni educar a su hija, fruto de su pecado, que Dios era testigo de su desidia y nada escapaba al rayo de Su justicia, que no habría absolución sin arrepentimiento y reparación, que debía reconocer legalmente a su hija y darle lo que le correspondía. Con razón mi mamá no quería que Papo leyera la carta; él la habría destruido tan abochornado como estaba yo. No intenté razonar con ella, porque la experiencia me indicaba que habría sido inútil. Molly Walsh llevaba mucho tiempo acumulando rencor, nada que yo le dijera podría limpiarle el corazón.

Me obligó a hincarme ante el crucifijo que colgaba de la pared y prometer que le entregaría la carta a mi padre. Lo hice para aplacarla, porque vi que estaba a punto de sufrir uno de sus ataques de nervios.

Por otro lado, mi Papo también me llevó aparte para decirme que ese viaje lo inquietaba mucho.

—Me da miedo que te pase algo, princesa. No es broma ir a meterse en una guerra —me dijo.

—¿Hay algo más que le preocupa, Papo? —le pregunté, porque lo conozco muy bien.

—Bueno... también me preocupa que encuentres a ese señor Del Valle y te olvides de mí —me confesó apenado.

—¿Se ha vuelto loco, Papo? Ese tipo me engendró, pero no es mi padre. Nadie, ni el papa, en caso de que hubiera seducido a mi mamá, podría reemplazarlo a usted —le respondí, y nos echamos a reír como chiquillos pensando en esa posibilidad.

Me trasladé a Los Ángeles en tren, provista de dos documentos de identidad, uno de ciudadanía estadounidense y otro como corresponsal del *Examiner*. Para entonces el Gobierno de Estados Unidos había decidido impedir que las armas fueran a Chile y salió la noticia en varios periódicos. La misteriosa compra de Trumbull no había llegado todavía a California y ya no era un secreto.

Para el viaje compré ropa adecuada al clima chileno, similar al de California, pero con las estaciones cambiadas, como descubrió mi Papo en *Diario y observaciones*, de Charles Darwin, uno de sus autores favoritos. De hecho, había estudiado a fondo su libro sobre el origen de las especies publicado en 1859, lo que provocaba discusiones enardecidas con mi madre, quien sostenía que el tal Darwin era un ateo satánico que negaba la creación divina del universo. En resumen, yo saldría en verano para llegar a Chile a comienzos del invierno. La moda había cambiado ese año, los enormes polisones, las colas adornadas como cortinajes teatrales y los sombreros exagerados se habían reducido y simplificado. Escogí faldas cómodas en azul y negro, blusas blancas sin adornos, una chaqueta corta y otra larga, una capa y un traje de noche de tafetán color musgo, un color que no me asienta, pero se le notaban poco las manchas. Lo más difícil era el calzado. Estoy acostumbrada a caminar a todos lados, tengo piernas firmes y pies grandes, no puedo usar escarpines de gamuza o zapatillas de fiesta, que según mi mamá son la marca de una mujer elegante. A Chile llevé botas de apariencia indestructible. En total: un baúl de viaje, un maletín y una sombrerera. Me daba envidia Eric Whelan, que se fue a Nueva York con un solo traje y solía usar la misma camisa durante dos semanas. En su caso la apariencia contaba muy poco. En el mío, contaba mucho, aunque fuera a la guerra.

Valiéndome de mis credenciales del *Examiner* pude conocer al alguacil federal Gard, quien debía impedir el embarque de las armas en el vapor chileno que había venido a buscarlas. Supuse que se alojaría en el Sportsmen's Lodge, el único hotel decente de Los Ángeles, una ciudad de cincuenta mil habitantes, chata, desparramada y polvorienta, que me pareció muy fea, porque solo podía compararla con San Francisco y Nueva York. Obtuve una habitación en el hotel y me dispuse a atrapar a Gard.

Eric Whelan me había enseñado que la mejor estrategia para conseguir una entrevista es el ataque de frente. Me aproximé a la mesa donde el hombre desayunaba con la nariz en el *Examiner* y le anuncié que yo escribía para esas páginas que estaba leyendo. Me miró por encima de los lentes de medialuna con desconfianza, pero le puse por delante mi identificación del periódico y se tranquilizó. Aproveché su vacilación y, sin esperar a que me invitara, me senté a su mesa, le metí conversación y a los pocos minutos logré que bajara las defensas.

Gard era uno de esos hombres que sienten placer en ilustrar a las mujeres con su saber y su experiencia; mientras más simplona sea la pregunta, más se extienden en explicaciones. Me enteré sin ningún esfuerzo por mi parte de que los rebeldes chilenos planeaban trasladar las armas en alta mar.

—No pueden hacerlo de otra manera, porque en cualquier puerto americano enfrentarían problemas. Piensan hacerlo desde una goleta hasta el barco de vapor *Itata*, pero no lo voy a permitir, estoy aquí para evitar que cumplan ese plan —me dijo.

Me explicó que las armas habían sido adquiridas legalmente, pero Estados Unidos podía impedir que salieran de un puerto nacional, ya que eso sería un acto hostil contra un Gobierno aliado. Agregó que el presidente chileno había conseguido el apoyo del presidente americano mediante diplomacia y garantías económicas.

—¡Fascinante! ¡Cuánto daría por acompañarlo en esa aventura, oficial Gard! —exclamé.

—Cómo se le ocurre, mi estimada dama. Estas no son cosas apropiadas para una bella joven —me respondió con una sonrisa benévola y unas palmadas paternales en el dorso de mi mano.

—¿Por qué? —le pregunté.

—Muy peligroso. Es un asunto militar.

—Soy corresponsal del *Examiner*. Voy a viajar a Chile a cubrir el conflicto —le informé.

—¡Dios mío! ¿Sabe usted que allí se están matando entre hermanos? ¡Guerra civil!

—¡Ah! ¿Cómo fue la nuestra? —ironicé.

—No es comparable. Esos chilenos son salvajes.

—Aquí murieron más de seiscientos mil soldados en cuatro años. Eso sí que es una salvajada —le contesté.

—Le repito, señorita: no es comparable. Considero un grave error que el *Examiner* no envíe a un reportero calificado a la guerra en Chile —me dijo, irritado.

—Esa soy yo —respondí en su mismo tono—. Pero también irá a Chile otro corresponsal, Eric Whelan. A mí me han encargado informar sobre el embarco de las armas aquí —le dije.

—No apruebo que la prensa ande husmeando… —replicó.

De acuerdo con la división del trabajo que Eric y yo habíamos pactado, él debía unirse a los congresistas rebeldes y el *Itata* lo llevaría directamente al puerto de Iquique, donde estos habían establecido su base de operaciones. Mi posición era más difícil; al cabo de dos días tendría que abordar un barco de carga con capacidad para dieciocho pasajeros, en el que compartiría mi cabina con otras tres personas. Con suerte llegaría en tres o cuatro semanas a Valparaíso, el puerto más importante de Chile, donde estaban acuarteladas las tropas leales al Gobierno. De allí tendría que viajar a Santiago, la capital, y ver la forma de ganar acceso al presidente, sus ministros y generales.

El mensaje de Eric Whelan me llegó esa tarde con la noticia de que las armas ya habían sido embarcadas con discreción en una goleta y él venía a bordo. Por tratarse de un barco pequeño de navegación local, la goleta no estaba sometida a las reglas rigurosas del puerto respecto a barcos de procedencia internacional. No tenía que declarar su carga ni aceptar un registro. El plan de los chilenos consistía en trasladar las armas al *Itata* en un islote, eludiendo así las normas aduaneras y la ley americana.

El plan de los chilenos no resultó, porque antes de ponerse en contacto con la goleta que traía el armamento, el *Itata* necesitó abastecerse de carbón en el puerto de San Diego, muy cerca de Los Ángeles. Aunque la nave chilena se hacía pasar por barco mercante y de pasajeros, llamó la atención de inmediato porque la tripulación consistía casi enteramente en soldados.

El alguacil Gard se trasladó al puerto de San Diego y yo lo seguí pisándole los talones, pero por mucho que lo intenté, no pude subir con él al *Itata*. Lo que sé al respecto me lo contó Eric mucho después de los acontecimientos. Entretanto, la prensa americana, enterada del asunto, azuzaba al público con titulares acusando a los «piratas» chilenos de violar las leyes americanas e insultar la dignidad nacional.

Gard no encontró las armas en el barco y, por lo tanto, no tuvo excusas para impedirle al capitán que mantuviera su nave lista para partir. Subió al *Itata* con su comisario, donde fueron muy bien recibidos; el capitán fingió que acataba sus instrucciones mientras se esmeraba en demostrarles la célebre hospitalidad chilena. Esa noche les ofreció una cena deliciosa de pescado y mariscos frescos, regada con el mejor vino de su país y suficiente coñac francés para debilitar las defensas del hombre más incorruptible, pero no las de Gard, que se mantuvo alerta porque era abstemio y fanático del deber.

Al día siguiente el alguacil bajó al puerto y contrató un bote para alcanzar a la goleta con las armas, que había sido vista en las cercanías, y dejó al comisario cuidando el barco chileno. El bote de Gard no logró atajar a la goleta, que se le escabulló mar adentro.

Entretanto, el capitán del *Itata* dio orden de levar el ancla y escapar con sigilo y a todo vapor, mientras el comisario plantado en el barco por Gard jugaba a los naipes y bebía bajo la cubierta, tan absorto que no se dio cuenta de nada. El barco se encontró con la goleta en un islote, donde el capitán abandonó sin miramientos al comisario y cargó las armas.

Aquel 7 de mayo, mientras Eric Whelan viajaba al sur en el *Itata*, yo lo hice en el *Charleston*, un crucero norteamericano que salió en persecución del vapor chileno. Eso me colocó de forma automática en el bando de la guerra civil que me correspondía.

Por supuesto, yo era la única mujer en el *Charleston* entre treinta y cuatro oficiales, doscientos noventa y seis marineros y treinta infantes de marina. Mi presencia en ese buque habría sido totalmente imposible sin la intervención directa de un senador amigo del señor Chamberlain. El comandante y la oficialidad me recibieron con helada cortesía y la tripulación me evitaba como a una leprosa por la arraigada convicción de que una mujer en un barco de guerra atrae a la mala suerte, pero eso fue cambiando en el transcurso de las semanas siguientes. Según mi Papo, la hostilidad desaparece cuando llegamos a conocernos. Mi estadía en el *Charleston* le dio la razón.

El viaje duró tres semanas y el recuerdo más tenaz que tengo de esa travesía es el terrible mareo que me tumbó durante los tres primeros días. Por suerte me habían asignado una pequeña cabina individual donde pude agonizar sin testigos. De solo imaginar cómo habría sido eso en un camarote con otras tres personas, me brincaba el estómago de nuevo. El médico de a bordo, un abuelo bonachón que parecía poco adecuado para una misión militar, me cuidó hasta que pude ponerme derecha, dolida de pies a cabeza y deshidratada.

El comandante, un hombre serio de ojos tristes, preguntó por mí varias veces y en una ocasión, cuando creyó que estaba dormida o medio desmayada, le oí decirle al médico que «esto pasa por traer mujeres a bordo». Estoy segura de que a Eric Whelan no le habría ido mejor que a mí. Reconozco, sin embargo, que cuando pude salir de mi cabina, ojerosa y verde, el comandante me recibió con más simpatía que al principio y lo mismo sucedió con la oficialidad. Gané respeto por haber sobrevivido al bautismo del mar.

No soy coqueta y no hice el menor esfuerzo por seducir a nadie, pero una mujer sola en un buque lleno de hombres llama la atención y no me faltaron proposiciones, algunas delicadas y otras más directas. Pude escoger entre dos o tres candidatos, lo que no ha vuelto a ocurrir nunca más en mi vida, y al fin acepté al primer oficial de cubierta, más atrevido que los otros, con libertad para visitarme sin ser visto, de buen aspecto y soltero, según me prometió. Se lo pregunté antes del primer beso, porque estaba decidida a mantener mi propósito de evitar intimidades con hombres casados. No puedo mencionar su nombre, porque le traería problemas. Era de Kansas, hijo de un herrero y una maestra, creció obsesionado con el mar y entró en la Marina a los diecisiete años como grumete. Había hecho una notable carrera y no me cupo duda de que llegaría a ser almirante, porque sus rasgos más notables y también los más desagradables eran la tenacidad y la ambición. Comparado con Owen Whelan resultó bastante deficiente en la práctica del placer, como lo habían sido los otros dos hombres que había tenido hasta entonces. Soporté abrazos presurosos y largas descripciones de cartas marítimas y corrientes oceánicas durante un par de noches, antes de deshacerme de él con un pretexto. Durante el resto del viaje eludí cualquier encuentro a solas con el oficial y le pasé el cerrojo a mi puerta.

Me dediqué a entrevistar a los marineros que pude atrapar ociosos, lo cual ocurría muy rara vez; esa gente nunca descansaba. Maté el resto del tiempo jugando a los naipes con los oficiales y, como estaba prohibido apostar dinero, usábamos fósforos. Al principio perdí varias cajetillas. Los otros jugadores no me tomaban en serio, supongo que me consideraban una bobalicona a quien era fácil embaucar. Tenían razón, pero le fui cogiendo el ritmo al juego, aprendí a recordar las cartas y a descifrar la expresión de los rostros de los hombres, que se cuidaban muy poco conmigo, y cuando empecé a ganar, algunos se enojaron. Por desgracia eran fósforos, de otro modo podría haber desembarcado con una pequeña fortuna.

Siendo más rápido, el *Charleston* pasó al *Itata* en alta mar sin verlo. Lamenté perderme la oportunidad de presenciar una batalla naval. Todavía no había experimentado la guerra de cerca, no sabía lo que es una batalla.

SEGUNDA
PARTE

5

A comienzos de junio llegamos a Iquique, el principal puerto de exportación del salitre chileno, donde vimos varios navíos bajo diferentes banderas internacionales, y comprobamos que el *Itata* no estaba entre ellos. En Iquique, los congresistas insurgentes habían establecido un Gobierno provisorio y su centro de operaciones militares. Siendo una ciudad marítima, el clima era más soportable que tierra adentro, donde imperaba la dura realidad del desierto más seco del mundo. Esa era una región de llanuras peladas y lejanas montañas pintadas de extraordinarios colores por los ricos minerales que guardaban bajo la superficie, caliente durante el día y helada de noche, agreste, inclemente. La escasa vegetación estaba en la costa y en los jardines cultivados con esfuerzo descomunal por los colonos extranjeros, que procuraban reproducir allí el modo de vida de otras latitudes. Esa ilusión terminaba bruscamente en las afueras de la ciudad.

Mi primera impresión fue la de orden y prosperidad, a pesar de que se notaban los estragos de un bombardeo desde el mar ocurrido unos tres meses antes. Había una avenida principal y calles paralelas y perpendiculares, casas y edificios de madera, y alguna que otra mansión palaciega de los dueños del salitre, que dividían su tiempo entre Lima, Santiago y Europa. Una segunda mirada me reveló el contraste violento entre el bienestar de algunos con la miseria de los obreros, los mineros y los indigentes, que los había por todas partes y a quienes apodaban indistintamente rotos. El origen del epíteto se remontaba a la época de la conquista en el siglo XVI, cuando la primera partida de corajudos españoles intentaron apoderarse del último rincón de América, que los indígenas llamaban Chile. No les fue muy bien. Los pocos sobrevivientes regresaron al rico virreinato del Perú con el alma en jirones como los harapos que vestían. Eran los rotos chilenos.

Ese contraste entre las personas pudientes y el resto también era notable en el aspecto de la gente: los de arriba parecían europeos y controlaban la política, el comercio, los bancos y, por supuesto, la guerra. Los demás eran indígenas o mestizos —mezcla de varias etnias— e inmigrantes recién llegados con una mano delante y otra detrás; ellos hacían el trabajo pesado y morían en la guerra.

Me enteré de que los apellidos indicaban la posición de cada familia en la escala social y el color de la piel determinaba la suerte de cada uno. Tuve la sorpresa de comprobar que mi apellido Del Valle era de los principales. Por primera vez me alegré de que mi madre hubiera insistido en usarlo al inscribirme cuando nací y que el señor Chamberlain lo hubiera escogido para publicar mis crónicas. Eso me iba a servir en Chile, donde el apellido del padre se coloca primero, es el nombre de la familia, y en segundo lugar va el de la madre, a diferencia de Estados Unidos, que los hijos solo llevan un apellido.

Unos días después de mi llegada se perfiló el *Itata* en el horizonte, el barco pirata, como lo llamó el *Examiner*, y entonces comenzó mi verdadera aventura en Chile.

Junio de 1891, norte de Chile

ORO BLANCO
Por Emilia del Valle

Estoy en Iquique, el puerto de exportación del salitre en Chile, persiguiendo la historia de una guerra civil. Logro persuadir al gerente de una salitrera para que me autorice a visitar una mina y hasta que me mande un coche. Con el pretexto de prevenir accidentes, me ordenan limitarme a la oficina de la mina y a lo que el administrador estimara prudente mostrarme. Acepto las condiciones sin intención de hacerles caso. Prefiero pedir disculpas que pedir permiso.

Salimos al amanecer. El viaje, caliente, fatigoso y polvoriento, me sirve para conversar con el cochero, Amador Troncoso, en las paradas. Le ofrezco compartir mi merienda y a su vez él me da un trago del aguardiente de su cantimplora, que me quema las entrañas. Es un hombre instruido, como muchos de esta región, donde circulan más periódicos que en San Francisco.

—¿Qué piensa del presidente? —le pregunto.

—Le perdí la confianza, pues, señorita. Dice defender al pueblo, pero nos traicionó. El año pasado tuvimos la huelga de trabajadores más numerosa que ha habido en este país; empezó con la gente del puerto y se extendió a todas partes. Éramos miles. Pedíamos salarios más justos y mejores condiciones de trabajo.

—¿Qué pasó con la huelga?

—El Gobierno mandó a la tropa a reprimirnos y mataron a muchos. Lo mismo pasó en la huelga de los mineros del salitre en febrero. Pedían alimento, porque estaban pasando hambre, y que les pagaran con moneda y no con vales y fichas de la compañía —me dice.

—¿Cómo es eso?

—Así les pagan a los mineros en vez de hacerlo con pesos. Las fichas solo sirven en la pulpería de la oficina. La compañía controla los precios y lo que se puede comprar. Sin monedas en el bolsillo, ¿adónde van a ir a comprar las personas?, ¿cómo van a ahorrar? Son peticiones justas, ¿no le parece? Pero el Ejército nos corrió bala.

—La guerra civil empezó en enero. En febrero los congresistas controlaban Iquique, no el Gobierno —le digo.

—Sí, pero una parte del Ejército de Balmaceda todavía estaba aquí. Son hombres sanguinarios que se curtieron en la guerra del Perú.

—¿Qué cree que va a pasar con esta revolución? —le pregunto.

—Nada, pues. Esta es una guerra entre futres —replica.

—¿Futres? —repito.

—Todos de la misma clase alta, son los dueños de este país. El pueblo no tiene poder de decisión y nada que ganar. El pueblo trabaja, pelea y muere no más.

Amador tiene instrucciones de llevarme a la oficina, donde me espera el administrador, un hombrón amable de origen escocés, quien ha vivido tanto tiempo aquí que habla inglés con acento chileno. Apenas llego me ofrece té con pan y queso. Quiere explicarme el proceso de la explotación del mineral en los dibujos y fotografías que cubren las paredes de su oficina, pero lo convenzo de que me lleve al terreno.

El salitre se da en la superficie, entre rocas tan antiguas como el planeta mismo, en un desierto de soledad infinita y de riquísimos tesoros minerales. Rocas y más rocas. Veo cómo las desprenden con una explosión de dinamita que sacude el suelo como una catástrofe geológica y después de que se asienta la polvareda llegan los mineros a castigar lo que queda con palas y picotas. Son hombres de hierro, curtidos por el trabajo y el sol ardiente, el pecho desnudo, los brazos duros, la mirada desafiante. Colocan un cerro de piedras en carretones arrastrados por mulas sufridas, que llevan su carga a los vagones del tren. Y de allí a la planta procesadora.

Las instalaciones son formidables. Las piedras llegan mediante correas transportadoras a las máquinas que las muelen como trigo; de allí a las bateas donde el agua separa el nitrato, que una vez seco se convierte en el valioso polvo por el cual se pelean las naciones, el polvo mágico que hace la fortuna de unos pocos y la miseria de tantos: el oro blanco. Visito solo una de las cuarenta y tantas salitreras de la zona y veo miles y miles de hombres, como hormigas, trabajando a puro músculo en esa desolación calcinada.

Antes de despedirnos, el administrador escocés vuelve a ofrecerme té, que bebo a toda prisa porque Amador Troncoso va a llevarme discretamente a hablar con algunos mineros y con sus mujeres. Eso no es parte del programa oficial de mi visita.

⊰⊱

El campamento donde vivían los mineros consistía en callejones largos y estrechos con casuchas a ambos lados hechas de planchas de calamina y madera. En algunas habitaban familias, pero la mayoría de ellas eran dormitorios para hombres solos. Niños, perros, mujeres desgastadas por el esfuerzo de vivir. Letrinas públicas, una plazuela polvorienta, una capilla y el almacén de la compañía. Allí no llegaban los beneficios del oro blanco.

Amador había reunido en una de las casitas a cuatro mujeres, que aceptaron hablar conmigo. A los pocos minutos llegaron otras, atraídas por la novedad de que había una forastera de visita. Había niños semidesnudos correteando por todos lados y un bebé prendido al pecho de su madre. Por dentro, la vivienda se componía de un solo cuarto, cuatro paredes, suelo de tierra, mobiliario mínimo de tabla rústica y ropa colgada en clavos. Entre las mujeres había una prostituta que se presentó como tal y en nada se distinguía de las madres; a primera vista todas parecían envejecidas por la pátina terrosa del desierto y todas me dieron la impresión de fortaleza y dignidad. Esas mujeres luchaban junto a sus hombres, los instigaban a enfrentarse a los patrones, iban a las protestas y a las huelgas con sus niños, donde a veces sucumbían baleadas o pisoteadas por los caballos de los militares. Cuando faltaba carbón, leña o alimento, se presentaban en masa a detener el transporte o las máquinas de la mina. Eran combativas, decididas, inmunes al temor.

Me ofrecieron mate, una infusión de hierba verde, aromática y amarga servida en una calabaza hueca con una boquilla metálica para chupar, que pasaba de mano en mano y de boca en boca. En el brevísimo tiempo que había estado en Chile ya sabía que no se puede visitar una vivienda, por mísera que sea, sin aceptar algo de comer o beber, aunque a veces sea solo agua.

Las mujeres me contaron de la huelga fracasada, de los niños que se morían chiquitos, del dolor de huesos, del agua sucia, del trabajo que molía los riñones, del alcohol que aturdía a los hombres y los volvía violentos, de la rabia que ardía por dentro como una fiebre porque la pobreza era irremediable; nada se podía cambiar, estaban atrapadas en esa tierra que no perdona. Leían periódicos, algunos clandestinos, y panfletos políticos que circulaban discretamente. No ignoraban lo que sucedía más allá del campamento en el resto de la provincia, del país, incluso del mundo; sabían de los inventos modernos, de cómo vivían otras personas, de las fortunas incalculables de los dueños de las minas, y comentaban la revolución de los congresistas con sarcasmo, haciéndose eco de la opinión de Troncoso: una guerra de futres.

—¿De qué les sirve el derecho a voto a los hombres, señorita? Nada cambia para nosotros. No queremos sueldos de hambre. Queremos pago en moneda de verdad, nada de fichas y vales. Queremos escuela para los chiquillos, atención médica, algunos árboles en la plaza, más letrinas, agua limpia —me dijeron.

Amador Troncoso me condujo de regreso a la ciudad. Nos detuvimos a darles reposo a los caballos y mientras esperábamos en la luz incandescente del desierto, sentados en el suelo pedregoso, apenas protegidos por la sombra mínima del coche, el hombre me contó su vida. Fue soldado en la guerra contra Perú y Bolivia, combatió durante cuatro años en varias batallas y participó en la ocupación de Lima. Tuvo suerte, me dijo, porque ninguna de sus heridas fue mortal.

—Tengo cicatrices por todas partes. Cuerpo a cuerpo, bayoneta calada y cuchillo, así les dimos duro a los cholos, señorita. La mortandad era tremenda.

—¿Quiénes son los cholos? —le pregunté.

—El enemigo, pues. Peruanos, bolivianos… Los cholos no son como nosotros, son indios ignorantes, sin civilización. Después trabajé durante un año en la salitrera.

Me explicó que hacía mantenimiento de las locomotoras en los campamentos, era mecánico de oficio, hasta que consiguió trabajo de cochero en las oficinas de Iquique. Tenía tan buena mano para los caballos como para las máquinas. Los animales eran como la gente, dijo, necesitan cariño. Ese nuevo empleo le cambió la vida, le pagaban con pesos, pudo ahorrar un poco e instalarse con su familia.

—Ahora estamos juntos. Nunca quise llevarlos conmigo al campamento. Ese no es buen lugar para una mujer y menos para los niños —me dijo.

—La verdad es que no me pareció buen lugar para nadie, señor Troncoso —le comenté.

—Los hombres tenemos que ganarnos el pan con el sudor de la frente, como manda Dios. Nos toca trabajar y sufrir. Pero la familia no tiene que aguantar tanta mortificación, ¿no cree?

—Las mujeres que conocí me parecieron tan recias y sufridas como el hombre más curtido —le respondí.

—Acuérdese de lo que le digo, señorita: un día se van a unir los trabajadores en este país, con las mujeres al frente, y entonces vamos a tener una verdadera revolución —fueron las últimas palabras de Amador Troncoso al despedirnos en Iquique.

El *Itata* llegó a Chile un par de días más tarde. Al descender del barco, Eric Whelan se encontró con que yo estaba esperándolo en el muelle. Le eché los brazos al cuello y le planté un par de besos en las mejillas que lo desconcertaron, porque en los años de nuestra buena amistad habíamos evitado demostraciones físicas de cariño. Lo pillé en un momento de debilidad, tenía las rodillas trembleques por la navegación y no alcanzó a defenderse. Apenas pudo caminar derecho lo llevé a tomar té, una de las muchas tradiciones que los chilenos de buen vivir respetan con rigor. Por el camino Eric me confesó que él también había echado afuera las tripas en los primeros días de mareo en el barco.

No fue necesario que Estados Unidos hiciera un despliegue de su poderío naval para resolver el problema del *Itata*, bastó la diplomacia, porque antes de que el barco atracara en el puerto, los comandantes del *Charleston* y las otras naves norteamericanas habían pactado un acuerdo con los congresistas chilenos, quienes estaban concentrados en la lucha interna y deseaban evitar a toda costa un conflicto con el coloso del norte. Entregaron sin resistencia las armas y las municiones como un gesto de buena voluntad. Esa fue la versión oficial. La verdadera razón fue que habían recibido un cargamento de armas modernas de fabricación alemana y no necesitaban el botín del *Itata*, después de todo. El barco navegó de vuelta a San Diego a defender su causa ante la justicia, aunque en verdad los chilenos no habían cometido ningún delito.

La presencia de Gran Bretaña se notaba por todas partes en Iquique. Eric y yo nos sentamos en la terraza del hotel, decorada con muebles victorianos y maceteros de plantas defendidas a duras penas del calor y la sequedad del desierto. Le conté a mi amigo que el rey del salitre era John Thomas North, hijo de un minero del carbón en Inglaterra, quien llegó a tener una fortuna incalculable con su visión de negociante y su desmedida codicia. Su poder alcanzaba a todos los ámbitos del país. El presidente Balmaceda lo consideraba responsable de haber torcido la característica más noble de los chilenos: la austeridad. Se había propuesto quitarle poder, pero el Congreso lo protegía.

Un mesonero de gala nos sirvió té, importado de Harrods en Londres, en porcelana fina con panecillos tibios y mermelada de naranja. En Iquique se podía conseguir cualquier producto inglés.

—Veo que en verdad hablas español —comentó Eric, admirado al comprobar que podía entenderme con el personal del hotel.

En realidad, en ese momento, cuando estaba recién llegada al país, yo entendía la mitad de lo que hablaba la gente. El acento no se parecía en nada al de mi barrio de La Misión. Los chilenos se tragaban la mitad de las palabras, parecía que hablaran con un trapo en la boca, usaban términos inexistentes en español, creo que provenían de dialectos indígenas, y empleaban tantos eufemismos que a menudo no se sabía qué querían decir.

—No sé cómo te las vas a arreglar aquí —le dije a Eric.

—Supongo que hay gente que habla inglés.

—¿Por qué lo supones? No es un idioma universal.

Intercambiamos información y planeamos la forma de mantenernos en contacto en un territorio que en tiempos normales tenía dificultad en las comunicaciones y en ese momento estaba sembrado de obstáculos por el descalabro de la guerra. Escribir sobre asuntos militares era peligroso, podía levantar sospechas de espionaje si la correspondencia era interceptada. Necesitábamos una clave, pero no conocíamos ninguna. A mí se me ocurrió que podíamos usar el lenguaje sentimental de las novelas románticas, pero Eric no había leído ninguna. Yo tampoco era experta, lo mío eran las novelas de crímenes, pero eso no servía. Pasamos un par de horas doblados de risa haciendo una lista de frases de amor apasionado y su traducción a los temas de la guerra.

—¿Cómo piensas viajar a Santiago? —me preguntó.

—No hay tren y los caminos son desastrosos. Conseguí pasaje en un barco que parte dentro de pocos días hacia Valparaíso. Allí tomaré el tren —le expliqué.

—La guerra se está librando en el mar. Han hundido varios barcos de lado y lado —me advirtió—. No quiero ni pensar en todo lo que te puede pasar, Emilia. Mejor te quedas aquí. Conmigo estarías más segura.

—En una guerra no hay seguridad para nadie, Eric.

Tuve suerte en los días de navegación hacia Valparaíso y no nos cruzamos con barcos enemigos. El vapor, un viejo armatoste de hierro oxidado que en tiempos normales recorría los puertos repartiendo pasajeros y sacos del correo con parsimonia de elefante, se había convertido en el único medio de traslado de quienes escapaban del conflicto armado. Iba lleno de tope a tope con hombres, mujeres y niños hacinados en las cubiertas, abrigados como mejor se podía con ropa gruesa y frazadas, expuestos al viento y el oleaje, durmiendo a la intemperie en esos días de junio en que ya se notaba la mordedura del invierno. No quiero pensar en lo que habría sido una batalla en esas condiciones. La comida consistía en una mazamorra de maíz con pedazos de carne dura y fibrosa, pescado ahumado, lentejas y frijoles. Las letrinas, calculadas para una décima parte de la gente de a bordo, estaban asquerosas, pero no hubo quejas; todos agradecíamos haber obtenido pasaje.

Llegamos a Valparaíso al amanecer y tuvimos que esperar un par de horas antes de poder desembarcar en tierra firme. En la luz matizada de esa mañana de cielo encapotado, la ciudad aparecía de pronto como una acuarela en tonos amortiguados, un disparate de casitas desordenadas y coloridas colgando de los cerros y en la lejanía la presencia de montañas moradas. Cientos de lanchones y otras embarcaciones se mecían en el mar bravo color petróleo que reventaba en espuma contra las rocas. Millares de pelícanos y gaviotas chillonas alborotaban el aire confundiéndose con el blanco sucio de las velas y caían en picada al agua en la urgencia del hambre. Los botes de los pescadores, que salían de noche a echar las redes, regresaban a esa hora cargados de congrios y atunes todavía vivos.

Valparaíso era el puerto más importante del Pacífico, solo comparable a San Francisco, el emporio donde se almacenaban los productos chilenos para el comercio con el mundo, metales, cueros, lana, madera, trigo. Desde temprano el puerto hervía con el incesante ir y venir de marineros, estibadores, vendedores, carretones y gentes de todas clases, desde damas y caballeros a la moda, hasta mendigos andrajosos. Nunca he visto tantos perros y mulas. Ni tantos soldados. Valparaíso y los alrededores se habían convertido en un campamento militar, pero allí no se notaba la euforia guerrera que había visto en el norte.

El jefe de la Legación de Estados Unidos, Patrick Egan, estaba esperando a nuestro vapor en el muelle, porque éramos varios norteamericanos a bordo, la mayoría con sus familias, incluso un par de delegados del Departamento de Estado. Me señalaron a Egan de lejos y, abriéndome paso en la muchedumbre abigarrada del muelle, sin perder de vista al muchacho que cargaba mi escaso equipaje, me acerqué.

—Ministro, soy corresponsal del diario *Examiner* de California —me presenté.

—¿Usted? ¿Mandaron a una mujer?

—No es usted el primero en notarlo, señor —le dije.

Egan resultó ser un tipo fascinante. Su corta estatura no

restaba nada a su imponente presencia. Tenía cincuenta y cuatro años, pelo y bigote canosos, una manera enfática de hablar que no daba lugar al diálogo. Me habían dicho que era imprudente y colérico, de diplomático tenía muy poco, su verdadera naturaleza era de activista y revolucionario. A pesar de los años desafiando a Gran Bretaña y su vertiginosa carrera política, se había dado tiempo para tener catorce hijos, de los cuales nueve habían sobrevivido. Compadecí a su esposa.

Como casi todos los hombres que conocí, Egan me desdeñaba como periodista, pero se interesó por mí de forma casi paternal. Decidió que no eran tiempos para que una joven anduviera sola e insistió en que viajara en su vagón especial del tren hasta Santiago.

—Venga a verme cuando quiera. Mi esposa tendrá el gusto de presentarla en la buena sociedad —me dijo.

6

Santiago es una ciudad tendida en un valle fértil, rodeada de cerros cercanos y montañas. Dicen que en cualquier parte de Chile donde uno se encuentre se siente la presencia majestuosa de la cordillera de los Andes, cuya energía telúrica determina el carácter orgulloso, serio y recio de los chilenos. El centro de la capital imita una típica ciudad colonial española con la catedral, la plaza y la sede del Gobierno, tal como yo había visto en los libros de mi Papo. De allí salen calles perpendiculares y paralelas en el trazado que establecieron los primeros fundadores de acuerdo con las instrucciones de los Reyes Católicos.

A mi llegada todavía el ambiente estaba saturado de olor a chamusquina y de rabia popular por el extenso incendio ocurrido unos días antes. Culpaban al Gobierno. La crisis política era tan grave que Balmaceda suspendió el servicio telefónico para evitar que lo usara el bando contrario. En la madrugada del 4 de junio empezó el incendio y, a falta de teléfono para llamarlos a la acción, los bomberos no se enteraron hasta un buen rato más tarde, cuando el humo les picaba en los ojos. Tardaron una hora en acudir y lo hicieron a pie, porque los caballos de los carros habían sido requisados por el Ejército para fines bélicos. Se quemó toda la manzana, incluso la nueva Universidad Católica, bancos y sedes de periódicos. Los enemigos de Balmaceda echaron a correr el rumor de que el presidente en persona había ordenado a sus rufianes prenderle candela a la manzana para hostigar a la Iglesia, a los banqueros y a la prensa de la oposición.

A diferencia de Iquique, donde me pareció que la población consistía en gente del bajo pueblo y soldados, con una élite social a la cabeza, que incluía al alto mando militar, en la capital dominaba una bullente clase media de empleados públicos y privados, artesanos y profesionales. Se veían grupos de curas y monjas, guardias a caballo, y no faltaban los pobres y mendigos, los rotos. Perros por todas partes; ese era el país de los perros, palomas y gorriones. Había una variedad de coches, carretones con mulas y, de vez en cuando, una carreta tirada por bueyes y cargada hasta el tope. Los hombres del pueblo andaban con chancletas, ponchos y sombreros cónicos como los chinos, los de la burguesía usaban traje formal y sombrero de copa o chistera, o bien bombín, y las mujeres llevaban mantos negros en la calle; supuse que en verano se los quitaban. Mi capa larga era oscura y se parecía bastante a los mantos de las chilenas, de manera que, si no fuera por mi altura, no habría llamado la atención; allí la gente era corta de estatura.

A pesar del estado de guerra, la vida cotidiana no parecía alterada excepto por la presencia de uniformados y por el toque de queda, que prohibía circular por la calle de noche. El comercio estaba abierto, en los parques paseaban niñeras con cochecitos, entraba y salía gente apurada de las oficinas. Vendían comida en puestos en la calle: pescado frito, maní tostado, empanadas, dulces, castañas asadas. Entre el rechinar de ruedas y cascos de caballos se oían los gritos de los pregoneros anunciando periódicos, afilado de cuchillos, escarmenado de colchones de crin y lana, tratamientos para callos, destapado de alcantarillas y exterminación de ratones. En cada barrio había una iglesia, en cada calle una botica y en cada esquina una notaría.

Me instalé en la residencia para damas porque era más barata que un hotel y el precio incluía desayuno y servicio de lavado de ropa. Pertenecía a dos hermanas solteras de origen francés. La casa era un reducto de aseo y pulcritud en una ciudad donde se acumulaba la bosta de caballo en las calles y por las acequias abiertas corría el agua inmunda de los desechos humanos. Me cobraron la semana adelantada y me entregaron las estrictas reglas de la casa escritas con caligrafía florida en una cartulina.

El cuarto que me asignaron era sencillo, pero mucho más amplio y mejor amueblado que el mío en la casa de mis padres. Contaba con un catre metálico con un buen colchón de lana, dos sillas, una cómoda de tres cajones, un espejo manchado pero todavía útil, una mesa que servía de escritorio y dos lámparas de queroseno. Disponía de un jarrón con agua y un lavatorio y tenía derecho a un baño de tina semanal en el sótano, donde estaban las bateas del lavado. El desayuno, que se servía a las ocho de la mañana en el comedor con manteles almidonados y servilletas de lino, consistía en té o mate, pan con mantequilla, queso y pasta de membrillo; los domingos ofrecían huevos con salchichas del mismo carnicero alemán que abastecía al palacio presidencial. Las severas solteronas francesas y sus dos mucamas indígenas, sigilosas como ratoncitos, mantenían una limpieza rigurosa; ni una mosca se habría atrevido a incursionar en esa casa.

A la mañana siguiente salí a comprar la prensa que pude conseguir, desde el diario más antiguo e importante, que estaba al servicio de los congresistas, hasta la multitud de publicaciones satíricas con grotescas ilustraciones de los hombres en el poder, incluso Balmaceda, y los periódicos de los obreros, que denunciaban las malas condiciones de trabajo, los abusos de los patrones y la miseria generalizada de la existencia. Eran casi todos de tendencia socialista o anarquista, de poco tiraje y distribución gratuita, esenciales para informar y unir a los diferentes gremios. Me encerré en mi habitación un día entero a leer para tener una idea del estado de ánimo del país. Pasé los días siguientes hablando con la gente, desde mesoneros, vendedores ambulantes y cocheros, hasta los funcionarios públicos que atrapé al vuelo.

La invitación del ministro Egan y su esposa no se hizo esperar. Se trataba de una velada a las cinco de la tarde en su residencia y ofreció enviar su coche a buscarme. Planché mi vestido color musgo, que había usado una sola vez durante la última noche de navegación en el *Charleston*, y a falta de joyas, que no poseo, excepto por mi medalla de la Virgen de Guadalupe que siempre llevo prendida en la ropa interior, me até al cuello una cinta de terciopelo rojo, como se usa en San Francisco. Al verme en el espejo, tuve la impresión de que una cuchillada me había cercenado el cuello. No pude evitar un escalofrío; parecía una premonición.

La mansión de Egan era de buena arquitectura y mobiliario afrancesado, como suele verse en los hoteles de San Francisco: patas curvas, mesitas frágiles, sillones tapizados en brocado, lámparas de lágrimas con docenas de velas, jarrones de porcelana, cuadros mitológicos de dioses del Olimpo, chimeneas ardiendo en cada habitación. Muy pronto me tocaría comprobar que no era el estilo habitual en Chile, donde el frío y las corrientes de aire se consideraban saludables, el lujo era sospechoso y la decoración casi inexistente, excepto entre los nuevos ricos del salitre, que se atrevían a dar mal ejemplo de ostentación, lo cual resultaba de pésimo gusto, sobre todo en los tiempos que corrían. La casa estaba programada para muchos hijos, pero la mitad de ellos ya no vivía con los padres y reinaba una extraña sensación de vacío, como si estuvieran esperando a alguien. A pesar de la hora temprana, la concurrencia vestía con el esmero que se reserva para la cena, los hombres de esmoquin y las mujeres de terciopelo, seda y encaje, pero en tonos oscuros y con joyas muy discretas. Mi vestido no desentonaba demasiado.

Los invitados eran algunas de las pocas personas de rango que permanecían leales a Balmaceda. Había un par de militares, un joven periodista llamado Rodolfo León y un sacerdote de aspecto cadavérico, el padre Restrepo, a quien me presentaron como «la conciencia viva de Chile». Era el confesor y guía espiritual de la clase alta y en un par de ocasiones había servido de intermediario entre el Gobierno y los rebeldes. A pesar de que las relaciones de Balmaceda con la Iglesia eran muy tirantes, ese hombre de sotana tenía acceso directo al presidente.

—La señorita Emilia del Valle Claro —me presentó Egan.

—¿Del Valle? ¿Está relacionada con Paulina del Valle? —me preguntó una dama en tono insolente y con voz de cacatúa. Se refería a la señora que había hecho una fortuna con el hielo durante la fiebre del oro en California.

—Sí, pero todavía no la conozco. Vivo en San Francisco y llegué hace poco —le dije.

—Claro… ¿Cuáles Claro son esos? —insistió la señora.

—Los Claro de Chihuahua —le contesté con tanta firmeza que no preguntó nada más.

Egan me apartó para explicarme que los amos de Chile, los que detentaban el poder económico y político, eran un puñado de familias, que poseían las grandes haciendas y las manejaban como señores feudales. El castigo de azotes y del cepo para los inquilinos era habitual y a menudo se vendía la tierra con los peones que la trabajaban. Me aclaró que no se trataba de esclavitud, ya que eran libres de marcharse, aunque en realidad no podían hacerlo, porque no tenían adónde ir. Otros patrones no los emplearían y acabarían sumándose a los mendigos y vagabundos de los caminos y las ciudades. Entre las familias de clase alta siempre se usaban los apellidos del padre y de la madre para ubicarse unos a otros en la escala social y en la intrincada red de parientes. Del Valle era un apellido de rango, según Egan, pero la familia Claro tenía varias ramas y algunas eran menos encumbradas que otras. Nadie había oído de los Claro de Chihuahua.

La esposa de Patrick Egan era un mujer pequeña y robusta, deformada por la maternidad. Había perdido cinco hijos y solo tres estaban en Chile. El dolor de los hijos fallecidos y ausentes se le notaba en la mirada opaca y el gesto triste, pero las pruebas que había soportado no la habían doblegado. Supe que era católica observante, pero en algunas reuniones sociales se había expresado partidaria de las leyes anticlericales, como quitarle a la Iglesia el registro de nacimientos y muertes para transferirlo al Estado, legalizar el matrimonio civil y establecer libertad de culto. Sus opiniones caían pésimo entre las damas chilenas, casi todas muy conservadoras, y le valieron más de una reprimenda incendiaria del padre Restrepo. La señora controlaba a su indomable marido con solo levantar las cejas, como pude apreciar cuando el ministro se lanzó a una diatriba a propósito de las mujeres que pretendían invadir el campo de los hombres. Se refería a la primera mujer médico de Chile, pero me sentí aludida, porque yo era la única que trabajaba entre las damas del salón. Las cejas de su esposa lo atajaron en seco.

—Disculpe, señorita Del Valle, no me refiero a usted —agregó rápidamente Egan.

—Si tuviéramos acceso a la misma educación que los hombres, podríamos ocupar las mismas profesiones —le dije.

—Algunas mujeres tienen bastante inteligencia —intervino el padre Restrepo—. Pero si Dios quisiera que fueran profesionales, las habría hecho hombres, ¿no cree? No debemos desafiar a la voluntad divina. El Señor, en su infinita sabiduría, les ha asignado a las mujeres la tarea sagrada de criar a los hijos. Ellas son las guardianas de la familia, los ángeles del hogar. El sexo débil es...

—Con el debido respeto, padre, nuestro sexo no es débil —lo interrumpió la señora Egan.

—Tiene razón, mi estimada dama. Digamos entonces que

las mujeres pertenecen al sexo protegido. Necesitan la protección del hombre.

—No siempre la tienen —apuntó ella—. Pero ya es hora de pasar al salón de música. Hemos programado una pequeña diversión.

En el salón nos entretuvieron con un breve concierto de arpa y piano y un eterno recital poético. Dos muchachas vestidas con túnicas plisadas y tiaras doradas, como vestales, se turnaron para declamar versos de Rubén Darío, el poeta nicaragüense que había vivido tres años en Chile y dejó una huella imborrable. El recital se prolongó más de lo necesario a mi parecer; me crujían las tripas de hambre.

Por fin, cuando ya empezaba a detestar a Rubén Darío, las chicas saludaron con reverencias y pasamos a la mesa: ostras, crema de hongos, perdices rellenas con higos secos y nueces, *filet mignon* con coliflores trufadas, varias ensaladas, quesos, fruta y un pastel decorado con dos banderitas de mazapán, una de Estados Unidos y otra de Chile, todo regado con champán de Francia y vino tinto Cousiño.

—Los vinos chilenos son tan buenos como los franceses, ¿no le parece, señorita? —me preguntó Egan.

—No sé nada de vinos —respondí.

—¡Cómo va a saber, si estos americanos solo toman cerveza! —apuntó la misma mujer que había preguntado por mis apellidos.

—Tampoco soy una experta en cerveza, señora —le dije, y tal vez mi tono no le gustó, porque se calló al instante.

Al padre Restrepo le sirvieron solo un caldo traslúcido, y mientras los demás nos llenábamos la barriga con ese banquete pantagruélico, él nos recordó el efecto purificador del ayuno y la autoflagelación.

En los escasos momentos en que pude conversar con el periodista Rodolfo León comparamos la prensa y la cultura de nuestros dos países, hablamos de mi papel como corresponsal y descubrimos que teníamos intereses comunes. Quedamos en juntarnos al día siguiente.

Durante la comida se habló de política con Egan a la cabeza perorando con la pasión que lo caracterizaba. Acosado por las preguntas de varios de sus invitados admitió que Balmaceda estaba perdiendo la guerra de propaganda en el extranjero, donde la posición de los congresistas resultaba más convincente que la del Gobierno.

—Los periodistas como usted, señorita Del Valle, tienen el deber de informar de la verdad sobre los logros extraordinarios y la visión moderna de Balmaceda. Los que se llaman revolucionarios se oponen al cambio —agregó.

—¿Cómo es eso, ministro? —le pregunté.

—Quieren darle todo el poder al Congreso, que ellos controlan. Si fuera por ellos, no habría progreso.

—Perdone mi ignorancia. Parece que estoy muy equivocada. Creía que justamente los congresistas desean un cambio; por ejemplo, elecciones libres —le dije.

—Tenemos elecciones, señorita. Votan los varones mayores de veintiún años que sepan leer y escribir. Tradicionalmente el presidente designa a su sucesor —interrumpió Rodolfo León.

—Y el candidato siempre pertenece a la oligarquía, ¿verdad? —le pregunté.

—Sí, porque en general son los más preparados, pero la clase social no es un factor determinante, solo la personalidad y experiencia del candidato. Hemos tenido buenos presidentes y buenos gobiernos —me respondió.

—O sea, ¿que podría haber un presidente obrero o de clase media?

—Por supuesto. Eso no se ha dado todavía, pero será así en el futuro —me aseguró.

—En Estados Unidos los presidentes también pertenecen a una minoría política y social —intervino Patrick Egan.

—Pero son elegidos por el pueblo, no son designados —le dije.

—¿Quiénes son los ciudadanos?, ¿los negros?, ¿los pobres?, ¿los inmigrantes? Allá hay tanto cohecho en las elecciones como aquí —replicó Egan enfáticamente.

—Tengo muchas preguntas, ministro. Sería de gran ayuda poder entrevistar al presidente —le dije.

—Me encargaré de eso. Deme unos días para arreglarlo —me ofreció.

La velada concluyó con las mujeres en un salón bebiendo un licor azucarado y aromático en diminutas copas de cristal veneciano y los hombres en la biblioteca disfrutando de coñac y cigarros. Me di cuenta de que el círculo femenino no me incluía en su conversación y deduje que esas damas estaban escandalizadas conmigo, porque siendo extranjera me había atrevido a opinar sobre Chile.

Entre sorbos del líquido dulzón me enteré de que Paulina

del Valle, la jefa incuestionable de su extenso clan, así como el resto de la familia Del Valle estaban del lado de los congresistas, como casi toda la aristocracia chilena. No me atreví a mencionar a Gonzalo Andrés del Valle, porque podía desencadenar una avalancha de preguntas inconvenientes, pero supe cómo iba a ubicar a mi padre.

Volví al hotel con el estómago en llamas poco antes del toque de queda. En el silencio de las calles vacías resonaban como martillazos las patas de los caballos de los temidos vagones cerrados de la Seguridad.

Rodolfo León, el periodista que había conocido la noche anterior, era un hombre de vasta cultura, apasionado y generoso. Antes del encuentro que habíamos acordado averigüé algo de su trayectoria, porque él no la iba a mencionar; en Chile era una ordinariez hablar de los logros propios, siempre se dejaba que eso lo hicieran otros, la falsa modestia era de rigor entre la gente decente. La jactancia de los norteamericanos les resultaba chocante. Supe que era médico, había participado como cirujano en la guerra del Perú, fue condecorado por su valor y había sido elegido diputado por el Partido Liberal en un par de ocasiones. En los últimos años había fundado un periódico cuya misión era defender el programa de Balmaceda y atacar a sus enemigos políticos.

—¿No cree en la objetividad de la prensa? —le pregunté.

—Francamente, señorita, creo que eso no existe —me respondió.

Nos habíamos dado cita en un salón de té y pastelería en el

centro de la ciudad, donde a mediodía se juntaban los oficinistas, todos vestidos de la misma manera desde el chaleco hasta el sombrero, como si anduvieran de uniforme, un contingente de hombres de gris y negro. Llegué antes, me senté a una de las mesitas y pronto me di cuenta de que la gente me observaba sin disimulo. En eso llegó el periodista.

—Disculpe el atraso, señorita Emilia. Siento mucho que tuviera que esperarme —me dijo.

—No se preocupe, fue solo por un momento.

—Aquí no se usa que una dama sola ocupe una mesa. En general las damas andan acompañadas en lugares públicos —me explicó.

—Ahora entiendo por qué me miraban tan feo antes de que usted llegara —le dije.

—En algunas cosas estamos todavía en tiempos de la colonia, mientras que en otras somos el país más progresista del continente. Y debo agregar que también somos el más estable en esta región de caudillos y revoluciones.

—Eso es lo primero que me contaron de Chile —admití.

—Espero de todo corazón que este conflicto sea solo un lamentable paréntesis en nuestra sólida tradición republicana —agregó.

Me dijo que la rebelión de los congresistas no tenía nada que ver con la defensa de la Constitución, solo con la codicia de los amos de las minas, la agricultura y la industria. El programa de Balmaceda no les convenía: leyes de defensa de los trabajadores, educación gratuita y obligatoria, libertades civiles. Era un crimen histórico enfrentar a chilenos contra chilenos en defensa de sus intereses, y solo cabía esperar que los dos bandos llegaran a un acuerdo antes de que se derramara más sangre.

Se refirió a la guerra anterior como una acción heroica y me habló de sus años como cirujano militar, de cómo los heridos no se contaban entre las bajas, aunque muchos morían al poco tiempo de contraer una infección, de las batallas que le tocó presenciar, de la ocupación de Lima, de cómo la historia oficial la escriben los vencedores, en este caso los chilenos, y se omiten las atrocidades cometidas en nombre de la patria.

—En la guerra no hay honor ni piedad; todos se comportan como bestias sanguinarias —me dijo.

Me explicó que por el momento los rebeldes dominaban el mar, pero el presidente contaba con dos cazas torpederos modernos que en abril habían flanqueado al buque acorazado más poderoso de la escuadra congresista y lo hundieron en pocos minutos.

—Fue un golpe tremendo para los congresistas —agregó.

—Entiendo que la rebelión no está concentrada solo en el norte, también existe aquí, en la capital, y en Valparaíso —le dije.

—Está de moda declararse opositor al Gobierno.

Me contó que existía un grupo llamado Comité Revolucionario de Santiago compuesto en su mayoría por jóvenes de familias prominentes, que complotaban abiertamente contra el Gobierno con espíritu deportivo, como si todo ese barullo militar fuera un juego.

—Se creen por encima de la ley, pero están identificados y los vigilan —me dijo.

Como periodista, no me correspondía formarme una opinión sobre quién tenía la razón en ese conflicto. Así pensaba cuando emprendí el viaje a Chile, pero ahora que estaba inmersa en la realidad, no podía ignorar mis sentimientos. Creía que Balmaceda defendía los derechos de la gente común, que trataba de romper el control férreo de la aristocracia, pero había oído que actuaba con gran brutalidad y que sus motivos no eran los más elevados. No sabía qué pensar; ¿cuál era la verdad? Imaginé que Eric estaría haciendo sus entrevistas con neutralidad profesional, pero tal vez era inevitable que su simpatía estuviera con los rebeldes sobre quienes estaba reportando. ¿Podía mantenerse imparcial? ¿O estaba lleno de dudas, como yo?

No necesité esperar a que el ministro Egan cumpliera el ofrecimiento de presentarme al presidente, porque unos días más tarde Rodolfo León me facilitó la entrevista. Me había contado tanto del presidente que sin haberlo visto nunca me parecía conocido. Balmaceda pertenecía a la oligarquía más antigua, poseía vastas haciendas, una provincia entera con estaciones de tren, pueblos y cientos y cientos de campesinos. Tenía reputación de ser brillante y de incorruptible honestidad. Era autoritario, por cierto, estaba acostumbrado a mandar, como casi todos los hombres de su clan, pero creía en las instituciones republicanas y había respetado la Constitución hasta que decidió interpretarla a su manera. No fue el primero en hacerlo, pero ahora estaban en juego los ingresos del nitrato. Chile era un país rico.

El jueves a las tres de la tarde entré en la sede del Gobierno acompañada por Rodolfo. Atravesamos varios salones en semipenumbra, con muebles antiguos y cuadros épicos, y subimos al segundo piso, al ala del edificio destinada al presidente. Me sorprendió que, a pesar del clima de odio y violencia que reinaba en el país, el palacio tuviera el ambiente tranquilo propio de un museo. Nadie nos pidió identificación o credenciales ni preguntó adónde nos dirigíamos.

En la antesala, un secretario nos ofreció asiento en unas sillas de respaldo alto y terciopelo imperial alineadas contra las paredes como si estuvieran en venta. Un par de minutos más tarde gimieron los goznes de una pesada puerta de madera oscura y salió un militar barbudo, amarillento y tan cadavérico que el uniforme le colgaba como si perteneciera a un hombre mucho más corpulento.

—Es el general Barbosa —me informó Rodolfo en voz baja—. Peleó en la campaña contra los indígenas de la Araucanía, en la guerra contra el Perú y Bolivia y ahora está al mando del Ejército. Está muy enfermo, pero sigue en su puesto dirigiendo la lucha contra los rebeldes.

Pensé que el aspecto decrépito del general era un mal augurio para sus tropas. El secretario me indicó que era mi turno de ser recibida, mi nuevo amigo me deseó buena suerte y un instante después me encontré por fin frente al presidente de Chile.

---

18 de julio de 1891

EL PRESIDENTE
Por Emilia del Valle

El palacio presidencial de Chile parece una fortaleza colonial, cuadrada, de dos pisos, con barrotes en las ventanas.

Veo solo dos guardias montados en caballos negros de pura raza que cumplen una función decorativa a la entrada del edificio

El presidente José Manuel Balmaceda es un hombre de cincuenta y un años, alto, delgado, distinguido, de grandes ojos oscuros, frente altiva, cabellera abundante y bigote tupido. Carismático, inteligente, da una impresión de calma y seguridad. Es el producto refinado de varias generaciones de abolengo, sus apellidos datan de los albores de la colonia en el siglo XVII, y su familia posee extensas propiedades que abarcan de la cordillera al mar. Me saluda de pie y me da la bienvenida con el gesto de besarme la mano.

—Emilia… Mi esposa también se llama Emilia. La familia Del Valle es muy conocida en Chile, señorita.

—Eso me han dicho, excelencia. Espero tener la ocasión de conocer a la señora Paulina del Valle.

—Si la ve salúdela de mi parte. Es amiga de mi madre, pero en estos tiempos ya no se sabe quién es amigo de quién. Los Del Valle son congresistas. ¿No quiere un cafecito? —me ofrece.

En Chile se formulan las preguntas en negativo —¿no quiere?— y se usa el diminutivo —cafecito— para casi todo. Esa costumbre de minimizar, que parece humildad o apocamiento, se contradice con la idea de superioridad que los chilenos tienen de sí mismos: la mejor raza, la economía más fuerte, la democracia más sólida, el ejército más disciplinado, el país estrella de América del Sur.

Desde mi llegada a Chile he oído que Balmaceda ejerce el poder como un tirano, ha impuesto una represión despiadada, detenciones, saqueos, torturas y ejecuciones, su ejército recluta a jóvenes a la fuerza, se ha paralizado la agricultura y la industria por falta de trabajadores, la prepotencia y brutalidad de sus esbirros está fuera de control. Sus adversarios políticos son perseguidos y muchos están presos, en el exilio o asilados en legaciones extranjeras. Lo acusan de soberbia y vanidad, de no escuchar críticas ni leer la prensa contraria, de manipular las elecciones y pasar por encima de la ley y del Congreso.

Me resulta difícil conciliar lo anterior con la impresión de ecuanimidad que proyecta Balmaceda y la lista impresionante de las obras públicas que ha logrado su Gobierno. La mano dura con que ejerce el poder se entiende en medio de una guerra civil, pero la represión comenzó antes. A mi pregunta sobre los periódicos que ha clausurado, replica que esa prensa miente e incita a la violencia, que representa los intereses de la élite social enemiga del Gobierno.

—Dicen que he traicionado a mi clase. No me perdonan que represente a las nuevas fuerzas sociales. Ellos son el futuro de Chile. El progreso se mide en un pueblo educado y con salarios justos —me dice.

—Sin embargo, el año pasado su Gobierno reprimió brutalmente la huelga de trabajadores que pedían mejores salarios. Los militares dejaron un saldo de cientos de muertos. Y hace unos meses ocurrió algo similar con los huelguistas del salitre —le digo.

—El Gobierno debe mantener el orden aun a costa de perder su popularidad —replica en tono cortante.

Al hablar sobre la oposición religiosa, me informa de que

le achacan las leyes laicas y el proyecto de separación del Estado y la Iglesia, pero eso data del Gobierno anterior. La Iglesia ha perdido influencia en los asuntos públicos, pero ejerce un inmenso poder en las familias de la clase alta, a la que pertenecen muchos de los parlamentarios insurgentes. Se niega a llamarlos revolucionarios porque pelean por conservar todo como está, especialmente sus privilegios.

—Mi Gobierno es revolucionario, ellos son contrarrevolucionarios —me dice—. Temen los cambios que se avecinan. El papel del Congreso está garantizado por la Constitución, pero un régimen parlamentario, como el que pretenden imponer, sería fatal. No acepto para mi patria la dictadura del Congreso ni la del presidente. Los poderes públicos deben ser libres e independientes —agrega.

Declama con convicción y elocuencia, pero sin levantar la voz, siempre mesurado. En el mismo tono se refiere a su proyecto de nacionalizar el salitre, en detrimento de las compañías británicas y de los inversionistas, muchos de los cuales son senadores y diputados. Eso explica que Gran Bretaña apoye a los congresistas, porque estos le han garantizado el control de las minas.

—El salitre es un recurso efímero, no va a durar para siempre, este es el momento de aprovecharlo. La victoria sobre el Perú nos ha dado de sobra para hacer un gran país. Hagámoslo —me dice al terminar la entrevista.

<hr />

Después de entrevistar al presidente, me esforcé en barajar en mi cabeza las contradicciones de este lugar. Yo era extranjera en Chile y no podía aspirar a comprenderlo, pero el país me halaba como si de manera misteriosa yo perteneciera a él. Sentada en mi pieza de la pensión pensé en mi Papo con infinita gratitud. Había viajado desde mi hogar hasta otro hemisferio —gracias en gran parte a la confianza en mí misma que él me inculcó—, me las había arreglado en una tierra extraña donde una mujer sola resulta muy sospechosa y había logrado el acceso a la cumbre del poder. Don Pancho estaría orgulloso de mí.

7

Paulina del Valle vivía en una mansión impresionante de arquitectura neoclásica en la avenida Ejército Libertador, el sector favorito de la aristocracia, situada en la esquina de dos calles principales. Desde afuera se imponía como un palacete con una entrada enmarcada en columnas, ventanales en dos pisos señoriales, ventanas más pequeñas en un tercero y un torreón.

Apenas empezó la guerra civil en enero, la familia Del Valle desapareció de la vida social en Santiago; eran todos enemigos del Gobierno. Unos se refugiaron en sus campos o se fueron del país, otros se unieron a los rebeldes en el norte o se asilaron para escapar de la represión. Paulina, sin embargo, no se había movido de su residencia, porque gracias a su amistad con la madre del presidente Balmaceda, contaba con inmunidad. Nadie se atrevía a tocarla. Mientras otras mansiones del sector estaban cerradas a machote y pintarrajeadas de amenazas y groserías, ella hacía alarde de mantener luces encendidas en sus ventanas durante el toque de queda.

Después de vivir muchos años en San Francisco, donde hizo su fortuna, la matriarca Del Valle enviudó y regresó a Chile con un segundo marido que se sacó de la manga como un ilusionista, según dicen, y se instaló con un lujo poco usual en esa sobria sociedad. Sus alardes de riqueza causaban tantas habladurías como su espléndido marido, un inglés misterioso y bastante más joven que ella, que se relacionó rápidamente con la flor y nata de Santiago. Se decía que el hombre pertenecía a la realeza británica y que por una inexplicable modestia no usaba su título, pero también se especulaba en susurros que había sido el mayordomo de Paulina en San Francisco. En cualquier caso, se casó con ella por dinero, no podía existir otro motivo, aseguraban los chismosos. Por supuesto, Paulina estaba al tanto de esas habladurías, que le causaban gran regocijo, porque conocía cuán clasista era la sociedad chilena y cómo esa gente acallaría toda sospecha para evitar el bochorno de haber sido burlada. La idea de haber aceptado en su seno a un sirviente era intolerable, y peor aún haberlo confundido con un aristócrata.

La noticia de que una persona de California con el apellido Del Valle había llegado a Santiago, le picó la curiosidad a la matriarca. En su clase social todo se sabía en menos de veinticuatro horas, pero por si acaso, me encargué de que Paulina se enterara de mi existencia mediante la esposa del ministro Egan, con quien ella jugaba a los naipes los jueves. Esa era la historia oficial, pero parece que en realidad hacían espiritismo: Paulina para invocar a Feliciano, el marido de su juventud con quien tuvo peleas épicas, pero se amaron con pasión temeraria, como ella misma lo admitía tan a menudo que no era ningún secreto, y la otra señora para comunicarse con sus hijos fallecidos. Ella me hizo llegar la invitación de Paulina.

Para la visita me arreglé lo mejor posible, compré una caja

de bombones finos, porque me habían advertido que Paulina era muy golosa, y me presenté con media hora de atraso, como era lo correcto entre chilenos. El interior del palacete era un disparate de adornos exagerados, cortinajes con flecos y muebles incómodos; de neoclásico tenía poco.

Paulina del Valle me recibió en una galería de vidrio, frente a un jardín interior, entre jaulas de pájaros y plantas tropicales que aguantaban estoicamente el clima, instalada en una poltrona de mimbre con un perrito lanudo en la falda. A sus pies, una niña de unos diez u once años estaba entretenida dibujando en un cuaderno.

—Adelante, señorita. Disculpe que no me levante, tengo un ataque de gota. Tome asiento —me dijo señalándome otra poltrona—. Esta es mi nieta Aurora. ¡A ver, chiquilla! ¡Saluda a la visita como se debe!

La chica se puso de pie, se estiró el vestido y me hizo una breve reverencia; luego se sentó de nuevo a los pies de su abuela.

Paulina era una mujer de unos setenta años, aunque resultaba difícil calcular su édad, porque si bien el cuerpo estaba deformado por el sobrepeso, su rostro era joven, de mejillas rosadas y ojos chispeantes, y tenía manos blancas y delicadas de doncella. Vestía de raso negro, que parecía ser el color preferido por esos lados, y estaba adornada con una colección de collares, anillos, pulseras y aretes, como un ídolo asiático. Esa extravagancia caía pésimo en Chile y sospecho que ella se complacía en chocar a los melindrosos.

Abrió la caja de bombones, se echó uno a la boca y tocó una campanilla de plata. Al instante, como si hubiera estado esperando detrás del macetero de los helechos, apareció una mujer de delantal blanco y cofia almidonada trayendo una bandeja.

—¿No quiere una tacita de chocolate? —me preguntó Paulina.

Pronto me encontré equilibrando una taza de chocolate espeso en las manos y un plato con un pastel de merengue y dulce de leche en las rodillas. La pastelería chilena se limita casi exclusivamente a esos dos ingredientes, que combinados contienen cantidades letales de azúcar.

—¿De cuáles Del Valle es usted? —me preguntó la imponente dama.

—Soy hija de Gonzalo Andrés del Valle, señora.

—¿Puede probarlo? No cuesta nada atribuirle la paternidad a cualquiera —me espetó.

—No se puede probar la paternidad de nadie, señora. La madre es un hecho, el padre es una opinión —le respondí.

Ella recibió mis palabras con un respingo de sorpresa, seguido de una risa liviana de muchacha, inesperada en una persona de su volumen.

—¡Bien dicho! —exclamó.

—Vine de San Francisco a conocerlo —le expliqué.

—¿No es periodista, usted? Eso no está bien visto en una mujer, pero casi nada de lo que yo he hecho en mi vida ha sido bien visto. Eso no me ha impedido hacer lo que me da la gana. Me dijeron que vino por esta absurda guerra civil —replicó.

—Vine por eso y también por mi progenitor. Nunca pienso en él, pero prometí llevarle noticias de él a mi madre.

—¿Para qué? En caso de que Gonzalo Andrés sea su padre, como usted dice, su madre haría mejor olvidándolo, porque no va a conseguir nada de él. Es escurridizo. Le tengo aprecio, no me queda más remedio, porque es mi sobrino y además soy su madrina de bautizo, pero no soy ciega —me dijo en el tono agresivo que parecía ser habitual en ella.

—De todos modos, debo verlo, señora —le dije.

—No sé si él aceptará recibirla. Nunca ha mencionado que tiene una hija.

—Por favor, pregúntele, señora. Si él decide no verme, no voy a insistir. Es posible que no recuerde a mi madre ni que dejó a una hija en San Francisco.

Paulina del Valle se quedó pensando durante unos minutos, ocupada en acariciar al perrito lanudo y saborear su segunda taza de chocolate.

—Mi sobrino está escondido —me informó al fin—. Nadie lo persigue, no cumple ningún papel en esta revuelta, pero es muy prudente, por no decir cobarde. Podría quedarse conmigo, en esta casa nadie nos molesta, pero no es fácil vivir conmigo, ¿verdad, Aurora?

—Cierto, abuela —contestó la niña sin levantar la vista de su dibujo.

—Le voy a mandar una nota a mi sobrino para avisarle de que usted lo busca. Que quede bien claro: no lo hago por usted, sino porque quiero saber en qué termina este embrollo —me dijo.

—Gracias. ¿Qué me puede decir de él, fuera de que es escurridizo y cobarde? —le pregunté.

Se rio de nuevo y con tanto gusto que se atragantó con el pastel. La niña dejó su cuaderno y le dio unas palmadas en la espalda.

—¿Para qué vamos a andarnos con rodeos? Usted es huacha, ¿no es cierto? —me dijo Paulina, una vez que recuperó el aliento.

Yo ya había aprendido que ese término se les aplica a los hijos ilegítimos. El presidente Balmaceda nació antes de que sus padres se casaran, por eso lo apodaban El Huacho.

—La ley y la Iglesia discriminan contra los huachos, pero el mundo está lleno de ellos. No hay de qué avergonzarse, señorita. No es culpa suya. Es culpa de sus padres, su madre por dejarse engañar como una tonta y su padre por irresponsable y fornicador.

Me sobresalté al escuchar ese término en boca de ella, pero recordé que tenía fama de deslenguada.

—A veces la gente cambia. ¿Cómo es su sobrino ahora? —le pregunté, desalentada con el cuadro que me había pintado.

—Se volvió católico santurrón. De tanto golpearse el pecho se machucó los pulmones. Me gustaba más antes, cuando era un tarambana —replicó ella sin vacilar.

Paulina del Valle se lanzó a una diatriba sobre la represión del Gobierno, sobre cómo Balmaceda había cerrado universidades, liceos y centros políticos, tenía las cárceles llenas, cualquier opositor podía terminar preso y torturado. No existía ni un amago de justicia, el dictador había clausurado los tribunales y desmantelado la Corte Suprema porque ponían en libertad a los detenidos del régimen, aunque los jueces solo cumplían con la ley, dijo. Esos jueces fueron reemplazados por tribunales militares y con cualquier pretexto incautaban los bienes y las tierras de los congresistas.

—Escriba eso en su periódico, señorita. Mi familia y todos mis amigos están ocultos o huyeron lejos. Van quedando unos cuantos jovencitos locos que arriesgan el pellejo complotando contra Balmaceda.

En ese momento entró trotando un perro grande con las patas enlodadas, que se sacudió sobre la alfombra, seguido por un hombre alto, de pelo canoso, patillas frondosas, bigote de puntas enceradas y chaqueta de cazador. El perrito faldero saltó al suelo, y mientras los dos animales correteaban en círculos ladrando y oliéndose el trasero, Paulina del Valle increpó al recién llegado.

—¿En qué andaba usted?

—Tomándole el pulso a la situación allá afuera, querida. No me gusta lo que veo. La violencia se siente en el aire y a la menor chispa puede estallar. El Gobierno se encuentra en estado de alerta —le respondió el hombre en inglés con acento británico de persona bien educada.

—Espero que los muchachos del Comité no provoquen a Balmaceda con alguna de sus tonterías —comentó ella en un inglés terrible. Recordé el grupo de jóvenes aristocráticos que había mencionado Rodolfo León.

—Es mejor que no salga a la calle, Paulina —le advirtió él.

—¿Adónde voy a ir con esta gota? Este es Frederick Williams, mi marido —nos presentó—. La señorita Emilia del Valle. Esta joven asegura que es hija de Gonzalo Andrés y supongo que ha venido de lejos a arreglar cuentas con la familia.

No alcancé a reaccionar ante ese comentario grosero, porque el galante marido, que parecía hijo de ella, me saludó con un besamanos a la antigua. Tuve la impresión de que lo había visto antes, pero eso era imposible.

—Lo lamento, señorita —dijo el hombre, y no supe si se refería al insulto de su mujer o a la mala suerte de ser hija de mi padre.

—Yo también, señor Williams. Preferiría ser hija de Francisco Claro, mi padrastro, pero no se elige a la familia —le respondí.

—Si usted es hija de Gonzalo Andrés, mi esposa es su tía abuela —observó él.

—¡Un momento, Frederick! ¡No soy pariente de nadie hasta que me presenten pruebas! —exclamó Paulina.

Calculé que era tiempo de retirarme, agradecí a la señora, le di la dirección de mi alojamiento para que me enviara el mensaje prometido y me despedí. Su esposo y la niña Aurora me acompañaron a la puerta principal, seguidos por el perro grande.

—Espero que logre ver a Gonzalo Andrés y aclare su situación —me dijo el inglés.

—Gracias, señor Williams.

—A Paulina suele fallarle la cortesía y parece hostil. Está acostumbrada a imponer su voluntad, pero en el fondo es de buen corazón. No tiene nada contra usted, se lo aseguro, señorita Emilia. De necesidad, mi esposa debe ser prudente y cuidarse las espaldas con los desconocidos, porque no han faltado algunas personas que han abusado de su generosidad.

—Explíquele a la señora Paulina que no necesito nada de ella o de su sobrino, solo deseo verlo para cumplir con el encargo de mi madre —le respondí, con las orejas ardiendo, como se me ponen cuando me enojo.

—Por favor, discúlpeme. Nada más lejos de mi ánimo que ofenderla, señorita. Me alegra que no espere nada de Gonzalo Andrés, porque solo tiene deudas. Ya verá usted que tampoco está bien.

—¿Está enfermo? —le pregunté.

—Desde hace un tiempo se está preparando para morir, tiene planeado su funeral, imagínese. Ha escrito su propio obituario y adquirió su ataúd, una monstruosidad de caoba y remaches de plata que tenemos guardado en la bodega. La servidumbre dice que trae mala suerte, que estamos llamando a la muerte. Creo que Gonzalo Andrés ha caído bajo el poder del padre Restrepo, que debe de estar torturándolo con sus vívidas descripciones de los suplicios del infierno. ¿Teme al infierno, señorita? —me preguntó con ironía.

—Sí. Temo al infierno en este mundo —le respondí.

—¡Ah! ¡Qué refrescante es usted! Le confieso que prefiero la depravación de San Francisco a la mojigatería católica de aquí —me dijo.

Esta conversación me demostró que era del todo imposible que Frederick Williams perteneciera a la realeza británica. Esa gente es muy estirada, ninguno de ellos habría hablado abiertamente de asuntos familiares, de dinero o de religión, y menos con una plebeya como yo. Sospecho que el flamante marido de Paulina del Valle fue en verdad su mayordomo en San Francisco, como decían, pero en cualquier caso no creo que se casara con ella por dinero, sino por broma. ¡Cómo se estaría riendo ese hombre de los aristócratas chilenos que lo imitaban y lo envidiaban!

Paulina del Valle cumplió el ofrecimiento que me hizo de anunciarle mi existencia a su sobrino y tres días más tarde me llegó un mensaje a la residencia de las hermanas francesas. Era una elegante tarjeta con el escudo de Argentina en relieve dorado en la que el Excelentísimo Señor Embajador don José Evaristo Uriburu me invitaba a visitarlo. Acepté sin saber todavía de qué forma eso se relacionaba con mi padre.

La sede de la legación resultó tan grandiosa como la de Estados Unidos, pero en su interior reinaba el desorden. Había tantos refugiados que todas las habitaciones estaban ocupadas y en los pasillos se acumulaban bultos y maletas. La mayoría de los asilados eran personas conocidas del ámbito político y empresarial, acostumbradas a ser tratadas con deferencia; pero en esas circunstancias no valían para nada los privilegios. Entonces se me ocurrió que mi padre podía ser una de las personas asiladas.

El ministro, de unos sesenta años, con barba y bigote ralo que afeaban su rostro ascético, era un político fogueado que había sido diplomático en algún otro país, pero no había enfrentado una situación como la que había tocado en esos meses en Chile. Era amigo del presidente Balmaceda, pero por tradición diplomática debía ofrecerles protección a sus enemigos. Me recibió en la biblioteca, una sala señorial con alfombras persas, muebles ingleses, estanterías con libros del suelo al techo y una gran chimenea encendida.

—Este es el único lugar de la casa que he podido reservar para mí, señorita. Estamos invadidos y cada día me llegan nuevos huéspedes —me dijo.

—¿Cómo cree que va a terminar esta revolución, ministro? —le pregunté.

—Triunfo para unos, derrota para otros, pero mal para Chile. Odio, violencia, matanzas, revancha... ese es el saldo de una guerra interna. ¡En fin! Dios dirá qué va a pasar aquí.

Paulina no le había dado detalles de mi situación y me preguntó para qué deseaba ver a Gonzalo Andrés del Valle. Le expliqué que éramos parientes y le traía noticias de mi madre, pero no le dije que era mi padre, porque deduje que si Paulina del Valle no se lo había adelantado al pedirle que me recibiera, era mejor omitir ese detalle. El ministro me informó que el señor Del Valle llevaba dos meses viviendo en la legación, había entrado con tos y dolor en el pecho, además sufría de melancolía, agravada por el momento trágico que atravesaba el país. Eran amigos, se habían conocido años antes en Argentina. En vista de su condición, le había asignado una persona que lo cuidara. Tiró de un grueso cordón de terciopelo y a los dos minutos se presentó una mujer del servicio, pequeña, mestiza, con la postura erguida y digna de un almirante.

—Rufina, la señorita Emilia ha venido a ver al señor Del Valle —le explicó el ministro.

—El padre Restrepo se acaba de ir y el señor está rezando, no puedo interrumpirlo —replicó ella.

—Puedo esperar... —intervine.

—Venga, señorita —me dijo la mujer.

Me condujo a uno de los salones, que estaba lleno de refugiados, unos entretenidos en juegos de mesa o naipes, otros leyendo, escribiendo o dormitando en los sillones, casi todos hombres, excepto dos señoras que bordaban en un rincón.

He vivido siempre en mi barrio de La Misión, rodeada de mujeres como Rufina con quienes me siento a mis anchas. Desde que empecé a ejercer la peculiar profesión del periodismo, esas mujeres me han prestado valiosos servicios. No habría podido escribir mi primera crónica para el *Examiner* sin la información que me facilitó Josefa Palomar; con ella aprendí que si se trata de averiguar algo o descubrir los misterios ocultos bajo la superficie, hay que hablar con las mujeres de servicio.

—Disculpe, Rufina, pero aquí hay muchos señores fumando, no se puede respirar. Me gustaría conversar con usted en privado —le dije.

—¿Quiere conversar conmigo, señorita? —me preguntó extrañada.

—Sí. Soy nueva por estos lados, vivo muy lejos, en Estados Unidos. Vine a conocer a mi padre.

Intrigada, la buena mujer me llevó por un largo corredor, bajando escaleras, a las entrañas del edificio, las cocinas, las despensas, las bodegas y la lavandería, que debían de servir a la multitud de alojados. La pieza del planchado estaba desocupada.

—¿No quiere un tecito? —me ofreció.

Le conté en pocas palabras la historia de Molly Walsh, la bella novicia seducida, mi madre, y también de don Pancho Claro y su inmensa sabiduría, mi padre verdadero. Le hablé de mi casa, de mi barrio, de mi infancia, de mi incierto origen y mi supuesto progenitor. ¿Por qué confié en ella? No lo sé. Sentí una profunda conexión, como si ella fuera una más de las benditas mujeres que hornean el pan de los pobres con mi madre. Con ella no valía la pena guardar secretos. Me escuchó callada, soplando y sorbiendo su té. Afuera llovía, pero el cuarto estaba tibio y olía a ropa limpia y a los braseros donde se calientan las planchas de hierro. Era la primera vez, desde que dejé a mis padres en San Francisco, en que pude bajar la guardia, me rendí a la tensión, la fatiga y la incertidumbre del viaje; hubiera deseado poner la cabeza en el hombro de Rufina y descansar. No me di cuenta de que tenía las mejillas mojadas de lágrimas.

A su vez Rufina me contó que había trabajado en la legación desde la adolescencia, era parte del inventario; los diplomáticos llegaban y se iban, los Gobiernos cambiaban, pero ella seguía en su puesto. Conocía cada recoveco del edificio y cada detalle de la complicada organización doméstica. Habían tenido que duplicar el personal para atender a los refugiados y a ella le tocaba entrenar a los nuevos empleados y ver que cumplieran como era debido, pero su principal ocupación en las últimas semanas había sido cuidar a Gonzalo Andrés del Valle.

—Los doctores dicen que está mal del pulmón, pero yo digo que el gusano del arrepentimiento se lo está comiendo por dentro —me dijo.

—¿Qué es eso, Rufina? —le pregunté.

—Cuando ese gusanito se mete en las tripas, no hay tranquilidad. El señor es muy bueno, pero él no lo sabe, eso digo, señorita. Se lo pasa con el rosario en la mano pensando en el infierno. Me hace rezar con él y eso quita mucho tiempo. Que Dios y la Virgen me perdonen por pensar mal, pero tanta visita del cura lo pone peor. Mire, eso de confesarse todos los días está bueno para los obispos, pero no para un mortal como este señor. ¿Qué pecados puede tener si no sale de su pieza, digo yo?

Pasamos más de una hora enredadas en confidencias, hasta que Rufina calculó que Gonzalo Andrés del Valle había terminado sus plegarias; entonces me condujo a su pieza en el segundo piso. Mientras muchos de los asilados de la legación debían compartir la habitación o resignarse a usar catres en los pasillos, a él, por amistad con el embajador y por su estado de salud, le habían asignado un pequeño cuarto privado. Al cruzar el umbral me golpeó el olor a orina y medicamentos, olor a vejez y enfermedad, y me demoré un poco en acostumbrar la vista a la penumbra. La cortina de la ventana estaba cerrada y la poca luz provenía de una sola lámpara junto al sillón.

¿Qué sentí al ver a mi padre por primera vez? Nada especial. Como casi nunca había pensado en él, no llevaba una idea preconcebida o expectativas, y al encontrarme frente a él sentí una mezcla de vaga curiosidad e indiferencia, como ante el retrato de un desconocido. Antes de entrar en aquella habitación había calculado que mi padre debía de tener unos cincuenta años, porque era un hombre joven cuando conoció a mi madre, pero sentado en el único sillón del cuarto había un anciano con un gorro de lana y un chal sobre las piernas. Levantó la vista cuando Rufina le anunció mi nombre y procedió a examinarme largamente con ojos enrojecidos y legañosos; después le hizo un gesto a ella para que se retirara.

—Acércate para verte mejor, muchacha —dijo.

Le obedecí, callada, examinándolo a mi vez en busca de rasgos comunes, pero no encontré ninguno. De cerca noté que, efectivamente, era más joven de lo que aparentaba; la piel de pergamino y la postura derrotada lo avejentaban.

—Mi tía Paulina me escribió. ¿Así que crees que soy tu padre? —me preguntó.

—Eso dice mi madre, Molly Walsh.

Otra pausa eterna siguió al nombre de mi madre. Esperé de pie frente al sillón, incómoda por esos prolongados silencios, pensando que ese hombre tal vez estaba perdido en la demencia o en la tristeza.

—No te pareces a ella —dijo finalmente.

—No. Tampoco me parezco a usted.

—Te pareces a mí cuando yo era joven. Es la herencia española. ¿A qué has venido? ¿Qué quieres de mí?

—Nada. Si fuera por mí, no habría venido, señor Del Valle, pero le prometí a mi madre que lo haría. Insistió mucho en eso —le expliqué.

—Bueno, ya me has visto.

—Así es. No volveré a molestarlo. ¿Tiene algún recado para ella?

De nuevo se sumió en el silencio, la cabeza inclinada sobre el pecho, las manos temblorosas, reducido al tamaño de un niño friolento. ¿Cómo iba a entregarle la odiosa carta de mi madre a ese pobre hombre? La llevaba en mi bolso y me pesaba como un trozo de granito.

Estaba a punto de retirarme cuando me di cuenta de que él lloraba en silencio. Entonces sentí que mi indiferencia daba paso a la compasión, lo vi como era en ese momento: un hombre enfermo y no el villano detestado por mi madre, el señorito arrogante que me engendró por capricho. Me acerqué, sin encontrar un gesto o una palabra de consuelo, cohibida. Me tomó una mano y la apretó entre las suyas, estremecido de sollozos, y así aguardamos juntos durante varios minutos, unidos en una especie de complicidad, hasta que él se tranquilizó.

Desde siempre había ridiculizado el rencor de mi madre, convencida de que era su delirio personal y en nada me incumbía, pero de la mano de mi padre comprendí que ese sentimiento se me había pegado, lo llevaba como una piedra en el corazón. En esos minutos, mientras él lloraba, visualicé con claridad el peñasco del rencor y comprobé que se iba deshaciendo en gravilla, en arena, en nada.

Mi padre me pidió que le alcanzara una caja de lata que guardaba en una gaveta de la cómoda. Sacó de dentro un sobre amarillento y me pasó una hoja de papel y una fotografía. Me explicó que era la última carta de Molly Walsh, la única que conservaba, y que la niña del retrato era yo. Recuerdo bien el día en que fui con mi madre al estudio del fotógrafo en San Francisco, me apretaban los botines.

—Me estoy muriendo de pena por la vida que he malgastado, por mi frivolidad y egoísmo. ¿Cómo me voy a presentar ante el Creador? No tengo nada que mostrarle, ni esposa, ni hijos, ni obras de caridad ni nada que me redima. Y de todos mis pecados, que son muchos, el más grave fue el que cometí contra tu madre. Ella iba a tomar el velo de monja, era la novia de Cristo y yo se la arrebaté al Redentor, eso fue un sacrilegio... —balbuceó, angustiado.

—El amor nunca es sacrilegio —le contesté.

—Ella me amó. El pecado es solo mío, la usé y la abandoné. Lo voy a pagar en el infierno.

—¡Quién le ha dicho eso! —exclamé.

—Molly Walsh, tu madre. Y el padre Restrepo —me respondió.

—No les haga caso. Nadie puede juzgar el alma de otro, nadie tiene la llave del infierno ni el pasaporte al cielo. Rufina tiene razón, a usted se lo está comiendo el gusano del arrepentimiento.

—¿Quién es Rufina? —me preguntó.

—La mujer que lo ha cuidado durante dos meses. Ya es hora de que sepa su nombre.

A medida que pasaba el rato, mi padre y yo fuimos entendiéndonos y acercándonos. Hablamos de la vida de él, marcada por el derroche y la soledad, ya que por perseguir placeres efímeros había gastado más de lo que tenía, no había cultivado el amor y al final se había quedado solo, me repetía. Tendría que pagar sus pecados de parrandero y jugador, de haber despilfarrado el dinero de su familia y traicionado a los amigos. Cuando yo lograba distraerlo del remordimiento parecía rejuvenecer y podíamos hablar de otros asuntos, como la guerra civil, que lo obsesionaba. Se refería al presidente Balmaceda como el tirano que se atrevía a mandar a azotar a la gente decente.

—Los azotes y el cepo son castigos para rotos y siúticos —me aseguró.

Yo no había oído esa palabra todavía. Me explicó que los siúticos eran los arribistas de clase media que aspiraban a elevarse en la escala social con su trabajo, como si eso fuera posible; no se asciende a la oligarquía con dinero o por mérito, se pertenece por nacimiento.

—Y como si fuera poco, hija, a veces el verdugo que aplica los azotes es un roto resentido que quiere vengarse, como le pasó a un primo mío. El desgraciado que casi lo mató le decía con cada latigazo que le estaba cobrando lo que le había hecho a su padre. Parece que antes de meterse en el Ejército había sido inquilino del fundo de mi primo y vio cómo azotaban a su padre más de una vez.

—Ojo por ojo, diente por diente, como dice el refrán. Hay cierta justicia en esa reciprocidad, ¿no le parece? —le pregunté.

—¿Justicia? ¡No! Lo que hay es odio de la plebe sucia e ignorante contra quienes tienen más porque han trabajado para obtenerlo.

—Tal vez usted tiene más porque lo ha heredado o nació en una posición privilegiada. No creo que la gente de su clase se agote trabajando. Tampoco creo que todos tengan las mismas oportunidades —le dije.

—Estás muy equivocada. Este es un país libre. Aquí el que quiere trabajar sale adelante —insistió mi padre.

—Deme un ejemplo —le pedí.

—¡Tú debes de ser anarquista! —me acusó.

Por una parte despreciaba a la gente de clase baja porque supuestamente no deseaban trabajar, y por otra le chocaba que yo trabajara; ninguna mujer decente lo hacía y mucho menos una del clan Del Valle. Se avergonzaba de no poder mantenerme como a una señorita, como me dijo, y hablaría con su tía Paulina para que me asignara una cifra que me permitiera vivir bien; era inaceptable que yo arriesgara mi reputación y mi vida andando por la calle y escribiendo sobre la guerra, cómo se me ocurría semejante locura, eso era tarea de hombres, yo debía ponerme a salvo en casa de su tía y no asomar la nariz afuera. Le aseguré que no necesitaba caridad y que sabía cuidarme, lo había hecho durante años. Para cambiar de tema y de paso escandalizarlo un poco, le conté de la Divina Odalisca, aquella bailarina de la danza del vientre que entrevisté en Nueva York, de quien aprendí la ventaja de ser una mujer mala en vez de una dama decente. Se echó a reír, lo que me sorprendió, porque suponía que la culpa y el temor le habían secado el humor.

Me preguntó mucho por mi madre, creía que le había arruinado la vida y la había alejado de Dios. Le expliqué que estaba en un error, que Molly Walsh era feliz, se había casado con un hombre maravilloso, mi Papo, se querían mucho, ambos eran el alma del vecindario y ella iba a misa y practicaba la caridad. Tuve que repetírselo y darle detalles, esa noticia era fundamental para él. Le describí las mejores cualidades de mi mamá, algo exageradas, es cierto, y omití sus defectos. Para qué le iba a decir que en sus arrebatos histriónicos mi madre clamaba al cielo para que librara a su única hija —yo— del desenfreno y la lujuria que podría haber heredado de mi padre. Preferí mentirle y le aseguré que Molly Walsh le tenía aprecio y respeto, que recordaba el inmenso amor que ella le tuvo, que había olvidado la desilusión de perderlo y le agradecía la hija que le había dado. También le agradecía que la hubiera salvado del convento, porque no tenía pasta de monja.

—Ella me enseñó a rezar. Cuando yo era chica, cada noche le pedíamos a Dios que protegiera a mi padre, es decir, a usted, que le diera paz y felicidad —le mentí.

—Esto que me dices es un bálsamo para mi alma, Emilia. Eres el ángel de mi salvación —me dijo, emocionado.

Al despedirnos nos abrazamos y le aseguré que volvería a verlo cuando mi trabajo de corresponsal me lo permitiera. Esa noche quemé la carta de mi madre. Hay promesas que no se deben cumplir.

En las semanas siguientes visité a mi padre varias veces, al principio por compasión, me daban pena su desconsuelo y su terror a morir y enfrentar el juicio divino, pero después llegué a disfrutar de su compañía porque, como buen tarambana, tenía estupendas historias para contar. Su clasismo me repugnaba, pero logré soportarlo para poder conocerlo mejor. Le debía a Gonzalo Andrés del Valle una buena parte de mi aspecto físico y seguramente también de mi carácter. Supuse que mis ganas de conocer el mundo y de experimentarlo todo con intensidad eran su legado. Así había vivido él. Pensé que si yo era tan aventurera como él, debía tener cuidado de no cometer sus mismos errores y de no despilfarrar mi vida en pura frivolidad. Admití que me parecía más a ese hombre, que recién había conocido, que a mi madre. La sangre chilena pesaba más en mí que la irlandesa, y eso podía explicar mi sensación de tener raíces en Chile.

Me sorprendí muchas veces examinando a mi padre con disimulo y tratando de adivinar cómo era de joven y buscando el parecido entre él y yo. Tosía mucho, se ahogaba con ronquidos de agonizante, escupía sangre y en algunas crisis parecía a punto de perder el alma, pero entonces acudía Rufina con una tisana de jengibre y miel o una cataplasma de alcanfor para calentarle el pecho. La buena mujer me pedía que rezara con ella hasta que el enfermo se calmara y eso siempre lo aliviaba.

Gonzalo Andrés, como casi todos los miembros del antiguo clan Del Valle, nació protegido por su fortuna y posición social. Su padre murió a los cuarenta y nueve años en un accidente de caza que nunca fue aclarado y, como tantas cosas en esa familia, se mantuvo callado. Eso no hizo más que alimentar a las malas lenguas, que atribuyeron lo ocurrido a causas nefarias como suicidio por deudas o venganza de un marido cornudo. El hombre era un mujeriego de renombre, condición que heredó su hijo, como fue evidente desde que el chico entró en la adolescencia.

Mi padre era el mayor de cinco hermanos, dos varones y tres niñas, pero su hermano padecía de una enfermedad congénita y murió en la infancia. A los veintidós años le tocó administrar los cuantiosos bienes que dejó su padre y hacerse cargo de la madre viuda y las hermanas, pero no tenía cabeza para eso. En la casa paterna el dinero era un tema de mal gusto que jamás se mencionaba, y como no faltaba, él creció con la idea de que era inagotable, se reproducía espontáneamente en los bancos. Apenas echó mano de los ingresos familiares se lanzó al despilfarro, dejó los vastos fundos en manos de capataces sin escrúpulos, se rodeó de amigotes de mala reputación, perdió sumas importantes en carreras de caballos y mesas de juego, y vendió las tierras arruinadas a precio de ganga. Aunque él no me lo confesó, supongo que también hubo mujeres sagaces que lo esquilmaron. Cuando le mencioné a la divina Omene, resultó que la había conocido en Nueva York. ¿Hasta qué punto la conoció? Si fue en el sentido bíblico, debió de haberle costado bastante caro. Sus viajes lo mantenían lejos de Chile, donde su madre y sus hermanas vivían con pocos recursos en la mansión familiar, que iba deteriorándose por falta de cuidado. Mientras las termitas, las filtraciones y el tiempo iban carcomiendo esa casa, él recorría Europa con su equipaje de duque, iba a Egipto a ver las pirámides, pasaba temporadas en París y visitaba de vez en cuando a su tía Paulina en California, con quien se llevaba muy bien, porque tal como ella sostenía, ambos eran un par de truhanes. En una de esas pasadas por California descubrió a Molly Walsh. En esa época ya había malgastado su fortuna, estaba empobrecido pero seguía viviendo como si fuera rico. Las deudas se acumulaban sin que él les diera importancia. Las cosas se arreglan solas; hay que darle tiempo al tiempo, pensaba. Los acreedores le embargaron todos los bienes y su madre y sus hermanas terminaron viviendo de la caridad de Paulina del Valle y del resto del clan, que en casos como ese cerraba filas en torno al caído para impedir el deshonor.

—¿Pensabas en mí cuando eras chica? —me preguntó en una ocasión.

—Sí —le contesté, porque me pareció ofensivo decirle la verdad.

—¿Cómo me imaginabas?

—Como Joaquín Murieta —le dije.

—¿Quién es ese?

—Un bandido al que le cortaron la cabeza en 1853 y todavía la exhiben flotando en un frasco con tequila en San Francisco —le expliqué.

—¡Por Dios, chiquilla! Tienes una imaginación morbosa —replicó, chocado.

Así como él me contaba su vida, yo le contaba la vida inventada de Molly Walsh, salpicada con pincelazos de su vida real. Le describía, por ejemplo, la ceremonia de hacer pan por la madrugada, sus manos fuertes amasando la harina con agua y levadura, las hogazas cubiertas con paños blancos mil veces lavados reposando en el mesón de tosca madera, el milagro de la masa hinchándose en suspiros, ella afanada ante el horno de barro y la fragancia de los panes calientes. Le contaba de mi madre cosiendo a la última luz de la tarde o rezando junto al jergón de un indigente enfermo. Santa Molly. En un par de ocasiones mi padre y yo pudimos reírnos del romance prohibido que había tenido con la novia de Cristo.

8

El periodista Rodolfo León, convertido en mi guía y amigo, me acompañó a Valparaíso, donde estaba acuartelado el grueso del Ejército y la mayoría de la prensa. Conocía a muchos periodistas locales y a los corresponsales extranjeros que cubrían la situación en Chile, y contaba con acceso a los funcionarios del Gobierno. Mantenía intacta su fe en el presidente Balmaceda y su visión política. Consideraba irónico que la Marina se hubiera sublevado para unirse a los congresistas, porque Balmaceda, consciente de que el poder de Chile estaba en el mar, le había dado amplios recursos a la Escuadra. En las páginas de su periódico Rodolfo le brindaba un apoyo inquebrantable a Balmaceda, pero en privado se avergonzaba de la represión de su Gobierno, especialmente si iba dirigida a la clase obrera. Decía que los trabajadores tenían el derecho de unirse y protestar por las deplorables condiciones de vida que soportaban y que el Gobierno tenía el deber de escucharlos en vez de mandar a la tropa a silenciarlos. Se trataba de uno de esos seres de honor intransigentes que rara vez se encuentran en este mundo, y como son incapaces de imaginar la maldad ajena, a menudo acaban destruidos. Era joven, tenía poco más de treinta años, esbelto y bien parecido como un muchacho.

Creo que yo no le resultaba por completo indiferente, pero si la ilusión de un romance me asaltó por un momento, la eliminé de raíz porque él estaba casado y tenía un hijo.

Este buen amigo me presentó al general Barbosa, el hombre demacrado que yo había vislumbrado en el palacio presidencial. El jefe de las fuerzas del Gobierno me recibió en el vestíbulo del mejor hotel de Valparaíso convertido en cuartel de operaciones, donde estaba instalado provisoriamente con el general Alcérreca y varios oficiales, mientras sus batallones aguardaban acantonados en las afueras de la ciudad. Me dio tres minutos de su tiempo, por consideración a Rodolfo y porque yo era la única mujer en el grupo de periodistas y fotógrafos, que también estaban alojados en el hotel. El presidente Balmaceda le había dado instrucciones de cuidar a la prensa, porque de ella dependía la imagen de su Gobierno ante la opinión pública local y también ante Europa y Estados Unidos, pero el hombre tenía entre manos asuntos mucho más urgentes que servirle de niñera a la prensa.

De cerca corroboré la impresión que había tenido al verlo por unos instantes en el palacio de La Moneda: el general se encontraba en pésima salud, tan delgado que se le perfilaban los dientes bajo la piel. Era una calavera con barba. Rodolfo me contó que apenas podía mantenerse sobre su caballo, pero en la batalla siempre iba a la vanguardia dando ejemplo de coraje.

En los tres minutos de la entrevista conseguí un salvoconducto para circular por el territorio nacional, permiso para hablar con los soldados y acceso al telégrafo. Me asignó a un joven oficial para que me protegiera, pero le aseguré que estoy acostumbrada a movilizarme sola y no iba a darle ningún problema. Entonces intervino Rodolfo para decir que él podía acompañarme, conocía a la plana mayor del Ejército y había estado en los campamentos varias veces en su calidad de periodista. Transamos en que así lo haríamos por el momento.

Se sabía que los insurgentes del norte llegarían por mar y a Rodolfo le preocupaba que los generales de Balmaceda no se pusieran de acuerdo en una estrategia efectiva y subestimaran al enemigo; creía que esa negligencia les podía costar muy cara. Los congresistas estaban mejor entrenados y organizados de lo que el Ejército suponía.

—¿Cuándo cree que podrían desembarcar aquí? —le pregunté.

—Quizá en agosto, pero no sé hasta dónde se puede confiar en los espías. A veces los informes son contradictorios —me respondió.

Me llevó al campamento militar y me explicó que todos son similares, y ese no era una excepción. Miles de hombres. Hileras de carpas idénticas separadas por callejones, tiendas más grandes para el comando, hospital, cocinas y otros servicios. Las letrinas eran hoyos con una tabla encima para acuclillarse. En un sector estaban los sufridos caballos, bueyes y mulas de tiro, que transportaban desde cañones hasta vituallas. Los corceles de los oficiales se mantenían aparte, eran ejemplares escogidos de la raza chilena, mezcla feliz del equino autóctono y semental árabe, pequeños, fuertes, intrépidos. La mayoría de esas nobles bestias habría de morir. Y no faltaban levas de perros sin dueño que vagaban buscando restos de comida en la basura. Esos siempre sobrevivían.

Estábamos en un terreno de cerros, pleno invierno, lluvia,

frío, ventisca helada proveniente del mar, lodo. Los oficiales mantenían a los hombres ocupados mediante estricta disciplina, el ocio se consideraba nocivo, alimentaba las dudas y desgastaba el valor. Marchaban a ninguna parte, se entrenaban, limpiaban sus armas, cavaban trincheras, despejaban el lodo con baldes, acarreaban agua, cuidaban a los animales. El día comenzaba al amanecer y terminaba temprano al caer la noche.

<hr />

Agosto de 1891

LAS CANTINERAS
Por Emilia del Valle

Chile está en guerra de nuevo —lleva varias en lo que va de siglo—, pero esta vez es una guerra entre chilenos. En el norte, la Escuadra sublevada se prepara para embarcarse y atacar al Ejército leal al Gobierno del presidente Balmaceda. Todos aguardan. La tensión se palpa en el aire. Pasan los días y aumenta la incertidumbre.

Una parte del Ejército está acampando cerca del puerto de Valparaíso, el resto está en otras provincias. Voy al sector de las mujeres, que llaman cantineras, porque en la batalla llevan agua a los combatientes en sus cantinas. Angelita Ayalef es la de más experiencia, eso le da autoridad sobre las otras. Manda y la obedecen. No sabe qué edad tiene, le calculo alrededor de cuarenta, pero puede ser que su duro oficio la haya avejentado más allá de sus años. Baja de estatura, ancha de caderas, con dos trenzas a la espalda y una cicatriz larga en la mejilla, brusca de modales. Le hace honor a su nombre: tiene vocación de ángel. Como todo soldado chileno, lleva el corvo, un cuchillo curvo de doble filo; es un arma mortal y una herramienta de múltiples usos. También anda con un estuche de lona amarrado en la cintura. Le pregunto qué contiene, se encoge de hombros y no contesta. Después me entero de que son instrumentos de cirugía; se los regaló uno de los médicos, el mismo que le enseñó a extraer balas, cauterizar y coser heridas.

Angelita me presenta a las otras, que me reciben con amabilidad y me apodan la gringa, término que se usa para los forasteros que hablan inglés. Esas mujeres del pueblo, abnegadas, fuertes, aguerridas y valientes, me acogen con curiosidad; soy una gringa que habla español con un acento que les parece divertido. Mi ropa no es práctica en ese terreno; me ofrecen la de una joven que dio a luz en estos días y tuvo que retirarse con su recién nacido. El uniforme azul y rojo consta de pantalón debajo de una falda corta, chaqueta, blusa blanca, gorra y un pañuelo al cuello. Un pequeño barril de madera va colgado al hombro. Entre ellas hay una permanente actividad, tienen mucho trabajo, pero tampoco se apuran; cocinan cantando, cosen fumando, bromean, se enojan y hacen las paces.

El Ejército intentó eliminar a las cantineras, pero desistió porque son indispensables: cocinan, lavan, cosen, acarrean mensajes y vituallas, y cuando es necesario sirven de enfermeras; también participan en la batalla, auxilian a los heridos, sostienen a los moribundos y a veces toman las armas de los muertos para pelear por ellos, expuestas a las balas y al terror de la derrota. El reglamento estipula que tienen derecho a usar uniforme y a la misma paga de un soldado, y que deben ser solteras y de probada virtud; sin embargo, en la práctica son esposas, novias, hermanas o madres que marchan a la retaguardia de los regimientos para apoyar a sus hombres y nadie les pregunta sobre su virtud.

En guerras anteriores, algunas de estas mujeres que pelearon mano a mano con los hombres fueron capturadas, sufrieron violación, tortura y mutilación antes de ser ejecutadas. Me pregunto si en esta guerra civil van a correr la misma suerte.

Acompaño a Angelita Ayalef a ordeñar unas cabras, seguida de cerca por la mascota del regimiento, una perra color caramelo. El rancho de la tropa es básico: frijoles, sopa con tiras de carne de vacuno o cerdo, papas y grasa, galleta dura, cebolla cruda, charqui de caballo y, a veces, café de achicoria azucarado. Las mujeres crían cabras y gallinas para complementar el alimento. Después me toca pelar papas, muchas papas, y faenar un sartal de conejos que alguien trajo. Nunca he desollado y quitado las vísceras de un animal, pero disimulo la repugnancia y obedezco las instrucciones de Angelita. Hoy no hay lavado de ropa, llueve a intervalos, dicen que mañana el cielo estará despejado. Nos sentamos en círculo en torno a un brasero, el mate pasa de mano en mano, me gusta ese líquido verde y aromático; remendamos uniformes, zurcimos, pegamos botones, hablamos. Les pido que me cuenten sus vidas, se ríen, dicen que no guardan secretos, cada vida es una historia y todas las historias se parecen.

Cae la tarde, baja la temperatura, tengo la ropa húmeda, barro hasta las rodillas, la piel de las manos roja y partida, estoy exhausta y helada pero eufórica, con la cabeza y el corazón henchidos. Un sargento viene a buscarme y me trae un caballo. Me despido de las cantineras y una a una me besan.

—Vuelva para vernos, gringa, antes de que empiece el jaleo —me dice Angelita.

<hr />

En el tiempo que yo llevaba en Chile, había mandado al *Examiner* un promedio de dos o tres crónicas semanales. No todas fueron de exclusivo interés humano, como me exigía mi editor, porque la política y los pormenores de la guerra eran imposibles de ignorar. Por su parte, Eric Whelan había bombardeado al periódico con noticias bastante tendenciosas, porque su versión de los acontecimientos era la de los congresistas rebeldes, y describía a Balmaceda sin conocerlo en términos muy poco halagadores. Esa misma versión tenía la prensa de Gran Bretaña y de Europa, porque sus reportajes se publicaban en San Francisco y en varios periódicos de otras ciudades; también llegaban al extranjero por cable. En Estados Unidos el resultado fue que la causa de Balmaceda perdió la simpatía de los lectores, aunque la Casa Blanca siguió apoyándola.

Yo, en cambio, me había movido en los círculos leales al presidente, excepto por la familia Del Valle, que lo detestaba, y pude informar desde la perspectiva del Gobierno. A diferencia de mi colega, que se dejó seducir por la retórica y la hospitalidad de los insurgentes en el norte, yo procuré ser objetiva, ya que era consciente de los errores y abusos cometidos. Me molestaba la posición de mi editor, que censuró varias de mis crónicas, mientras que a Eric le publicaba lo que enviara sin cuestionarlo. En mi afán de imparcialidad escribí sobre el ánimo de la calle y de las tropas en el frente, que no era tan favorable al presidente como este suponía. Mi amigo Rodolfo León admitía a regañadientes que el respaldo del pueblo se había debilitado mucho, pero insistía en que el Ejército aplastaría la rebelión. Estaba deseando que la Escuadra congresista desembarcara para poner fin a ese conflicto de una vez por todas, como decía.

Anticipando la llegada de la Escuadra, todos esperábamos. En esa incertidumbre el tiempo se estiraba y se encogía en los relojes, las horas parecían días y de repente una mañana entera se iba en un suspiro. Mi intención era quedarme con las tropas de Barbosa, bajo el amparo de Angelita Ayalef y las otras cantineras, pero recibí un mensaje de Frederick Williams llamándome a Santiago. Me tomó por sorpresa, porque no había tenido ningún contacto con el marido de Paulina del Valle desde nuestro breve primer encuentro. El mensaje del inglés indicaba que era algo relacionado con Gonzalo Andrés del Valle y me daba cita en un salón de té, que resultó ser el mismo donde solía juntarme con Rodolfo León. Tomé el tren ese mismo día y llegué a la entrevista puntualmente.

Lo más probable es que Frederick Williams no tuviera nada de aristócrata, pero lo imitaba a la perfección. Me aguardaba en una de las mesitas redondas del salón de té vestido con informalidad, como si viniera de su club deportivo, con bombín y chaqueta de tweed, contrastando con el inmutable traje oscuro de levita, chaleco y chistera de los chilenos de su clase. Era elegante sin afectación, su postura, recta sin ser rígida y, debo decirlo, resultaba bastante atractivo para su edad. Los dientes y dedos manchados delataban su afición al tabaco, pero no fumó delante de mí.

—Disculpe el atrevimiento, señorita Emilia, pero me parece que usted no debería estar en Valparaíso. La situación política es muy grave. ¿Qué hace allá? —me preguntó.

—Vine a Chile a reportar sobre la guerra, señor Williams —le expliqué.

—Es una lástima, se va a llevar una mala impresión de este país. Este conflicto es una aberración. En tiempos normales la vida aquí es muy agradable, la gente es amable, esta es una sociedad organizada, cada uno en su lugar, como debe ser.

—¿Se refiere a la estructura de clases? En una república debe haber movilidad social —le dije repitiendo lo que solía decir mi Papo.

—El voto popular es un error conceptual. Chile estaría mucho mejor con una monarquía.

Supuse que los impecables modales del inglés le impedían ir directo al asunto que nos concernía, como habría hecho cualquier persona en Estados Unidos, así que soporté con paciencia que nos sirvieran el té, nos describieran cada uno de los pasteles de la bandeja y él se demorara en escoger mientras me explicaba que la democracia es vulgar y poco práctica, porque no toma en consideración la desordenada naturaleza humana, que necesita autoridad y jerarquía. Comprendí que no estaba bromeando, por lo que no valía la pena argumentar sobre las ventajas de la democracia. Lo conocía apenas, pero ese hombre me caía bien.

Por fin, cuando ya llevábamos veinticinco minutos de ese y otros temas, dijo que me había enviado el mensaje sin consultarlo con su esposa, porque en principio ella no estaba de acuerdo en indagar en asuntos que podían perjudicar al prestigio de su familia, pero como se trataba de algo que me incumbía, se había tomado la libertad de ponerse en contacto conmigo.

—Tal como le adelanté, señorita Emilia, se trata de don Gonzalo Andrés del Valle —me dijo.

—Soy su huacha —respondí.

—Ese es un término vulgar, señorita. No lo use. Pero justamente de eso debo hablarle. Por lo que parece, don Gonzalo Andrés está en su lecho de muerte y desea arreglar sus asuntos en este mundo antes de partir. Al menos así nos lo ha hecho saber el padre Restrepo, su confesor.

—¡Qué pena, señor Williams! Lo visité hace menos de dos semanas y me pareció que su salud era estable. ¿Qué le ha sucedido? —le pregunté, preocupada.

—Pulmonía. Ya sabe que eso suele ser fatal. Antes de morir, él desea reconocerla legalmente como hija suya, Emilia. Es su última disposición —me anunció.

—¡Oh! Eso no puede ser, señor Williams, porque soy hija del maestro Francisco Claro —le expliqué.

—¿Cómo dijo?

—Es mi Papo, quiero decir, mi padrastro. Él me crio, es mi verdadero padre —le dije.

—Por favor, ¿podría considerar la petición del infortunado

Gonzalo Andrés, para que pueda morir en paz? Nada cambiaría para usted, ya que ni siquiera vive en este país. Además, como imagino que sospecha, no se trata de dinero, sino de honra. Su padre no posee bienes materiales para dejarle, pero puede levantar el estigma de hija ilegítima.

—Ese estigma no me molesta para nada. ¿Por qué me dice todo esto a espaldas de doña Paulina del Valle? —le pregunté.

—Su sobrino le ha pedido a Paulina que sea testigo de esto ante la ley, pero ella se ha negado. Cree que es un disparate que el padre Restrepo le ha metido en la cabeza al pobre enfermo, pero conozco bien a mi esposa y sé que cambiará de opinión. Deme su consentimiento y yo me encargaré de los detalles —me ofreció.

Dos días más tarde llegamos los tres, Paulina del Valle, Frederick Williams y yo, a la Legación de Argentina. Paulina iba de negro, con una capa de piel que le daba el aspecto de un enorme animal peludo, un sombrero aparatoso con un velo tupido y el perrito lanudo en brazos. Frederick también vestía formalmente. Ella no respondió a mi saludo y no sé si me miró, porque estaba oculta tras el velo que le cubría la cara, pero su actitud dejó en evidencia que estaba contrariada. Williams debía de ejercer un misterioso poder sobre esa imponente mujer para haberla arrastrado hasta allí contra su deseo.

El embajador argentino nos dio la bienvenida en tono sombrío, como correspondía a la ocasión, y llamó a Rufina para que nos condujera a la habitación del enfermo. Allí nos esperaban un notario con el documento listo y el siniestro padre Restrepo murmurando oraciones en latín cerca de la cama. La penumbra, el mal olor y el aire oprimente eran los mismos de siempre en ese cuarto, pero algo había cambiado; sentí con claridad la zozobra de la muerte.

Me bastó una mirada para comprender que Williams no había exagerado, en verdad mi padre agonizaba. Yacía semierguido en una pila de almohadas, los párpados cerrados, la boca abierta, ahogado, respirando trabajosamente, con un ruido de motor en el pecho, las manos azulosas agarrotadas en las sábanas.

La fiel Rufina le limpió la frente con un paño y le pidió que abriera los ojos, porque su hija había llegado para verlo. No hubo respuesta.

—Mi sobrino no está en condiciones de firmar nada —le dijo Paulina en tono seco al notario, un hombrecillo que parecía aterrado ante ella.

—Don Gonzalo Andrés ha delegado la firma del documento en usted, señora Del Valle —intervino el padre Restrepo.

—No pienso firmar nada. A mí me dijeron que viniera de testigo no más. Y conste que no estoy de acuerdo con esta engañifa de última hora. No sé para qué pierde su tiempo aquí, padre, mi sobrino no tiene nada que dejarle a la Iglesia —alegó ella.

—No me insulte, señora. No estoy aquí por codicia sino para salvar el alma de este siervo de Dios —se defendió el cura.

—Ya se lo dije claramente, no pienso firmar ningún papel de leguleyo —repitió ella.

—Desde hace un par de días, don Gonzalo Andrés se ha agravado mucho. Cuando aún estaba consciente la nombró a usted para que actúe en su nombre —insistió el cura con firmeza.

—¿Hay alguien más que haya escuchado eso? —le preguntó Paulina en tono insolente.

—Nuestro Señor Todopoderoso, que está en los cielos y en todas partes —afirmó el cura en el mismo tono.

—¡Muy conveniente! Y solo usted lo oyó, ¿verdad? —replicó ella.

—Perdone, señora, pero yo también le oí decir eso al señor Gonzalo Andrés —dijo Rufina tímidamente.

—Ya ve, doña Paulina. A usted le corresponde lavar el honor y salvar el alma de su sobrino. Como católica, no puede negarse —concluyó el sacerdote con el peso de su investidura.

Paulina del Valle se levantó el velo de la cara y por su expresión temí que escupiera al cura, pero su marido le puso un brazo sobre los hombros, la atrajo y le murmuró quién sabe qué en la oreja. Ella agachó el moño, agitando el aire con las plumas del extravagante sombrero.

—Sea, pues —masculló.

—Mediante este documento, don Gonzalo Andrés del Valle certifica en pleno uso de razón y por propia voluntad que la señorita Emilia del Valle, cuya madre es Molly Walsh, es su hija biológica. La reconoce como tal ante Dios y ante la ley, con todos los derechos que le corresponden —leyó el notario, a cautelosa distancia de Paulina.

—Conste que esto es una artimaña vil —espetó ella dirigiéndose al cura.

Frederick Williams mojó una pluma en tinta, se la puso en

la mano a su mujer y vigiló que firmara donde correspondía en las dos copias del documento.

De pronto esa poderosa matriarca se quebró en un sollozo seguido de otro y otro más mientras el llanto le corría por las mejillas. Soltó al perrito, que aterrizó con un gemido, y se inclinó sobre la cama. Le besó la cara y las manos al moribundo, le dijo «ándate tranquilo, muchacho, mira que tus pecados son puras tonterías, no eres el primero que se farrea la herencia de los padres y deja a la madre y las hermanas en la inopia, en ese tiempo eras un joven descocado, no fue culpa tuya, fue culpa de tus amigotes, esos bellacos, pero no hay mal que por bien no venga, ya ves que yo me hice cargo de ellas, nada les ha faltado y ahora tus hermanas, que son bien feas con el favor de Dios, tienen maridos con fortuna y una leva de hijos, mientras que tú no tienes ni perro que te ladre, pobrecito, has pagado tus faltas en vida y tienes crédito en el cielo; yo te he querido siempre, a pesar de las truhanerías que has cometido, o tal vez justamente por ellas, eras mi pariente más divertido antes de que te agarrara el vicio de la confesión y te echara a perder la alegría; no le hagas caso al padre Restrepo, no está aquí para mandarle clientes a Satanás, estos curas se lo pasan metiéndole susto a la gente para sacar dinero, te lo digo yo que me arrepiento de lo mucho que le he dado a la Iglesia, créeme, sobrino, que el infierno no existe, es una patraña del Vaticano, solo existe el cielo, adonde te vas a ir volando como un cóndor, allá nos vamos a encontrar todos, los buenos como tú y los malos como yo, y aunque no conozco a esta Emilia, una desconocida que nos cayó encima, si tú dices que es tu hija, no me queda más remedio que aceptarla en la familia, pero te advierto que no lo hago de buena gana porque no sé nada de ella y aquí nadie la conoce, bien podría ser una pindonga que ha venido de California a sacarnos provecho, vaya una a saber». Y así siguió en su monólogo por un buen rato.

En algún momento el enfermo abrió los párpados y me miró, pero no creo que supiera quién soy. Después de que el notario me entregara una copia del documento y le diera la otra a Frederick Williams, la pareja y el cura se retiraron. Yo me quedé en la habitación acompañando a mi padre en su último viaje. Rufina me trajo un plato de sopa y se sentó a mi lado con un rosario en las manos rezando en silencio. A cada rato el enfermo dejaba de respirar durante eternos minutos, pero cuando pensábamos que había fallecido, daba una boqueada y tragaba aire con desesperación. Así pasaron las horas, no sé cuántas, me dormí en el sillón y soñé con mi madre, un sueño tan claro que fue como una visitación. Llegó tranquila y sonriente, sin nada de su antiguo rencor, con su vestido negro de ir a misa y sus zapatos buenos, peinada a la moda y con los aretes de granate que le regaló mi Papo hace años, su única joya. Creo que Molly Walsh vino de lejos a despedirse de su primer amor.

Al amanecer, Rufina me sacudió para anunciarme que había llegado la hora del adiós. Me costó ponerme de pie, me pesaban los huesos. Nos acercamos a la cama y pude sostener a mi padre cuando en uno de sus ahogos se quedó quieto y ya no volvió a respirar. Lo tuve en mis brazos durante largos minutos, dándole tiempo a su alma de despedirse del mundo y partir. Sentí una pena infinita por ese pobre hombre que había pasado tanto tiempo asustado, que no había tenido un amor duradero ni hijos que le llenaran la vida, solo a mí, a quien ni siquiera conocía hacía unas pocas semanas. Quiero pensar que se fue contento, libre al fin del gusano del arrepentimiento.

Después de la muerte de mi padre, me fui a convivir con las cantineras del Ejército en Valparaíso. Me había mantenido en contacto con Angelita Ayalef mediante breves misivas que iban y venían en tren. Las de ella solían ser difíciles de descifrar, porque aprendió los rudimentos de la escritura entre los soldados y su primera lengua materna era el idioma mapuche. Pero a pesar de los obstáculos de nuestra correspondencia llegamos a establecer una delicada amistad, que, según me enteré más tarde, no era habitual entre blancos e indígenas. En Chile, donde la mayoría es mestiza, la gente es tan racista como en Estados Unidos. Mi admiración por Angelita había crecido en la medida en que la conocía mejor. Quiso impedir que me instalara en el campamento, porque presentía que pronto habría que pelear y yo no estaba preparada para eso, pero en cuanto aceptó que nada me haría desistir, me recibió con la misma hospitalidad de la primera vez.

Eric Whelan me había advertido en un telegrama que la Escuadra de los congresistas navegaba hacia el sur y se calculaba que desembarcaría a pocos kilómetros de Valparaíso, aunque no se sabía exactamente dónde. No era un secreto, ya que los espías de Balmaceda habían transmitido la información y el general Barbosa se estaba preparando para recibir al enemigo. Eric fue enfático en ordenarme que buscara refugio seguro en Santiago, en lo posible en la Legación de Estados Unidos, hasta que se resolviera la contienda. Me dijo que había visto en el norte cómo destacamentos enteros del Ejército encabezados por sus oficiales se pasaban al bando congresista, y estaba seguro de que lo mismo iba a ocurrir en la zona central. Eso confirmaba lo que yo ya había percibido, pero de lo cual nadie se atrevía a hablar: el presidente Balmaceda no contaba con la lealtad de sus tropas. Sus soldados no estaban motivados por convicción política o patriotismo sino porque esa era la mala suerte que les había tocado.

A pesar de las instrucciones de Eric, decidí que no podía estar ausente de la batalla que iba a librarse por el control del país. Encerrarme en la legación en Santiago sería darle la razón a mi editor, quien dudaba de mi capacidad de reportera por ser mujer. «Acuérdate, princesa, de que deberás hacer el doble de esfuerzo que cualquier hombre para obtener la mitad de reconocimiento», era una de las lecciones de mi Papo. Además, imaginaba que en el campo de batalla habría varias crónicas de interés humano, como Chamberlain deseaba.

A mi alrededor nadie se atrevía a dudar en voz alta del triunfo del Ejército; la consigna era que el enfrentamiento sería apenas una escaramuza y pondría fin a la guerra de una vez por todas. Eso era de los dientes para afuera. En susurros se decía lo contrario. Comenté con Rodolfo el rumor de que había oficiales que simpatizaban con el enemigo, pero permanecían en el Ejército para sabotearlo desde adentro.

—Supongo que los generales de Balmaceda también han escuchado lo mismo —le dije.

—Esa habladuría es parte de la campaña de desmoralización orquestada por los congresistas. Le aconsejo que no lo repita, Emilia, porque podría ser arrestada —me advirtió.

—Como corresponsal debo ponerme en todos los casos.

—El Ejército es monolítico, invencible y leal al Gobierno en la defensa de la Constitución —me explicó con énfasis de predicador, como si quisiera convencerse a sí mismo, y agregó que la traición no podía ocurrir.

—Hasta que ocurre —le respondí pensando en los que habían desertado para unirse a las tropas congresistas.

Aunque callara sus dudas internas, en el periódico Rodolfo debía aparecer seguro del triunfo. Publicó un editorial sobre la intención del vencedor, es decir, el presidente Balmaceda, de llamar a la reconciliación nacional y de ofrecer una amnistía que permitiera a los rebeldes mantener su dignidad. Perdonar, unir, pacificar y reconstruir Chile, fueron sus palabras.

TERCERA
PARTE

9

Caminé durante todo el día a la retaguardia de las tropas del general Barbosa con el mismo uniforme de cantinera que Angelita me había conseguido antes, porque así llamaba menos la atención y además mi ropa no era adecuada para esa aventura. Aunque los pantalones y la falda me quedaban cortos, me permitían más libertad de movimiento que mis tenidas de ciudad con demasiada tela y apretadas en la cintura. Nos acompañaba la Covadonga, la perra amarillenta del regimiento, que debía su nombre a una heroica goleta que participó en un combate naval contra el Perú y Bolivia. Escapando de una fragata blindada, la goleta se dirigió a un fondo de mar de rocas sumergidas, donde el buque enemigo quedó encallado y fuera de combate. Decían que la perra era chica, valiente y astuta como aquella goleta.

No puedo calcular cuánto anduvimos, pero al atardecer llegamos a Concón, una pequeña aldea pesquera al norte de Valparaíso, en la desembocadura de un río caudaloso que nacía en las montañas a muchos kilómetros de distancia y llegaba al océano hinchado por innumerables afluentes. Ya se sabía que la batalla se iba a librar en los dos días siguientes, porque los congresistas habían desembarcado en las cercanías, tal como me había notificado Eric. Sería cruenta, pero muy breve, dijo el general Barbosa al arengar a sus tropas.

Rodolfo León me había contado que el presidente aguardaba la confirmación de la victoria en Santiago instalado frente al telégrafo. Su confianza en los generales Barbosa y Alcérreca era tan absoluta que decidió no reunir a su numeroso ejército —una parte estaba en el sur—, porque creía que podían despachar al enemigo con una fracción de ese contingente. Me comentó que la serenidad habitual de Balmaceda había dado paso a un extraño ensimismamiento, un estado casi hipnótico en el que no manifestaba ninguna emoción. En las últimas semanas parecía tener la mente ausente y el corazón cerrado. En esos días decisivos para su Gobierno estaba aislado entre las pocas personas en quienes confiaba y no quería oír malas noticias; había dicho que prefería desconocer las decisiones extremas de sus comandantes, como si pretendiera lavarse las manos de la sangre derramada. Esa calma legendaria, que había cultivado desde el comienzo de su carrera política, encubría una sensibilidad casi romántica que interfería en su ambición de estadista y que a él le parecía un signo de debilidad. Pensaba con zozobra en el próximo enfrentamiento de su Ejército con la Escuadra rebelde y en las víctimas inevitables, que podrían sumar varios cientos, tal vez miles. Era un hombre de profunda rectitud moral, no podía librarse de la dolorosa responsabilidad que tenía por cada una de esas víctimas; debía de haberse preguntado en el silencio de su sombrío palacio y en la inmensa soledad del poder si tanto sacrificio valía la pena.

Las cantineras, con Angelita al mando, acampamos en la playa cerca del río junto a una tercera parte de las tropas, mientras el resto se dividía en dos grupos para defender las posiciones en los cerros adyacentes. Digo que acampamos, pero en realidad los soldados simplemente se ubicaron a la intemperie en las filas que les asignaron y nosotras nos quedamos a cierta distancia con el personal sanitario y dos médicos en un improvisado hospital.

Los hombres estaban hambrientos. El rancho se atrasó, no porque al Ejército le faltaran recursos, sino por desorganización y por las condiciones del suelo: había llovido y las ruedas de las carretas y las patas de las mulas se atascaban en el barro. Les dieron orden a los soldados de dejar sus morrales, donde llevaban una manta y sus provisiones, y formar las filas de combate. Angelita me dijo que los veteranos de la guerra del Perú estaban acostumbrados a pasar hambre, porque en varias ocasiones los jefes no habían planeado la campaña como era debido; no se dieron la molestia de estudiar el desierto con anticipación. Muchos soldados perecieron de disentería y diarrea por la comida descompuesta y otros de sed, porque tampoco había agua. Estaba prohibido quejarse del rancho, eso se castigaba a bastonazos.

—¿Sabe qué es lo que más temían esos hombres? Que sus huesos se calcinaran al sol sin una tumba y sin que nadie recordara sus nombres —agregó Angelita.

Esa noche en Concón, al hambre, la humedad y el frío se sumaba el temor callado, evidente en los rostros de muchos soldados. Algunos eran muy jóvenes, parecían niños, sobre todo los que habían sido reclutados a la fuerza en las zonas rurales del sur y nunca habían tenido un arma en las manos. Yo sabía que iban a enfrentar a un enemigo corajudo y determinado. Durante mi estadía en el norte, había podido apreciar de cerca a los fornidos mineros, templados como el acero por el trabajo y la dureza del clima. Muchos de ellos habían peleado años antes en la guerra del Perú y no fue necesario reclutarlos, porque se unieron voluntariamente a las fuerzas rebeldes. La represión que sufrieron por parte del Gobierno durante las huelgas los convirtió en enemigos de Balmaceda. Supuse que entre la tarea sin fin de picar piedras y apalear oro blanco o la aventura de pelear y matar, preferían lo segundo. No se sabía de ninguno que hubiera desertado.

Para los jóvenes reclutas tanto como para los soldados fogueados, la espera antes de la batalla era dolorosa, las manos engrifadas en las armas, los dientes castañeteando, los ojos enrojecidos de fatiga, las rodillas de lana, el corazón retumbando en el pecho, y en esa pausa larga, la sospecha fundamental de que iban a perder la vida por nada, que ni la patria ni Dios importaban, que iban a matar a compatriotas y a morir porque se lo mandaban y si retrocedían los mataban también. ¿Qué pensaban en esas horas? Imagino que pensaban en sus humildes hogares allá lejos, sus madres inclinadas sobre el fogón, el beso de una muchacha, un perro amigo, un partido de pelota. Y los atormentaba la duda inevitable de que no volverían a ver nada de eso, que solo verían el ojo negro del fusil antes de recibir la bala o el resplandor de una bayoneta ensangrentada.

Supe que había cerca de ocho mil hombres distribuidos en tres brigadas, una en la playa y las otras dos en los cerros. No tengo ningún conocimiento militar, pero me pareció que no estaban bien preparados: muchos llevaban ojotas y trapos amarrados en los pies por falta de botas o bien porque eran campesinos que nunca habían usado calzado; las armas eran fusiles anticuados y después de los primeros tiros solo se podían usar las bayonetas como lanzas, los cañones eran unos paquidermos que habían visto mejores días en guerras anteriores. Los oficiales recorrían las filas a caballo procurando mantener la moral en alto, pero también ellos parecían desanimados.

La paga del soldado era exigua y a quien tenía familia le quitaban una parte para enviarla a la mujer y los hijos, el resto alcanzaba para alcohol, tabaco y prostitutas. Los castigos eran severos, la vida muy dura y la muerte andaba siempre rondando. Sabían que si resultaban heridos, la atención médica sería mínima y tardía, muchos creían que al hospital se iba solo a morir. Estaban expuestos a enfermedades venéreas, tifus, disentería, tisis, viruela e infecciones de todas clases, como el temido insecto que se metía bajo las uñas de los pies y horadaba la carne. Se curaba cortando la parte descompuesta con una navaja y taponando el hueco con ceniza y tabaco. Los amputados recibían media pensión y una prótesis. Las viudas y los hijos legítimos recibían una fracción del magro sueldo del marido.

—Ese es el pago de Chile, gringa. ¿No ha visto cuántos indigentes sin piernas o brazos andan pidiendo limosna en las calles? Son veteranos de guerra, pues —me dijo Angelita.

—Si las condiciones son tan malas, ¿por qué se alistan? —le pregunté.

—En el Ejército tienen comida y sueldo, aunque siempre se atrasa y a veces no llega. A otros los atrapan no más. Hay redadas para reclutar campesinos, los cazan con perros. Si hace falta, reclutan a criminales y delincuentes. Es mejor morir peleando que secarse en la cárcel, ¿no cree? —me respondió.

—Supongo que también hay voluntarios, Angelita.

—Sí, hay jóvenes sin cerebro que andan con la fiebre del patriotismo. Eso los motivó contra el Perú y Bolivia, pero en esta guerra civil la patria es la misma para todos. No saben por qué pelean y yo tampoco, gringa, porque gane quien gane, nada va a cambiar para nosotros los pobres —me dijo, repitiendo lo que yo había oído en las minas del norte.

La noche me pareció interminable, con los congresistas en una ribera del río y las tropas del Gobierno en la otra. ¿Estaría Eric Whelan al otro lado del río, cavilando tanto como yo lo estaba a este lado? ¿O se las habría arreglado para unirse a los corresponsales extranjeros y estaba observando desde lo alto de los cerros? Oscuridad, el silbido del viento, el clamor incesante del mar, el aliento colectivo de miles de hombres agazapados, el relincho de los caballos, voces, susurros, toses. La neblina y las nubes tapaban la luna, no había más luz que unos faroles, braseros y pequeñas fogatas. Nos llegaban noticias y rumores en voz baja, en susurros, decían que los vigías informaban a cada rato sobre el desplazamiento del enemigo, pero los oficiales dudaban. ¿Cuándo darían la orden de cruzar el río? ¿Por qué no atacaban? Angelita me informó que no podíamos movernos antes de que amaneciera, la visibilidad era pésima, ninguna batalla se libra de noche. Supimos que Barbosa había decidido aguardar a que los otros dieran el primer paso, porque mientras más se demorara el combate, más tiempo tendrían los refuerzos del sur y de Santiago para llegar. Por fin Balmaceda había decidido enfrentar al enemigo con todos sus regimientos.

Las mujeres pasamos esas largas horas circulando entre los soldados con nuestras cantinas y morrales, acompañadas por la perra Covadonga, que cumplía con su deber de impartir ánimo. Los hombres la llamaban con silbidos para acariciarla y ella respondía lamiéndoles las manos. Había dos capellanes que también pasaron la noche entre las filas confesando y repartiendo escapularios de la Virgen del Carmen. Según Angelita, muy pocos de esos hombres eran creyentes y casi ninguno iba a misa, pero en la cercanía de la muerte se aferraban con fervor supersticioso a ese fetiche de trapo con la imagen de la patrona de Chile; creían que podía protegerlos como un escudo contra las balas.

—El enemigo tiene los mismos escapularios con la misma Virgencita, pues. Vamos a ver a cuál de los dos bandos elige ella —me comentó Angelita.

Supuse que antes de nuestra llegada el terreno era una apacible ribera, playa, arena, matorrales, humildes casuchas, botes y gaviotas, pero la presencia de batallones, animales y artillería lo había transformado en un barrial sembrado de baches y obstáculos. Antes de comenzar la lucha, ese bucólico paisaje ya era una ruina. Mis botas y pantalones estaban empapados, me había amarrado el borde de la falda en la cintura, como las otras cantineras, la chaqueta me quedaba apretada, no podía abotonarla, y había perdido el quepis; mi pelo era una maraña revuelta por el viento y la humedad. ¿Cómo había llegado a ese estado? Había salido de San Francisco como una respetable periodista, me había preparado para el viaje, incluso empaqué un traje de noche y un par de sombreros a la moda sin imaginar que iba a encontrarme dentro de un sucio uniforme prestado en medio de un campo de batalla a miles de kilómetros de mi casa y mi familia. Podía morir allí y mi cuerpo se pudriría entre muchos en el fondo de un hoyo.

Angelita Ayalef había instruido a las mujeres: «Primero les repartimos café de achicoria con bastante azúcar y ron para infundirles calor y coraje a estos muchachos y más tarde, durante el combate, hay que darles agua». Según los manuales militares, el licor se controlaba rigurosamente, porque no había disciplina que valiera si la tropa estaba embriagada, pero en la práctica se usaba para todo, desde matar piojos hasta limpiar heridas. En los días de franco corría el aguardiente, el ron y la chicha sin medida entre los soldados. En guerras anteriores los chilenos cometieron actos de arrojo sobrehumano drogados con chupilca del diablo, una mezcla de alcohol y pólvora, pero no supe que Angelita estuviera echándoles pólvora a las cantimploras.

También distribuíamos pequeños trozos de pan duro para engañar el hambre, pero no alcanzaban para todos. Éramos unas pocas mujeres atendiendo a miles de soldados. Nos deteníamos ante los más jóvenes, los más asustados, y les preguntábamos de dónde venían, si tenían familia o una enamorada, qué iban a hacer cuando volvieran a su hogar; en fin, tratábamos de distraerlos un poco. «Acuérdese de mi nombre, señorita», me decían algunos. Otros me entregaban una carta para sus seres queridos con el encargo de despacharla si no sobrevivían, o me pedían en un murmullo que rezara con ellos; no querían aparecer débiles ante sus compañeros, pero el machismo no alcanzaba a sostenerlos en esa incertidumbre y necesitaban el consuelo de la religión. También había veteranos curtidos durante muchos años en el Ejército, hombres acostumbrados al riesgo y a la exaltación de pelear y matar, callados, impenetrables, hostiles, con la mirada dura y la expresión indiferente. Esos no necesitaban la atención de las cantineras.

En la oscuridad solo el brillo de los ojos separaba a los soldados de las sombras. Olían a sudor y ropa mojada. Ninguno durmió durante aquellas horas.

Poco a poco retrocedió la noche y en la primera luz del amanecer distinguí uno a uno los rostros cansados y ojerosos de esos hombres aferrados a sus armas, anticipando lo que vendría, más de uno rogando al cielo que la muerte lo perdonara. Algunos habían cavado zanjas en la arena, otros apenas estaban protegidos por barricadas de última hora. Me contagiaron un ánimo de desolación, un presentimiento de derrota.

A las siete de la mañana de ese día 21 de agosto de 1891, cuando ya había aclarado, pero todavía quedaba neblina, escuché los primeros cañonazos de los congresistas en la otra orilla del río, seguidos por los que disparaban sus buques desde la costa. Pronto el Ejército del Gobierno respondió y el cañoneo de ambos lados se volvió ensordecedor, fogonazos y explosiones que levantaban un diluvio de arena y piedras remeciendo el mundo como un cataclismo. Angelita me aseguró que a esa distancia los cañones no causaban grandes bajas, pero el efecto en el ánimo de los soldados novatos fue devastador. Algunos soltaban las armas y procuraban escabullirse, pero eran atajados por sus compañeros antes de que los oficiales los descubrieran. La deserción se pagaba con la muerte, un tiro en la frente, a menos que se hiciera en masa, claro.

La neblina se fue disipando y vimos que los congresistas se formaban en la ribera opuesta alistándose para avanzar. Nos llegó la noticia de que también estaban embistiendo a la segunda brigada del Ejército en los cerros; atacaban por dos flancos. El color blanco de sus uniformes se mimetizaba con la naturaleza, el humo y la neblina; en cambio, el del Ejército, azul y rojo, ofrecía un blanco seguro.

El río era ancho y en invierno la corriente poderosa arrastraba piedras y escombros, pero la infantería rebelde, instigada por sus oficiales, se lanzó al agua, aunque la mayoría no sabía nadar. Los soldados avanzaron con gran dificultad, el agua a la altura del pecho y el fusil en alto para mantenerlo seco. La corriente se llevó a muchos y otros cayeron bajo la balacera que no podían contestar, pero a las once de la mañana el resto había cruzado y entonces comenzó la batalla de Concón.

Es imposible describir el horror de la guerra, nada que yo pueda relatar se aproxima a la realidad y solo puedo hacerlo desde mi visión limitada. Tal vez los oficiales desde la altura de sus cabalgaduras o los corresponsales de prensa en los cerros cercanos se daban cuenta de lo que ocurría, pero nosotros, los de a pie, nos movíamos a ciegas. La idea de que yo podía estar más o menos a salvo con los otros periodistas se me cruzó por la mente, pero la descarté de inmediato, porque ninguno de ellos conseguiría experimentar desde la distancia lo que yo sentía entre los soldados. Cada hombre tiene su historia y miles de ellos nunca podrían contarla. A mí me tocaba recoger los fragmentos dispersos de esas historias.

Por orden de los comandantes, el pequeño grupo de cantineras debía permanecer junto a las tiendas de la ambulancia, como designan al hospital de sangre en el campo de batalla, hasta que fuera llamado, pero desde allí no podíamos ayudar. En los primeros minutos fue evidente que el enemigo llevaba una ventaja inmensa: contaba con unas armas nuevas que jamás habíamos visto, fusiles de repetición de largo alcance, capaces de disparar varios tiros seguidos, mientras que los del Ejército había que recargarlos después de cada disparo, tenían un alcance bastante menor y se calentaban a los pocos tiros, volviéndose inservibles. Por mucha habilidad que se tuviera, la operación de cargar un arma requería unos segundos preciosos, que podían ser la diferencia entre la vida y la muerte. Los fusiles de los congresistas causaban estragos, un soldado de cada cuatro caía acribillado. Una y otra línea de combate eran barridas por una granizada de balas. Era una carnicería.

Se rompieron las filas, los enemigos saltaron las barricadas que los soldados habían improvisado con rocas de la playa y empezó la lucha cuerpo a cuerpo. El ruido era atronador. Balas, cañonazos, gritos y órdenes, alaridos de dolor, gemidos de los moribundos, relincho de caballos despavoridos. El olor a pólvora impregnaba el aire, nos ahogábamos, tosíamos, algunos vomitaban una densa espuma. El general Barbosa, como un fantasma escuálido, pasó cabalgando con el sable en alto mientras arengaba a la gente, pero su voz se perdió en el caos. No lo vi más, supongo que siguió la batalla desde lo alto.

Yo estaba aterrorizada, temblando de pavor y de frío, encuclillada, con la cabeza entre las manos, procurando volverme invisible y preguntándome por qué estaba allí, por qué no me había ido a Santiago como Eric me había pedido, mascullando oraciones, imaginando todo lo que me podía ocurrir, heridas terribles de bala, bayoneta o sable, terminar amputada, ciega, paralizada, desfigurada. No, Dios mío, si no he de vivir entera, mándame por favor un tiro de gracia al corazón. Pero entonces dos manos me cogieron de los hombros y me sacudieron con vigor. Era Angelita Ayalef, inclinada sobre mí, diciendo algo que yo no podía oír por el fragor del tiroteo, pero comprendí su intención. La vi caminar con paso decidido hacia el frente y, sin pensarlo, la seguí. Mientras avanzaba, sentí una oleada de calor y de furia en las entrañas, una fuerza descomunal, un grito de guerra en la garganta, y se me olvidaron las dudas y el miedo y me volví invencible, inmortal, protegida por una mágica armadura.

Angelita y yo íbamos de un lado a otro, agachadas y a veces arrastrándonos. Otras cantineras nos siguieron y después supe que algunas cayeron junto a los soldados. Me resbalaba en el barro, las zarzas me impedían avanzar, me arañaban la cara y me rasgaban la ropa, estaba mojada de sudor, ya no sentía frío, ardía afiebrada. Pronto mi cantina se vació y entonces me dediqué a darles ánimo a los caídos, aunque el socorro que podía prestarles era mínimo.

Nadie habla del valor de los camilleros, que circulaban erguidos entre balas y bayonetas, dos por camilla, y se llevaban a los heridos a un bosquecillo de arbustos doblados por el viento, donde médicos y enfermeros, bajo toldos de lona, procuraban darles el primer socorro. Por cada uno que tal vez sobrevivía, otro moría, si no allí mismo, un poco más tarde por trauma, desangramiento, infección, gangrena. No alcanzaban las vendas, no había suficiente láudano ni morfina, la arena se tragaba la sangre.

Un soldadito muy joven cayó a mis pies y vi cómo le brotaba una rosa roja en la cara; la bala le había entrado por un ojo y todavía estaba vivo. Quise correr a llamar a los camilleros, pero Angelita, que se encontraba cerca, me indicó con un gesto que lo dejara, ya era tarde para él. Ella estaba aplicando un torniquete en la pierna de otro soldado que se retorcía de dolor. Me senté junto al chico y acomodé su cabeza en mi falda murmurando la canción de cuna que me cantaba mi Papo: «*Duérmete mi niño, duérmete mi sol, duérmete pedazo de mi corazón...*». Y cuando se durmió para siempre, lo puse en el suelo y me arrastré hacia otro herido, con la ropa y las manos manchadas de su sangre, con un temblor en el estómago y los ojos nublados de llanto y humo. Aprendí a dejar a los más graves, aquellos que no iban a sobrevivir de ninguna manera, y a concentrarme en quienes podían salvarse.

En ese campo de muerte tropezábamos con los cuerpos de los caballos inertes con los ojos vidriosos abiertos y con otros vivos, pero que no podían levantarse por las patas quebradas o el vientre abierto de un sablazo. Si hubiera tenido un arma, les habría dado un tiro de gracia, pobres animales. Algunos perros hambrientos rondaban cerca, atraídos por las vísceras, pero todavía no se atrevían a acercarse demasiado. No vi a la Covadonga por ninguna parte. Perdí la cuenta de los hombres que vi morir, perdí la cuenta de los que pude ayudar, perdí la cuenta de las horas.

La lucha cuerpo a cuerpo era mucho más brutal que el tiroteo, porque había que matar y morir mirándose a los ojos, abrazados. Los nuestros caían por docenas, por cientos. Con un valor demente, se lanzaban contra los fusiles de repetición a pecho abierto, con las bayonetas caladas y los corvos chilenos. Un soldado de uniforme blanco me distinguió en la polvareda y alcanzó a apuntarme con su arma antes de que uno de chaqueta azul le cercenara el cuello con su cuchillo de matarife. También me pareció ver con el rabillo del ojo a Angelita enarbolando su corvo, pero puede que fuera un espejismo.

Ya no sé cuánto presencié y cuánto imaginé, todo es confusión y horror en mi recuerdo. No había visto la violencia y la muerte de cerca, nada en mis veinticinco años de existencia me había preparado para tanta barbarie, tanto sufrimiento. Mientras silbaban las balas a mi alrededor y caían los hombres reventados o desarticulados como marionetas sin hilos en aquel infierno indescriptible, mientras cumplía de manera automática la misión que Angelita me había asignado, resonaba en mi mente con eco de campana la certeza de que toda esa crueldad y muerte eran inexplicables, absurdas, inútiles, un despilfarro de vida, un juego siniestro de los hombres en el poder. ¿Cómo es posible que desde los albores de su presencia en este planeta los hombres se maten unos a otros sistemáticamente? ¿Qué fatal demencia llevamos en el alma? Este afán de destrucción es el pecado original.

Angelita me había explicado que la labor más dolorosa viene después de la batalla, cuando se recorre el terreno recogiendo a los heridos, cuando les cerramos los ojos a los muertos, cuando rezamos frente a una gran fosa llena de cadáveres amontonados unos encima de otros, todos iguales unidos en el mismo desconsuelo, cuando el mundo se llena de pájaros negros de mal agüero y del hedor a podredumbre y de la humareda de las hogueras donde queman las carcasas de los caballos y las mulas. Sin embargo, no nos tocaría nada de eso. Angelita había estado en varias batallas del Ejército chileno, todas victoriosas, pero en la de Concón íbamos a abandonar en manos del enemigo el campo sembrado de cuerpos.

¿Cuánto duró la batalla? No puedo saberlo con precisión. Me parece que fue un día entero, o una semana, o para siempre, pero según me dijeron, duró poco más de cuatro horas antes de que se produjera el desbande de las tropas de Balmaceda. Vi que algunos soldados se daban vuelta la chaqueta al revés, para que pareciera blanca, y les quitaban a los congresistas caídos los brazaletes rojos que los identificaban. No oí el llamado de retirada de las cornetas, creo que nadie dio la orden, simplemente los que no se pasaron al enemigo soltaron los fusiles inútiles y echaron a correr en todas direcciones, sálvese quien pueda, adelante la caballería seguida por los de a

pie, tanto los oficiales como los soldados rasos y también nosotras, las cantineras.

Angelita Ayalef fue de las primeras en darse cuenta de que
habíamos sido derrotados, me buscó en el desorden del momento, me tomó de la mano y me arrastró con ella, porque si
nos agarraban no habría piedad, me dijo. Corrimos y corrimos
y corrimos cerro arriba, jadeando, impulsadas por la desesperación, inmundas, ensangrentadas. En el ascenso nos quita-
mos las faldas del uniforme, que estaban pringosas con sangre
de los soldados heridos, y seguimos trepando sin más ropa que
las camisas y los pantalones. La caballería del enemigo nos per-
siguió un trecho y algunos de los nuestros cayeron baleados
por la espalda o destrozados a sablazos. Supe que después vino
la demencia del triunfo, «el repaso», como llaman a la tarea
inhumana de dar muerte a los heridos. La victoria de los rebeldes fue completa. La derrota del Gobierno también.

Los sobrevivientes, abatidos, se retiraron en completo desorden hacia Valparaíso, donde el general Barbosa estaba reorga-
nizando a su gente. No todos llegaron. Decenas de heridos
quedaron tirados en el camino y muchos hombres desapare-
cieron, supongo que se despojaron del uniforme y desertaron,
escapando lo más lejos posible. La noche nos sorprendió a
Angelita Ayalef y a mí escondidas entre los matorrales de una
quebrada. No sé qué pasó con las otras mujeres. Habíamos
trepado los cerros a campo travieso, aferrándonos a la tupida
vegetación, tropezando y cayendo, sin fuerzas. No habíamos
comido nada desde el día anterior, pero encontramos una

poza de agua que dejó la lluvia y saciamos la sed sin importarnos el olor a podrido.

Angelita empapó su pañuelo y me limpió la cara, después sacó del estuche que llevaba en la cintura un desinfectante y me lo aplicó en la frente. No me había dado cuenta de que tenía rasguños profundos y una herida abierta sobre la ceja derecha; también tenía sangre en las manos, pero no supe si era mía o de alguno de los caídos.

—Hay que ponerte unos puntos en ese corte para que cicatrice bien, pero vamos a esperar a la luz de la mañana —me dijo.

—¿Puntos?

—No será la primera vez que lo hago, gringa. Es como pegar botones. Para eso tengo hilo y aguja, entre otras cosas —me explicó señalando su estuche

Me vendó la frente con el mismo trapo mojado y después nos acurrucamos entre dos peñascos, tapadas con las ramas de un arbusto, tiritando. Al principio el silencio de la noche nos pareció absoluto, porque teníamos en los oídos el fragor de la batalla, pero cuando recuperamos el aliento y nos tranquilizamos un poco, pudimos diferenciar los sonidos de la naturaleza del eco de voces, algunos tiros y el crepitar de incendios. Vislumbramos a lo lejos un resplandor de llamas y nos llegó el olor inconfundible de madera quemada. Angelita dedujo que los soldados que huían les estaban prendiendo fuego a los bosques para señalarles el camino a los que venían detrás, pero le pareció demasiado arriesgado aventurarnos en la oscuridad sin conocer el terreno.

Pasamos las horas siguientes abrazadas para infundirnos

calor, sin poder dormir, aunque estábamos muertas de fatiga y tampoco habíamos descansado la noche anterior. La humedad de la costa, el frío y el terror de ser descubiertas nos mantuvo alertas. Teníamos la ropa mojada, los pies tan helados que no los sentíamos y un vacío angustioso en el estómago.

—¡Qué daría por un pedazo de pan! —le comenté a Angelita.

—No pienses en eso. Mientras tengamos agua, estamos bien. El hambre se aguanta —me dijo.

—¿Cuánto tiempo se aguanta? —le pregunté.

—En las sierras del Perú aprendí a mascar hojas de coca, como los cholos. Con eso podía pasar varios días sin comer ni descansar. Pero aquí no se consigue.

—Has tenido una vida muy dura, Angelita. La guerra es un tormento —le señalé.

Mi amiga me contó que se había unido al Ejército en el último año de la guerra contra el Perú y Bolivia sin tener claro lo que hacía, solo deseaba estar cerca de Manuel, su marido. Se habían casado hacía apenas cuatro meses cuando a él lo llamaron al Ejército. Ella lo esperó un buen tiempo, pero en cuanto se le presentó una oportunidad se unió a las cantineras.

—Pero en el Ejército no se escoge nada, se obedecen órdenes no más, y nunca me tocó estar cerca de Manuel —me dijo.

—Cuéntame de él —le pedí.

—Era un buen hombre y un buen soldado. Murió en la batalla de Huamachuco. No pude estar con él, no pude enterrarlo, no sé qué pasó con su cuerpo, puede que acabara en una fosa común como miles de otros chilenos y peruanos que quedaron allí. Espero que Dios se apiadara de él y que muriera rápido. Tal vez había una mujer a su lado, como yo he estado con otros moribundos.

—¡Lo siento tanto, Angelita! ¿Por qué seguiste en el Ejército después de enviudar?

—¿Adónde voy a ir? Yo no tengo más vida que esta —me respondió.

—Esto es muy peligroso. Puedes morir de un tiro o ensartada en una bayoneta. Tú misma me has dicho que a las prisioneras las violan y las asesinan.

—Por eso hay que correr como conejos. No dejes que te agarren con vida —me contestó.

—¿Nunca sientes miedo, Angelita? —le pregunté.

—Todo el tiempo, pero no pienso en eso. Yo quiero morir con las botas puestas —replicó.

Poco después oímos ruido en el follaje, algo que parecía ser mucho más grande que una rata o un conejo. Angelita me indicó por señas que guardara silencio y echó mano de su corvo, lista para defendernos en caso de que fuera un enemigo, aunque era poco probable que nos hubiera seguido hasta allí. Esperamos un par de minutos inmóviles en la oscuridad, respirando apenas, hasta que de pronto sonó un breve ladrido y la fiel Covadonga nos salió al encuentro. Es difícil describir el alivio que sentimos al abrazarla. La pobre perra estaba tan asustada y hambrienta como nosotras.

Por fin, ya muy tarde, pudimos dormir unas horas con la Covadonga entre las dos impartiéndonos su calor. Esa noche aprendí que soy más fuerte y resistente de lo que suponía.

Cuando creía que ya no podía soportar ni un minuto más el frío, el hambre y el miedo, cerraba los ojos y pensaba en mi Papo mostrándome el mundo en un mapa, en mi mamá amasando el pan de la caridad, en Eric Whelan, mi mejor amigo, con un lápiz en la oreja comentando alguna noticia. No supe realmente quién soy hasta que las circunstancias me pusieron a prueba.

Al amanecer el aire todavía estaba impregnado de olor a humo, pero reinaba una calma que nos pareció sobrenatural. Despertamos en un mundo apacible, escuchamos trinar de pájaros y el susurro de patitas de roedores en los arbustos, el rumor de la brisa entre los árboles y la presencia tranquilizadora de la perra. El cielo se despejó temprano y salió un sol tímido de agosto, que no nos calentó, pero nos levantó el ánimo.

—Menos mal que no tienes un espejo, gringa. Estás horrible —me dijo Angelita riéndose.

Me quitó el improvisado vendaje, limpió la herida, que ya sangraba muy poco, y se dispuso a coserla. No podía abrir el ojo afectado, me dolía la cabeza, estaba desorientada y con tanta hambre que no era capaz de pensar en otra cosa, pero Angelita cortó mis quejas en seco, no tenía paciencia para tonterías y me ordenó agradecer al cielo por estar viva y contar con un ojo sano. «Más vale tuerta que ciega», fueron sus palabras de consuelo mientras me cosía con varias puntadas de sastre. Tomamos agua de la misma poza y a la luz del día vimos que contenía guarisapos, señal de que no estaba envenenada; tragarse un guarisapo no es nada grave.

Angelita recordaba o adivinó la ruta por donde habíamos llegado a Concón dos días antes y me aseguró que en pocas horas estaríamos en Valparaíso. Echamos a andar con cautela al principio, hasta que comprendimos que los congresistas no habían aprovechado su victoria para darles caza a los derrotados; seguramente se habían quedado en el campo de batalla recogiendo a sus heridos y enterrando a sus muertos, o bien se habían embarcado de nuevo. Por precaución evitamos el camino y seguimos a campo travieso sin perder de vista el mar, que nos servía de brújula. Reconocimos el paisaje, a pesar de los trechos de bosque incendiado. Un par de horas más tarde nos topamos con algunos soldados del Ejército que habían logrado salir de la batalla ilesos o con heridas de poca gravedad y se dirigían al sur, donde estaba el general Barbosa.

Tal como Angelita había calculado, llegamos a Valparaíso al anochecer y allí nos despedimos, ella fue a reunirse con la tropa y la Covadonga la siguió. Supuse que gran parte de la población civil había escapado hacia los pueblos cercanos o se había ido a Santiago. La ciudad estaba invadida por el aparato militar, soldados, caballos, pertrechos y vehículos por todas partes. Los hospitales se hallaban sobrepasados por los centenares de víctimas de Concón y habían habilitado un servicio ambulatorio en escuelas y hostales. Se formaron grupos de voluntarios para ir en busca de los heridos y los que habían muerto en la huida. Pasaban a cada rato los carros de beneficencia con su triste carga rumbo al cementerio y con una nube de moscas zumbando encima.

Quise instalarme en el mismo hotel donde me había alojado antes y donde estaban el mando militar y otros periodistas, pero me notificaron que no había cuartos disponibles. Creo que mi aspecto espantó al gerente; esa pordiosera con la cara arañada, un ojo cerrado y un vendaje ensangrentado, pantalones de hombre y la blusa inmunda no se parecía en nada a la pulcra señorita extranjera que había estado allí unos días antes. Ni siquiera me entregó mi maleta, a pesar de que le mostré la identificación que siempre llevo conmigo. Cuando estaba alegando con ese hombre inamovible, que amenazaba con sacarme a la fuerza del hotel, apareció Rodolfo León, bendito sea, quien tardó un minuto en reconocerme antes de interceder por mí.

—No puede quedarse sola aquí, Emilia. Tiene que ver a un médico y cuidarse. ¡Está herida! —exclamó.

—Estoy bien, Rodolfo. Lo único que necesito es comida y una cama.

—Déjeme ayudarla. Véngase a mi casa —me ofreció.

—¡De ninguna manera! Cómo voy a ir a molestar a su familia… —respondí, porque ya había aprendido que en Chile no se aceptan favores sin negarse antes por lo menos un par de veces.

—No es molestia, todo lo contrario —replicó él, de acuerdo con el protocolo habitual en estos casos.

—Este es mal momento, Rodolfo, usted tiene bastantes problemas —insistí, aunque deseaba con toda el alma aceptar su invitación.

Este intercambio duró un par de minutos, como era lo correcto allí, y después me dejé conducir a su casa, que quedaba encaramada a un cerro y era bastante más modesta de lo que me había imaginado, pero contaba con una vista panorámica del puerto. Me recibió Sara, su esposa, una joven amable y eficiente, madre de un niño, que no dio muestras de sorpresa al ver mi aspecto.

Al encontrarme por fin en un lugar seguro, sentí que me desmoronaba por completo; se me doblaron las piernas y caí de rodillas, con la cara entre las manos, sollozando y gimiendo sin control, de vuelta en Concón, atrapada en el campo de batalla, con los muertos y los heridos y la sangre y la pólvora, con esos infelices muchachos clamando en su agonía, con los cuerpos ensartados en las bayonetas y la playa sembrada de miembros cercenados a cañonazos. Tantos hombres sufriendo y muriendo, tantas mujeres llorando, tantos niños sin padre.

Sara resultó ser muy sabia a pesar de su juventud. Se arrodilló a mi lado sin tocarme y me acompañó callada hasta que me venció la fatiga y quedé enroscada como un recién nacido en el suelo, mojada de lágrimas.

—Llore, Emilia, eso le hará bien… —balbuceó Sara.

—Los muertos… esos pobres muchachos desangrándose… nunca me dejarán —creo que murmuré.

—Aprenderá a vivir con el recuerdo de ellos, Emilia. Está deshecha, pobrecita, déjeme ayudarla.

Me levantó del suelo y me condujo abrazada a la cocina, donde me preparó una taza de vino caliente con canela, cáscara de naranja y azúcar, que tuvo la virtud de tranquilizarme.

—Ahora voy a limpiarle la cara y a revisarle esa herida —anunció.

Sin darme ocasión de alegar, me quitó cuidadosamente el

trapo con que me había vendado Angelita y procedió a lavarme con agua tibia jabonosa. Me explicó que el ojo estaba intacto, pero no iba a poder abrirlo por unos días, había que esperar a que bajara la inflamación.

—¿Quién le puso esos puntos? —inquirió, sorprendida.

—Una cantinera amiga mía.

—Buen trabajo. No es una herida profunda, pero se va a demorar unas semanas en sanar. Hay que mantenerla limpia para que no se infecte —me dijo aplicándome una gasa con fenol diluido en agua.

El líquido me dolió, pero menos que los puntos de Angelita, y lo soporté sin quejarme pensando en el sufrimiento de las heridas que había visto en Concón; lo mío no podía ni mencionarse comparado con eso.

—Tiene que comer algo y recuperar sus fuerzas. Si hubiera sabido que venía, le habría hecho una buena cazuelita —me dijo Sara, y me puso por delante un plato con un guiso espeso de papas y verduras.

En el esfuerzo de caminar hasta Valparaíso y de enfrentar al recepcionista del hotel me había olvidado del hambre, pero al oler la fragancia de la comida volví a sentir el vacío doloroso en el estómago como un puñetazo y me abalancé sobre el delicioso estofado con la ansiedad de un náufrago.

Más tarde le pedí a Sara que me cortara el pelo, porque desenredar ese nido de gallina habría sido una tarea eterna, pero para ella eso equivalía a una mutilación. Transamos en que me lo cortaría hasta los hombros; después me preparó un baño, me ayudó a lavármelo y me lo peinó con inmensa paciencia. ¡Ah, qué placer sumergirme en el agua caliente! Sentí que renacía. Sara me prestó una falda, que me quedó a la altura de las pantorrillas, una blusa y ropa interior. Me miré al espejo por primera vez: mi cara era un melón machucado.

Me quedé en casa de mis amigos hasta el otro día, mientras Rodolfo recuperaba mi equipaje y me conseguía habitación en algún lugar. Dormí tanto que el niño le dijo a Sara que yo estaba muerta. El gato de la familia había perecido días antes y el chiquillo creía que la muerte es contagiosa. En esas horas tuve tiempo de reponerme de la fatiga y de pensar. Había ido a cubrir la guerra con gran ignorancia, dispuesta a observarla a prudente distancia, pero la guerra me había tragado con sus fauces de dragón. Las crónicas de interés humano que deseaba mi editor para entretener a lectores indiferentes a diez mil kilómetros de distancia resultaban ridículas y ofensivas frente a la realidad de lo que había vivido en Concón. Pensé que nunca más iba a poder escribir sobre temas frívolos, como hice tantas veces antes. Nada me interesaría lo suficiente, porque nada podría compararse con lo que acababa de presenciar en aquella playa. Allí me familiaricé con el miedo visceral, ese que se instala en los huesos y permanece agazapado y listo para asaltarnos al menor pretexto. Después de conocerlo de cerca comprendí que ya no podría librarme de él. La paz del hogar de Sara y Rodolfo León, con el ruido del niño y el olor de la cocina, era una paz ilusoria, una pausa en la violencia del mundo.

Desde esa casa en el cerro pude ver un breve combate de dos buques de los congresistas que planeaban tomar la ciudad, pero los poderosos cañones del fuerte de Valparaíso los disuadieron rápidamente y se retiraron mar adentro sin sufrir daños. A distancia parecían juguetes en la inmensidad del horizonte. Entretanto, iban llegando en tren a la ciudad miles de soldados que venían del sur a reforzar al Ejército, casi todos muy jóvenes. Los generales Barbosa y Alcérreca se preparaban para enfrentar a los rebeldes con tropas frescas, como me explicó Rodolfo. El término me pareció chocante. Hombres sin nombre ni rostro, desechables, carne fresca destinada al matadero.

Supe de las pérdidas tremendas que sufrió el Ejército en Concón y la represalia salvaje que siguió a la batalla. Los vencedores remataron a los heridos, arrasaron con el hospital de sangre, tomaron dos mil prisioneros, se apoderaron de la artillería, de miles de fusiles y municiones y engrosaron sus filas con cientos de desertores. Angelita Ayalef tenía razón cuando me obligó a escapar; si nos hubieran agarrado, tampoco habrían tenido piedad con nosotras.

Dejé el hogar de los León, donde tan bien me habían acogido, y me instalé en una pensión del puerto que me consiguió Rodolfo con su influencia, que era mucha. No había habitaciones libres en la ciudad.

10

Durante los dos días que siguieron a la derrota de Concón la prensa internacional se dejó caer en masa en Valparaíso, donde el Ejército iba a librar la batalla decisiva por el poder. Había corresponsales de Europa, México, Argentina y Estados Unidos. Entre ellos me reencontré por fin con Eric Whelan, de quien me había separado en junio en Iquique. Habíamos tenido muy poco contacto mediante algunas cartas y telegramas que me llegaban a la oficina de Patrick Egan y mensajes que yo le enviaba, usando siempre la clave ridícula que habíamos ideado. Al verlo de lejos, con su melena colorada y su facha de irlandés desarrapado, el corazón me dio un vuelco y descubrí que en esos dos meses lo había echado terriblemente de menos. Él también me vio y los dos corrimos a abrazarnos con inusitada urgencia. ¡Emilia!, ¡Eric!, repetíamos, y en una de esas exclamaciones acabamos besándonos. Fue un beso interminable o tal vez muchos besos seguidos, lo necesario para que ambos admitiéramos que estábamos enamorados. No sé si eso ocurrió en aquel instante o si venía gestándose desde hacía tiempo. Nuestra amistad era tan sólida, tan práctica y fácil, que ninguno de los dos la había interpretado como amor, pero en esa guerra ajena tuvimos siempre la duda de si acaso nos volveríamos a ver. La posibilidad de que aquello no ocurriera nos resultaba insoportable. El plan original de separarnos para cubrir más terreno se nos reveló como absurdo, cualquiera de los dos podría haber muerto sin alcanzar a despedirnos, sin haber descubierto que nos amábamos, como dijo Eric cuando por fin, ya más tranquilos, nos sentamos en una pastelería frente a sendas tazas de té a ponernos al día sobre lo ocurrido en las últimas semanas.

—¿Qué te pasó, mi amor? —me preguntó acariciándome la cara con delicadeza.

—No sé exactamente, creo que me rozó una bala o me caí cuando iba escapando de Concón, no lo sentí. El ojo está mejor, ya puedo abrirlo un poco.

—Te podrían haber matado, Emilia, y yo me habría quedado para siempre con la tristeza de este amor que no alcanzó a serlo —me dijo, emocionado.

—Pero eso no sucedió, Eric. Aquí estoy, viva y dispuesta a vivir muy largo —le respondí besándolo deprisa para no llamar la atención de los otros parroquianos.

—Espero que vivas muy largo conmigo. Y que aprendas a hacerme caso de vez en cuando. Te pedí por favor que te refugiaras en la legación americana.

—¿Lo habrías hecho tú? La acción está aquí, Eric. No me pidas que haga lo que tú no harías —le contesté.

Le conté a Eric lo que me había tocado vivir en Concón, la derrota y la represalia bárbara de los congresistas, cómo se encarnizaron matando a los médicos, los enfermeros y los sa-

nitarios, destrozando a gente a sablazos, también a las mujeres. Él había estado a bordo de un barco y no había presenciado el horror de frente.

—¿Cómo puede haber tanto odio entre compatriotas, Eric?

—Así fue en Estados Unidos. En la guerra civil murió más
gente que en todas las guerras que hemos tenido. El país quedó muy herido y creo que nunca va a cicatrizar —me dijo.

—¿Crees que también los chilenos se van a odiar unos a
otros para siempre? —le pregunté.

—El odio queda adormecido bajo la superficie y vuelve a
brotar intacto si se dan las circunstancias. Así es en Estados
Unidos, somos un país dividido.

Entonces me contó lo que había ocurrido en Lo Cañas
mientras yo me preparaba para ir detrás de las tropas de Barbosa rumbo a Concón.

Lo Cañas era un fundo a pocos kilómetros de Santiago,
cuyo dueño, uno de los aristócratas más poderosos del país,
estaba refugiado en una legación extranjera. Era el dirigente
principal del Comité Revolucionario de Santiago, cuyos miembros pertenecían en su mayoría a familias pudientes, eran jóvenes y estaban enardecidos por el conflicto que había dividido a Chile, pero carecían de experiencia militar. Estaban
dispuestos a correr riesgos por la exaltación de la aventura y
porque siempre habían contado con la impunidad que les
brindaba su posición social. Los jóvenes decidieron reunirse
en el fundo, donde se organizarían para cortar el telégrafo y
los puentes de acceso a Santiago con el fin de impedir que el
Ejército se concentrara en defensa de la ciudad. Era una idea
tan audaz como descabellada, ya que el presidente había dado

orden de dispararle a cualquiera que se acercara a los puentes sin la debida autorización. No sabían que el general Barbosa había sido informado del plan y estaba preparado para enviar soldados a Lo Cañas.

—Los detalles de lo que ocurrió allí son espeluznantes, Emilia. El Gobierno llevó a cabo una carnicería tan brutal como la perpetrada por los congresistas en Concón. Los torturaron a todos antes de masacrarlos. La crueldad se da por igual en ambos bandos —me dijo Eric.

—¿Quiénes son esos monstruos? Ninguna de las personas que conozco sería capaz de cometer tales atrocidades —le aseguré.

—Te equivocas, Emilia. Los mismos que se persignan en misa pueden ser sanguinarios si están en grupo y tienen un pretexto. Uno de los mandamientos divinos es no matar… excepto en la guerra. La crueldad se alimenta con más crueldad.

—Ningún animal actúa así. Los animales solamente matan por hambre y para defender a sus crías —le dije.

—En casi todas las especies los machos pelean. La humanidad no es diferente. Nunca habrá paz, Emilia. La violencia es el vicio de los hombres.

Eric agregó que la masacre había estremecido de horror al país. Hasta los fanáticos partidarios del Gobierno denunciaron los crímenes como actos de inconcebible barbarie, mientras que los opositores se unieron en una sola voz para clamar venganza. A los primeros los debilita la vergüenza y a los otros los fortalece la ira. El 19 de agosto será una fecha inolvidable porque este día el presidente Balmaceda perdió la guerra. Ninguna victoria militar puede borrar esta derrota moral.

Llevé a Eric a mi habitación el mismo día en que nos encontramos. En circunstancias normales habríamos actuado con más prudencia, pero en la guerra el tiempo se enreda y todo adquiere una urgencia inmediata. Hoy no podemos esperar, porque tal vez mañana nunca llegará. También las convenciones sociales se desmoronan y la opinión del mundo deja de importar. Gracias a la tolerancia infinita de mi Papo, he gozado de una libertad poco usual en una joven soltera; puedo haber provocado chismes, pero no he provocado escándalo. Sin embargo, ese día de agosto en Valparaíso, cuando dos ejércitos se preparaban para un enfrentamiento final y el fragor de la guerra se percibía en el aire como una sorda vibración, no pensé en mi reputación, pensé solo en hacer el amor con Eric antes de que la violencia nos separara. Lo cogí de la mano y lo llevé a mi habitación sin preguntarle su parecer, y con la misma osadía fulminé a la propietaria, una viuda de mal talante, que intentó atajarnos porque esa era una casa respetable, como balbuceó intimidada.

Los hoteles de la ciudad estaban tomados por los militares, los políticos y la prensa. Mi pensión se encontraba en un nivel un poco más alto que las desastrosas tabernas y posadas para marineros, que se pagaban por hora y a menudo proveían de mujeres de alquiler. En Valparaíso, ciudad de cerros escarpados, ya existían algunos funiculares que habían sido instalados unos diez años antes, pero para subir a mi pensión había solo una escalera de peldaños gastados entre dos hileras de viviendas. Era una casona antigua de madera colgada precariamente del cerro, decrépita, cruzada de corrientes de aire e inhóspita, lo opuesto a la pulcra vivienda de las hermanas francesas donde me alojaba en Santiago. En una situación normal tendría que haber compartido la pieza con otras dos personas, pero Rodolfo negoció una para mí sola. En las cartas a mis padres la bauticé como la pensión de las pulgas, y así se la presenté a Eric.

A las cinco y media de la tarde ya era de noche y soplaba esa perenne ventisca invernal del mar que incita a la tristeza. Subimos por la empinada escalera, yo delante con una lámpara de aceite y él detrás con una mano en mi cintura. Agradecí que la débil luz revelara poco de la pobreza y la mugre. La pieza era pequeña, con el techo tan bajo que había que moverse con cuidado para no estrellar la frente contra una viga. Estaba helada porque no había carbón para el brasero, olía a pescado y sospecho que roedores sigilosos se ocultaban en los resquicios de la madera. Para mi aseo contaba con un jarro de agua, un lavatorio y una bacinica. La única letrina, que servía para todos los huéspedes, quedaba al fondo del patio, lo que era habitual en el país; solo las familias de grandes recursos tenían baños modernos en sus casas. El colchón de crin estaba tan gastado que los resortes del catre se clavaban en las costillas y no sé si tenía chinches, porque a mí no me pican, no les gusta mi sangre. En ese escenario sórdido, Eric y yo tendríamos que inventar el amor perfecto.

Owen Whelan fue un buen instructor en las posibilidades del placer, me enseñó a conocer mi cuerpo y el suyo, vencer el pudor, pedir lo que deseo, dar tanto como recibo y participar en el amor con el deleite inocente de los niños. Esas lecciones tan útiles al hacer el amor con él fueron un estorbo en otras ocasiones, porque me volvieron consentida y exigente. Desde entonces admití unos pocos visitantes en mi intimidad, no muchos, para qué me voy a jactar, y al compararlos con Owen, salieron perdiendo. En ese sentido, puedo decir que Eric fue una excepción, porque el amor todo lo ilumina y lo transforma. Estuve enamorada de su hermano, es cierto, pero fue como tratar de atrapar con la mano a un pez en el agua. Me planteó desde el principio que se trataba de una breve aventura, pero no le creí. Lo que sentí por él no fue solo un encaprichamiento, me costó varios meses superar el desencanto y tal vez eso me hizo desconfiada del amor hasta ese día memorable en que Eric y yo nos besamos en la calle.

Cuando conocí a Owen me llamó la atención que fuera tan diferente de aspecto y personalidad a Eric, y la explicación que él me dio fue que su hermano era el producto mejorado de un desliz de su madre, porque no podía ser que ambos tuvieran el mismo padre. Esa diferencia también se notaba en el amor. Owen era un maestro en la práctica, libre y liviano como un pájaro, mientras que su hermano era inexperto, intenso y sentimental. Para Eric nuestro encuentro fue desde el principio un compromiso formal y eso me volvió indulgente, pensé que podía ayudarlo a conocer mi cuerpo mientras yo exploraba el suyo. Podíamos guiarnos mutuamente. Yo lo haría de a poco y con cuidado, porque la autoestima de los hombres es muy frágil, como me advirtió una vez Omene, la atrevida danzarina exótica; hay que hacerles creer que ellos saben más que una, sobre todo en la cama.

Crecí entre mujeres: mi madre, sus amigas, las vecinas, las trabajadoras del pan y otras que acudían a nuestra casa, donde la puerta siempre estaba abierta. Llegaban a descansar por un rato después de cumplir con sus tareas, se sentaban en círculo a coser, tejer y conversar. A veces rezaban, si había que pedir clemencia divina para un enfermo o celebrar a un santo importante, otras veces escuchaban en silencio a mi madre, que les leía capítulos de las novelas de venganza y despecho de Brandon J. Price, pero en general aprovechaban ese breve interludio en su esforzada existencia para compartir confidencias. Cuando yo era chica, me acurrucaba en un rincón a espiarlas, pero más tarde pude formar parte del círculo. Esas mujeres hablaban de todo, se reían en coro, algunas lloraban, todas ofrecían consejo y, si se daba el caso, actuaban en equipo. En La Misión teníamos a varios hombres violentos que se hartaban de tequila y después arremetían contra la mujer y los niños, a menos que las guerrilleras del círculo salieran en defensa de las víctimas armadas de usleros y cucharones. En todos esos años, nunca oí que se mencionara la relación carnal. No se pronunciaba jamás la palabra «sexo». Por modestia, toda referencia a ese tema era velada y salpicada de eufemismos tan rebuscados que si yo no hubiera contado con mi Papo, habría cumplido veinte años con amplio conocimiento de la reproducción de los pollos, pero sin sospechar cómo se las arreglaban los humanos para lo mismo. Mi madre me crio como la habían criado las monjas a ella: el alma pertenece a Dios, el cuerpo al diablo y con la mente hay que tener mucho cuidado. Cuando en la pubertad empezó a cambiarme el cuerpo, acudí a mi Papo en busca de respuestas. Lo que a él le pareció ofensivo explicármelo en palabras, me lo mostró en sus libracos. De la polinización de las flores pasamos por varios capítulos antes de llegar a los mamíferos, pero hasta conocer a Owen tuve que limitarme a dibujos anatómicos de hombres despellejados con los músculos y los huesos a la vista, pero con calzones.

Estoy mejor informada que las muchachas decentes, cuya virtud se mide por el tamaño de su ignorancia, pero todavía el tema me abochorna. No puedo mencionarlo, pero tal vez pueda escribirlo.

Arrastré a Eric a la pieza de la pensión de las pulgas con el propósito evidente de hacer el amor, pero una vez allí perdí de golpe todo vestigio de audacia y me encontré temblando de frío, aferrada a la lámpara. Eric parecía tan turbado como yo y, después de cerrar la puerta a nuestras espaldas, se demoró un par de eternos minutos en quitarme la lámpara de las manos y la pesada capa de los hombros, envolverme en un abrazo y besarme de nuevo. Su voracidad me resultó halagadora, pero habría contribuido muy poco a despertar mi pasión si yo no hubiera estado esperándolo, húmeda de anticipación y mareada de amor. No exagero, sentía un aleteo furioso en el estómago y las rodillas de goma. La prisa no es recomendable en estos casos, pero Eric y yo debíamos desahogarnos antes de poner en práctica la primera lección, que consiste en extender lo más posible las caricias antes de proceder al momento definitivo. El mayor placer está en los preámbulos, eso da tiempo para despejar la mente de pensamientos que distraen. Normalmente estoy llena de pensamientos, dice mi Papo que siempre he tenido un estofado de ideas cocinándose en mi cabeza, y en esa oportunidad cargaba además con el recuerdo horrible de la reciente carnicería que había vivido en Concón.

Eric no tuvo dificultad en desvestirme porque no uso corsé y mi blusa no tenía veinte botones diminutos, como estaba de moda, sino cinco grandes. Tampoco llevaba botines con cordones ni una torre de cabello propio y relleno de rizos ajenos, bastaba quitar tres horquillas y quedaba con la melena que me cortó Sara desparramada en los hombros en vez del pelo largo hasta la cintura que mi mamá cultivó desde mi infancia como símbolo de femineidad.

Me dejé llevar a la cama, donde Eric me abrazó quitándose la ropa a tirones. Olía a tabaco y sudor dulce de hombre joven. A pesar de la escasa luz pude apreciar su piel delicada y el vello suave en su pecho. ¿Qué descubrió él al verme? No lo sé, porque nunca me he visto desnuda en un espejo, pero si les he gustado a otros hombres, he de esperar que a él no lo defraudé, a pesar de que estoy lejos del ideal femenino: tengo pocas curvas y demasiadas líneas longitudinales, manos fuertes y pies de caminante. Mi Papo asegura que soy tan bonita como mi madre, pero su opinión no cuenta para nada. Si yo tuviera cara de sapo, él me encontraría hermosa. Soy su princesa.

Mi cabeza estaba atorada con imágenes pavorosas, no podía cerrar los ojos sin verme de nuevo manchada de sangre, ahogada de humo, sacudida por el estruendo de las armas y los gritos de dolor. Llevaba varias noches durmiendo a saltos, agobiada por pesadillas de muchachos destrozados y caballos agonizantes, y no sabía que así habrían de ser mis noches durante largo tiempo. Tuve la buena suerte de salir ilesa de la batalla, pero las heridas de la memoria tardarían mucho en cicatrizar. Nadie que ha experimentado la guerra vuelve a ser la misma persona; algo fundamental cambia al enfrentar la crueldad sistemática y la muerte brutal. Se pierde para siempre la inocencia. Sin embargo, el amor puede ser más determinante que el horror, y a pesar del trauma de Concón, pude sumarme a la pasión de Eric sostenida por el ardor exigente de la juventud.

Nos abrazamos con desesperación y en pocos minutos él acabó encima de mí con un largo gemido. Sentí el peso de su cuerpo desfalleciente y su aliento en mi cuello murmurando palabras de amor y disculpas por no haberme esperado. Pero todavía era temprano, teníamos muchas horas por delante antes de que la luz del día nos devolviera a la realidad.

Eric se durmió por escasos minutos y en ese tiempo pude tranquilizarme un poco y comprender que en el vértigo del deseo había actuado con la imprudencia contra la cual su hermano me había advertido meses antes. El temor a un embarazo o a una de esas enfermedades que nadie se atreve a nombrar suele echar a perder por completo al más romántico de los amores, lo he tenido muy claro desde que me brotaron los senos a los catorce años y mi mamá me machacaba el riesgo terrible de la sensualidad.

—No dejes que un hombre te toque, Emilia. Se empieza

tomados de la mano y se termina en una cloaca. La ruina de una mujer es abandonarse a la impudicia de la carne —me predicaba Santa Molly, pensando seguramente en su propia experiencia con el Romeo chileno.

Sé cuidarme mediante el medio limón de goma que me había dado aquel médico con nariz de color berenjena, pero estaba en mi bolsa y no tuve privacidad para colocármelo hasta que mi compañero se durmió. Al despertar, Eric puso la lámpara en una silla cerca de la cama para verme mejor, como dijo. Empezó a acariciarme, extasiado por la suavidad de mi piel, los senos firmes, el vientre liso, las piernas largas y otros atributos normales en una mujer de mi edad, pero que a él le parecían excepcionales y los describía con la elocuencia del amor, recitándolos como un canto. Me besó el cuello, los pezones, el ombligo, el sexo, jadeante, contagiándome su deseo y dispuesto a darme el placer que me había faltado momentos antes, pero debió de sentir mi inquietud, porque se detuvo antes de penetrarme.

—No temas, voy a cuidarte, me retiraré a tiempo. Perdona que no lo hiciera antes —murmuró entre dos besos.

—No es necesario, no voy a quedar encinta. Pero no puedo protegerme de una enfermedad… —le dije.

—¡Nunca he tenido nada de eso! —exclamó ofendido.

—Debo preguntarte, Eric.

—Veo que tienes experiencia —replicó, picado.

—No soy virgen ni tonta y supongo que tú tampoco —le contesté, cerrándole la boca con la mía para impedir que arruináramos con asuntos prosaicos la oportunidad de amarnos.

Todos tenemos un jardín privado donde guardamos secretos, arrepentimientos, rencores que nos avergüenzan y también los recuerdos preciosos que deseamos preservar intactos, porque al ser compartidos se desmigajan como pan en la sopa. Nunca he tratado de invadir el jardín de otra persona, porque defiendo celosamente el mío. Allí tenía mi aventura con Owen Whelan y me pareció inoportuno confesarla en ese momento. Pensaba empezar de cero a construir un amor durable con Eric, así que más temprano que tarde iba a tener que contarle lo que viví con su hermano, porque una omisión de tal magnitud sería una grieta profunda en el fundamento de nuestra relación. Le iba a doler saberlo, aunque hubiera ocurrido mucho antes de que la idea de enamorarnos flotara en el aire, por eso me lo callé esa noche; disponíamos de muy poco tiempo, no podía empañarlo con celos e incomprensión. No quise herirlo. Creía conocer muy bien a Eric, su inteligencia, su rectitud, su toque de cinismo, pero en el amor se me revelaron la delicadeza de su alma y la soledad de su corazón. Sus hombros anchos y su nariz quebrada de hombre duro ocultaban una gran vulnerabilidad.

—No lo sabía, Emilia, pero te he esperado toda la vida. Me acuerdo de la primera vez que te vi en la oficina de Chamberlain, bonita, muy seria y digna, con un horrible pájaro muerto en el sombrero. Me conquistaste cuando te vi vaciar el brandy en la escupidera —me dijo Eric.

—¡Vaya! Creí que estabas enojado porque ibas a tener que compartir el caso de Arnold Cole conmigo —le recordé.

—Me gustó todo de ti, tu seguridad, tu inteligencia; pensé que podíamos ser buenos colegas.

—¿Y amantes, tal vez? —le insinué.

—No. Estaba acostumbrado a la soledad, a mis rutinas de solterón; la idea de compartir la existencia con una mujer me espantaba. Nunca imaginé que podía existir esta dicha. ¿Cómo pude vivir tanto tiempo sin amor? —me dijo.

—No es tanto, Eric. Tienes treinta y seis años; creo que te faltan varios para la decrepitud de la vejez —le respondí.

—Te hablo en serio, no te burles. Ahora que te encontré, no pienso soltarte nunca más. Cásate conmigo —me rogó.

—¿Cuándo? —le pregunté riéndome.

—Mañana. Dime que sí.

—¡Estamos en guerra, Eric! —exclamé.

—Por eso mismo no podemos esperar —argumentó.

—El miedo a morir no es una razón para casarse —le dije.

—Es la mejor razón de todas —insistió.

—Mira, si salimos vivos de esto, me lo puedes proponer de nuevo. Pero te advierto que no voy a dejar mi trabajo y no me gustan los niños, son un incordio.

—¿Niños? ¿No es un poco prematuro para hablar de eso? —comentó sorprendido.

—Te lo advierto porque tuve que ayudar a mi madre a criar a mis tres hermanos y aprendí que la maternidad exige muchos sacrificios y ofrece muy pocas recompensas —le expliqué.

—Puede que cambies de opinión, Emilia. ¿No te gustaría tener niñitos pelirrojos? —me preguntó con un guiño travieso.

—No.

—Bueno, para qué hacemos planes a largo plazo. La vida nos sorprende a cada rato —dijo.

—Y también la muerte nos sorprende en cualquier momento —agregué.

Mi mamá habría dicho que hicimos el amor como conejos, pero eso sería una exageración. Lo hicimos como cualquier pareja de enamorados que tiene una primera ocasión de amarse en privado y algunas horas para hacerlo. A eso de la medianoche por fin nos quedamos dormidos bajo las ásperas frazadas de lana que olían a perro mojado, tan estrechamente abrazados que no supe dónde terminaba mi cuerpo y comenzaba el suyo, de quién eran esos brazos y esas piernas, si el sueño era mío o el mismo de ambos. El amor recién inaugurado mantuvo a raya a los espectros de Concón, que aguardaron su turno para atormentarme en los rincones oscuros de la habitación.

Eric y yo dispusimos de tres días en los que el invierno y la guerra retrocedieron para darnos una tregua. Mientras otros corresponsales pasaban día y noche pendientes del telégrafo y de las noticias que llegaban de la capital, entrevistando a los oficiales e informando a sus diarios y revistas, nosotros evitamos acercarnos a los lugares donde estaba acuartelada la prensa. Sin previo acuerdo, ninguno de los dos nos pusimos en contacto con el *Examiner*, de modo que no nos enteramos de los mensajes frenéticos de Chamberlain, quien al no obtener respuesta de nosotros imaginó que habíamos perecido en la revolución. La ciudad entera estaba en ascuas preparándose para la próxima batalla mientras nosotros aprendíamos el amor.

El primer día despertamos aturdidos por una intimidad absoluta que ninguno de los dos había experimentado antes, como una pareja de ancianos que han estado juntos durante una larga vida. Esa sensación de antigua confianza contrastaba con la novedad de la pasión física que habíamos vivido horas antes, cuando nos habíamos desnudado por primera vez. En la luz lechosa del día que se filtraba por las ranuras de la persiana sacudida por el viento, examiné a Eric con curiosidad: su pelo ondulado, el mapa de pecas doradas en su rostro, que de lejos parecía un eterno bronceado de vacaciones, los ojos somnolientos color avellana, las pestañas oscuras, la nariz quebrada de bandolero, la boca delineada y casi femenina, el mentón fuerte. Así, abandonado sin defensas a mi escrutinio, me pareció muy joven y sensible, distinto al hombre seguro de sí mismo que tan bien creía conocer. Él también me observaba con la intensidad de un retratista.

—¡Tengo tanto miedo de perderte! —murmuró, tocando con delicadeza la venda que Sara me había puesto sobre la herida y que a pesar de los arrebatos de la noche seguía en su sitio.

Acurrucados bajo las frazadas nos defendíamos del frío opresivo de la pieza, pero finalmente el hambre nos obligó a movernos. Él salió de la cama primero y se puso los pantalones y las botas deprisa, tiritando. Tuvo que partir la costra de escarcha del jarro de agua para lavarse la cara y las manos. Después me ayudó a ponerme las medias, la blusa y la enagua arropada con la manta. Me eché agua helada en la cara y sujeté mi moño desordenado con las horquillas.

Eric tenía que ir a cambiarse de ropa al hotel, donde contaba con una habitación que compartía con un par de periodistas ingleses. Acordamos que por incómodo que fuera mi alojamiento, era lo único disponible con algo de privacidad. No convenía que nos vieran juntos; a él le preocupaba más mi reputación que a mí. Pensé que mi descaro para entregarme abiertamente al amor espantaría a Molly Walsh: su hija estaba convertida en mujer mala. Mi Papo, en cambio, entendería que en esas circunstancias no cabían remilgos. De todos modos, evitamos el centro de la ciudad y nos limitamos a los barrios más alejados, donde podíamos andar del brazo.

A los pies de la larga escalera que subía el cerro hacia nuestra pensión estaba El Condorito, un sucucho donde vendían pan recién horneado a cualquier hora del día. Desayunábamos con té, queso y ese pan fragante; cenábamos comida fresca en los mesones del mercado. Eric no había probado el pescado desde los tiempos de su adolescencia, cuando era lo único que él y su hermano tenían, y la sola idea de hacerlo le repugnaba, pero en ese mercado popular descubrió la diferencia entre lo que recordaba y un pez de escamas relucientes recién salido del mar y frito en aceite con pimentón y cebolla.

Eric debía quedarse en uno de los buques de la Escuadra, ya que a él le tocaba informar sobre los rebeldes, pero desembarcó en Valparaíso en un bote amparado por la oscuridad. Me confesó que lo hizo con el único propósito de encontrarme, porque llevaba varias semanas sin tener noticias mías y temía, con razón, que yo hubiera desobedecido sus instrucciones de buscar un refugio seguro. Alcanzó a registrarse con la prensa internacional antes de verme en la calle y abandonar su deber para dedicarse a mí, pero después de aquella primera noche juntos, la luz del día le devolvió el sentido de responsabilidad.

—He pasado estos meses informando a Chamberlain solo sobre los congresistas. Tengo que hablar con los soldados de Balmaceda para tener una idea más cabal de lo que está sucediendo en el frente, pero el acceso es muy limitado —me dijo.

—La prensa tiene acceso —le recordé.

—Sospechan de mí, porque estuve con los rebeldes. No les gusta lo que he publicado en el *Examiner*. Estoy en la lista negra como enemigo del Gobierno.

—Si fuera así, ya estarías preso —le dije.

—Soy periodista con un salvoconducto de Estados Unidos, supongo que por eso no me han echado el guante todavía —me explicó.

—Tengo una idea —le anuncié.

Mientras Eric recuperaba su equipaje fui a ver a Angelita Ayalef, a quien pude encontrar fácilmente porque todos la conocían. No estaba acampando con las tropas de Barbosa y Alcérreca como yo esperaba, sino sirviendo en el hospital adonde iban a dar los derrotados de Concón. Había conseguido otro uniforme y estaba limpia, parecía recién bañada. Ella no era la única, vi a varias cantineras circulando entre los centenares de heridos que llenaban hasta los pasillos. La mayoría de los hombres yacía en jergones en el suelo, muchos de ellos con la ropa rota y ensangrentada, temblando de fiebre y de frío.

—Hola, gringa, parece que no vas a perder el ojo. La próxima semana voy a sacarte los puntos y ese costurón te va a quedar bordado con punto de cruz —dijo mi amiga.

—¡Qué horror, Angelita! —exclamé señalando a la gente en el suelo.

—Para estos muchachos al menos hay esperanza. Los que no alcanzaron a escapar y los que todavía están tirados en el camino no tienen ninguna —me señaló.

—Han pasado varios días desde entonces, ya no debe de haber nadie vivo…

—Cuesta mucho morirse —me respondió secamente.

—¿Se sabe cuántas bajas hubo en Concón, Angelita?

—Todavía no. Es difícil calcular. Varios centenares murieron allí mismo y los heridos graves no se cuentan, pero morirán en estos días. Tomaron muchos prisioneros y también hubo oficiales y soldados que desertaron. Eso no se menciona para no sembrar el pánico, pero todos lo saben. Supongo que has venido a ayudar —me dijo.

—No puedo, Angelita, perdóname.

—¿Por qué?

—He descubierto que estoy enamorada —balbuceé colorada de vergüenza.

—¿De quién? ¿De Barbosa? —me preguntó riéndose.

—De un amigo que conozco desde hace un tiempo. Es un reportero de California, como yo. Se llama Eric. Quiero estar con él porque no sé lo que va a pasar —le expliqué.

—Lo que va a pasar es otra batalla y será peor que Concón, pero esta vez vamos a ganar —me aseguró.

Angelita aceptó hablar con Eric y una hora más tarde nos juntamos los tres en una taberna del puerto. Nos sirvieron un plato típico de Valparaíso, una verdadera bomba llamada chorrillana, digna de un magnate, que consistía en un lecho de papas y cebolla fritas, longaniza y carne de res coronado por un par de huevos y regado con un vino que raspaba la garganta y que según Angelita disolvía la grasa en las tripas.

Tuve que hacer de intérprete, porque en esos meses entre chilenos Eric había aprendido apenas algunas palabras en español que le servían para comunicar sus necesidades esenciales, pero entendía muy poco del acento del país. Angelita le contó que los refuerzos que iban llegando en los trenes eran soldados muy jóvenes y sin experiencia, no habían pasado por el bautizo del fuego, pero superaban en número al enemigo, y que el general Barbosa había escogido un sitio inexpugnable llamado Placilla, a pocos kilómetros de Valparaíso. Allí habían apostado la artillería pesada y levantado barricadas.

Al atardecer Angelita nos llevó a donde estaba acuartelado uno de los batallones. Seguían llegando tropas y había tanto movimiento de gente y de pertrechos, que casi nadie notó nuestra presencia y pudimos pasar un par de horas entrevistando a los soldados, en cuyo ánimo pesaba como una lápida el desastre de la batalla recién librada. Nos enteramos de que sumaban alrededor de nueve mil quinientos.

—No es cierto que tengan ventaja numérica, porque los

congresistas cuentan con más de once mil hombres. Además, están mejor armados. Tienen cañones Gebirgskanone —me informó Eric después de que nos despidiéramos de Angelita.

—¿Cañones? ¿Cómo los van a llevar cerro arriba? —le pregunté.

—Son de montaña, se desarman completamente. Transportan las partes en mulas y los arman con facilidad en los emplazamientos adecuados. Eso va a ser una matanza, Emilia —me dijo.

—No estamos seguros de lo que va a suceder. Puede ser que los generales lleguen a un acuerdo… —le sugerí con poca convicción.

—La lucha es inevitable, solo falta saber cuándo ocurrirá. No puedo estar ausente, Emilia, para eso he venido a Chile —me explicó.

—Yo no soy capaz de participar en otra batalla, Eric. No sabes lo que es eso. Por favor, quédate conmigo… —le rogué.

—No puedo. Tú tienes que ponerte a salvo, pero yo debo unirme a las tropas rebeldes —repitió.

—¡Estás loco, Eric! Tu lugar está con la prensa. Eres un observador imparcial, ese es tu único papel —insistí.

—No discutamos, Emilia, tenemos poco tiempo, hay que aprovecharlo —me dijo.

11

No estuve en la batalla de Placilla, que según me han dicho fue la más sangrienta de todas las que ha librado Chile desde su fundación y la más cruel, porque se enfrentaron camaradas que habían combatido hombro a hombro en la guerra anterior y en las campañas de la Araucanía: chilenos contra chilenos, hermanos contra hermanos. Poco más tarde, cuando se pudo hacer un inventario del horror, calcularon que en la guerra civil habían muerto en pocos meses más hombres que en los cuatro años de la guerra contra el Perú y Bolivia.

El 27 de agosto por la noche vino Angelita a mi pensión a avisarnos de que había llegado la hora de la verdad, porque ambos ejércitos estaban emplazados a tan corta distancia que podían oír el ruido de las conversaciones del enemigo y oler el humo de su tabaco. Me abrazó brevemente y se fue corriendo a unirse con las otras cantineras. Eric estaba listo, llevaba un par de días esperando ese momento, dividido entre el entusiasmo de hacer el amor a cada rato y los tirones de la impaciencia por experimentar de una vez por todas la demencia de la guerra. Se proclamaba racional y pacifista, pero había sucumbido como casi todos los hombres a la fascinación de la violencia.

A las cinco de la madrugada nos despedimos, después de haber pasado buena parte de la noche amándonos a ratos y discutiendo sobre la guerra en otros; él con un pie en la puerta para irse y yo argumentando que si realmente me quería debía quedarse.

—Prométeme que te vas a cuidar y vas a volver entero —le rogué aferrada a su chaqueta cuando comprendí que era inútil seguir insistiendo.

—Me cuidaré, no te preocupes. Y tú prométeme que no te vas a mover de la habitación y vas a mantener la puerta cerrada hasta que yo vuelva.

—Sí, sí.

—¡Prométeme, Emilia! Tienes que esperarme aquí. Volveré tan pronto como pueda y entonces nos vamos a casar, ¿oíste? —me dijo desprendiéndose de mis brazos.

Lo despedí en el umbral con un último beso y lo vi dirigirse a la escalera del cerro con su mochila colgada de un hombro y un farol en la mano, y cuando se lo tragó la noche sentí su ausencia como una ráfaga de viento helado en el pecho.

Eric Whelan fue uno de los pocos corresponsales que no buscaron amparo en el lugar asignado a la prensa, lejos de las balas, pero lo bastante cerca para dar testimonio de lo que ocurría en Placilla. Era todavía joven y se sentía inmortal, no había vivido lo suficiente para imaginar la muerte. Se mezcló entre los soldados congresistas con facilidad, porque en el norte había hecho varios amigos entre los oficiales, había conocido al general Del Canto, que dirigía la Escuadra, y a los comandantes de todos los buques. Pensó que después de haber compartido con ellos semanas de ocio esperando, bebiendo y apostando a los naipes, su lugar como reportero estaba entre ellos, donde siempre dijo que estaría, donde tendría una experiencia directa del enfrentamiento. Iba componiendo en la mente los informes que mandaría al *Examiner*.

Se despidió de mí con la certeza de que pronto volvería a la pensión de las pulgas y yo lo estaría esperando para casarnos. Habíamos hablado, medio en serio y medio en broma, que yo sería su guía en la cama. Admitió que nada sabía de romance y poco de sexo, que no había tenido oportunidad de aprender algo de eso. Yo tampoco tenía una vasta experiencia, pero estuvimos de acuerdo en que al menos lo aventajaba en imaginación y atrevimiento. Me contó que a los diecisiete años, instalado en Nueva York, trabajaba de día y asistía a una escuela nocturna, donde se enamoró de una joven maestra sin sospechar que era la novia de su hermano. Poco después ella quedó encinta y se casó con Owen, dejándolo a él con el corazón roto. Se fue lo más lejos que pudo de Nueva York para no ser testigo de la dicha de su hermano y alejarse de su cuñada.

En California se ganó la vida con avisos de publicidad, como había hecho antes, hasta que consiguió empleo con el señor Chamberlain y se convirtió rápidamente en el mejor reportero del *Examiner*. El gusto por su trabajo y el ritmo frenético de San Francisco lo curaron del amor desilusionado en un tiempo prudente. En la ciudad todavía no se asentaba la polvareda del oro fácil y reinaba un desorden impaciente de empresarios codiciosos, políticos y policías corruptos, inmigrantes y marineros de todos colores, mujeres alegres y predicadores apocalípticos.

Era el lugar perfecto para el joven periodista. Perdonó a su hermano y se arrancó a la maestra del corazón, pero nunca superó su timidez con las mujeres. Me aseguró que si yo no me hubiera cruzado en su camino en el momento preciso, habría seguido siendo un empedernido solterón durante el resto de su existencia.

Tal vez lo más honesto por mi parte hubiera sido aprovechar esos días en que nos contamos las vidas para confesarle lo que me había pasado con su hermano, pero nuestra dicha era frágil y preciosa, no quería arriesgarla para aliviar mi conciencia. Me sentía culpable por no habérselo dicho desde un principio, y con cada día que pasaba esa omisión se parecía más a una mentira y mi carga se hacía más pesada. Eric se fue a Placilla con mi último beso en los labios y yo quedé con un vacío en el estómago y un aleteo de presagios en el corazón.

El campo de batalla no resultó como Eric lo había imaginado por las descripciones bien regadas de alcohol que había escuchado en el norte entre los marinos de la Escuadra insurgente. Hasta ese momento no tenía idea de lo que significaba movilizar tropas, miles y miles de soldados, ambulancias, armamento, mulas y caballos, alimento para hombres y animales, tiendas de campaña y hasta el agua de beber.

Los batallones de los congresistas habían marchado desde su campamento cerca de Concón y estaban formados al pie de los cerros de Placilla, cada hombre atento, el fusil en las manos crispadas, el rostro ansioso, impaciente por comenzar la acción. Los cañones alemanes, armados deprisa, se hallaban emplazados a la distancia adecuada. A Eric se le perdía la vista en la multitud de uniformes, en la infantería y en los de a caballo. Estaban muy cerca de las posiciones del Gobierno, a campo descubierto. Los generales Barbosa y Alcérreca habían colocado a su gente en el sitio perfecto, una meseta protegida entre los cerros en forma de semicírculo que cerraban el camino a Valparaíso, con una loma en el medio para resguardo de la caballería, terrazas naturales para la artillería y quebradas que bajaban casi paralelas como un abanico, empinadas y muy peligrosas para la infantería enemiga, que quedaba expuesta por todos lados al tiroteo desde arriba.

Ante esa abrupta topografía, que parecía imposible de escalar, Eric se preguntó horrorizado qué pasaba por la mente del general Del Canto, que debía enviar a su gente a una masacre, y recordó lo que habíamos concluido en una ocasión cuando hablamos de esa guerra que nos tocaba presenciar: odio y más odio, millares de víctimas, de madres desconsoladas, viudas y huérfanos por nada, por una rivalidad política, por la repartición ilusoria del poder. Era un delirio.

Al amanecer del día 28, cuando recién aclaraba, poco después de despedirme de Eric, me fui al hospital a ofrecer mis servicios. Le pedí a la dueña de la pensión que le dijera a Eric adónde me había ido, en caso de que llegara para buscarme antes de que yo regresara. Ya toda la ciudad estaba alerta, porque los dos ejércitos habían comenzado a disparar y se oían en sordina las explosiones de los cañonazos a lo lejos. La primera luz de un sol tímido de agosto iluminaba el horizonte, pero persistía la humedad y el frío de la noche, que sentí en los huesos. Necesitaba una taza de té y comer algo, pero El Condorito estaba cerrado y seguramente lo estaría todo el día. El panadero, como el resto de la población, aguardaba tras puertas y postigos cerrados. Después de lo vivido en Concón, no me hallaba capaz de presenciar el dolor y la muerte que había vislumbrado poco antes en el hospital, pero se iba a necesitar toda la ayuda posible cuando empezaran a llegar las víctimas de Placilla. Lo menos que podía hacer en esas circunstancias era ofrecer mis servicios para el aseo o cualquier trabajo pesado que quisieran asignarme. Eso me pareció preferible a quedarme encerrada esperando noticias, como le había prometido a Eric. No habría soportado la angustia.

El hospital tenía más de cien años de existencia, era una vetusta construcción de ladrillo y masonería, con la pintura descascarada y los muros manchados por un siglo de sufrimiento. Estaba dividido en el área general, que ocupaba la mayor parte del edificio, el pabellón de mujeres y otro aislado para los locos, pero desde hacía una semana todo estaba destinado a los heridos. La morgue quedaba en el sótano y también había sido sobrepasada por la guerra; los cuerpos se apilaban donde hubiera lugar para ponerlos. En el patio me encontré con otras mujeres que estaban allí con la misma intención de ayudar, algunas de ellas de evidente clase alta, a juzgar por la ropa de buena factura y el aire de superioridad que las distinguían de las demás. Vi a Sara León y corrí hacia ella.

Una monja alta con las anchas espaldas de un estibador se encaramó a una banqueta y desde allí se presentó como sor

Gerda, matrona de enfermería, y nos dio las instrucciones básicas en tono militar y con un leve acento extranjero.

—Si alguien se asusta con la sangre y los gritos, que se vaya ahora mismo. Aquí nadie viene a mirar ni a rezar, solo a trabajar. Necesitamos brazos fuertes. Todos los médicos, enfermeros y hasta los dentistas y veterinarios de Valparaíso han sido convocados. Unos operan y amputan, otros tratan heridas y curaciones; ustedes solo obedecen órdenes, lavan los pisos, la sangre, los vómitos y la caca. ¿Han comprendido? Las abuelas que den un paso al frente.

Las mujeres de más edad obedecieron.

—Ustedes van a ayudar en la cocina. También les va a tocar acomodar a los cadáveres para despacharlos con dignidad al otro mundo. Levanten la mano quienes pueden conseguir jergones, almohadas, mantas, tela para vendas y tabaco. A veces lo único que pide un moribundo es un cigarrillo. ¿Quiénes pueden proveer de comida caliente? ¿Transporte?

Varias se retiraron a buscar lo necesario y al resto de nosotras nos indicaron dónde dejar los sombreros y abrigos, nos entregaron delantales de mangas largas para proteger la ropa y nos distribuyeron en los pabellones. Las salas eran oscuras y mal aireadas, con ventanas pequeñas que dejaban pasar muy poca luz, pero estaban limpias. Hacía ya veinte años que en los hospitales de Europa y Estados Unidos se había impuesto el lavado minucioso de las manos de los cirujanos y de los instrumentos, vendas esterilizadas y pulverización de fenol para eliminar bacterias en el aire; así se habían reducido de forma drástica las infecciones y la gangrena, que antes mataban a la mayoría de los pacientes con heridas abiertas. Donde antes imperaba la fetidez nauseabunda de pus y putrefacción, ahora se respiraba el olor medicinal de los desinfectantes. En ese recinto antiguo y pobretón de Valparaíso la asepsia era tan rigurosa como en las mejores clínicas de Francia e Inglaterra. Las camas eran catres metálicos con gastados jergones de crin, pero las sábanas, aunque grises y casi transparentes por el uso y los múltiples lavados, estaban limpias. Supongo que en tiempos normales se ponía tanto énfasis en el orden como en el aseo, pero la guerra había convulsionado al hospital como una ventolera de caos y padecimiento. No pude imaginar dónde iban a acomodar a las nuevas víctimas de la batalla que se estaba librando ese mismo día a corta distancia. Sara León me dijo que estaban instalando tiendas militares en los patios.

La noche anterior habían llegado al hospital varios médicos extranjeros de los barcos del puerto. Se arremangaron para trabajar junto a sus colegas chilenos y organizaron transporte para atender a algunos pacientes a bordo. A las siete y media de la mañana ya teníamos noticias de Placilla, que iban llegando cada diez o quince minutos. Las fuerzas rebeldes habían atacado por el frente y los flancos con todas sus brigadas y sus reservas. El general Barbosa oponía una resistencia tenaz. El viento nos trajo el olor acre de la pólvora y el humo de los cañonazos y los incendios.

Fueron llegando los primeros heridos de las tropas del Gobierno, que se sumaron a los que ya teníamos de Concón. El proceso empezaba con la selección de los más graves que todavía podían salvarse; esos eran llevados de inmediato a las mesas de operación y el resto esperaba. Las monjas y los enfermeros aplicaban torniquetes, lavaban y desinfectaban heridas, inmovilizaban fracturas y cosían. Todo escaseaba: camillas, éter, cloroformo, morfina, desinfectantes, vendas limpias. Los heridos clamaban de dolor y la ayuda que les podíamos dar se limitaba a láudano, aguardiente y ron. A pesar de la urgencia y la prisa, cada uno cumplía su papel, solo yo daba vueltas desorientada. A Sara León la pusieron a cargo de varios barriles de licor que ella nos distribuía en cantimploras para darles a los pacientes, único alivio en el indescriptible desconsuelo de cada uno.

Uno de los primeros soldados a quienes me tocó embriagar fue un chico con un brazo astillado. Lo había atendido el veterinario del club hípico, el más famoso componedor de huesos de la ciudad, quien además había extraído la bala y lo había hecho con la destreza de un mago, pero una vez que su paciente despertó del éter, el dolor era brutal. En esto estaba, dándole sorbos de mi cantimplora, cuando apareció ante mí la figura imponente de sor Gerda.

—Me dijeron que usted habla inglés. Venga conmigo —me ordenó pasándome un trozo de jabón de lejía—. Lávese bien las manos, hasta los codos. Va a asistir al doctor Whitaker, que no habla español.

Vigiló que me lavara minuciosamente y después me condujo detrás de una pesada cortina de lona encerada, que aislaba una de las improvisadas salas de cirugía.

Me encontré de súbito frente a una escena dantesca iluminada por la luz blanquecina que se filtraba por dos ventanas angostas.

Sobre un mesón de madera con cubierta metálica yacía el paciente sujeto por dos fornidos ordenanzas. Le habían cortado los pantalones para quitárselos, estaba cubierto apenas por la camisa y vi que la parte inferior de la pierna derecha estaba destrozada hasta el pie. En el suelo había una gruesa capa de aserrín que no lograba absorber todo lo que chorreaba de la mesa, que evidentemente ya había sido usada para operar a otros infelices.

Whitaker, el cirujano inglés, arremangado y con un delantal de hule manchado, se parecía un poco a lo que sería Eric en unos quince años: alto, fuerte, con el pelo rojizo salpicado de canas y unas abundantes patillas que le cubrían gran parte de las mejillas. Se había atado un pañuelo sobre la frente como un pirata para evitar que el sudor le cayera sobre los ojos. Me fijé de inmediato en sus brazos musculosos y sus manos enormes y rojas, manos de matarife. Su ayudante, un médico chileno de apellido Tobar, muy joven y delgado, parecía un estudiante, estaba limpiando con desinfectante la zona por encima de la rodilla del paciente.

—Administre el cloroformo —me ordenó el inglés sin levantar la vista.

—Nunca lo he hecho —balbuceé.

—¡Entonces qué está haciendo aquí! —me gritó.

Sor Gerda cogió la mascarilla y me explicó el procedimiento. Debía administrar lo suficiente para dormir al herido y darle más durante la cirugía, si fuera necesario. Me advirtió que una dosis excesiva podía causar un daño serio al corazón o los pulmones.

—Respira profundamente, hijo mío. Tranquilo. No temas, no vas a sentir dolor, todo va a salir bien —le dijo al herido en el tono dulce de una madre, muy distinto a su forma habitual de hablarle al resto del mundo.

En pocos segundos el hombre estaba inconsciente y ella me dio las últimas instrucciones.

—Controle el pulso y fíjese en el color de la piel —me pidió, pero yo no tenía idea de cómo hacer eso.

La monja se fue apurada, dejándome tan asustada que me temblaban las manos. El joven doctor me hizo un guiño de complicidad.

—No sé tomar el pulso. Yo vine a limpiar los pisos… —murmuré con un hilo de voz.

—Tranquila, señorita. Yo estoy atento a los síntomas. Usted ocúpese del cloroformo y nada más —me dijo mientras reemplazaba el torniquete en el muslo del muchacho que dormía sobre la mesa.

Por suerte el inglés no entendió lo que decíamos y no se enteró de mi angustia y mi torpeza. Traduje las pocas frases que los dos médicos intercambiaron durante la operación. Presencié la amputación con un espasmo en el estómago y náuseas, que me asaltaban en oleadas, haciendo un esfuerzo inmenso por mantenerme de pie y cumplir la tarea que me habían asignado.

El cirujano hizo un profundo corte circular en la carne, separó la piel y los músculos rápidamente, los empujó hacia arriba y apareció el hueso del fémur. La herida se inundó de sangre a pesar del torniquete y el otro doctor procedió a cerrar los vasos con pinzas y absorber la sangre con esponjas. El paciente seguía inconsciente, pero me pareció que gemía y sin vacilar le di a inhalar más cloroformo.

—Sierra —dijo el inglés, y no supe traducir, porque no pude acordarme de esa palabra en español, pero el doctor Tobar sabía exactamente qué hacer.

Entonces pude apreciar las manazas y los fornidos brazos del inglés, que con tres certeras pasadas cercenó el hueso. Decisión, sangre fría, rapidez, las marcas de un buen cirujano. Uno de los ordenanzas retiró la pierna descartada y la tiró en una batea donde zumbaban las moscas y ya había otros pedazos humanos que no quise ver. El médico chileno procedió a suturar los tejidos y vendar el muñón, dejando un drenaje.

—Nueve minutos —señaló el inglés dándole una mirada al reloj de la pared.

—Muy bien, doctor Whitaker —aprobó el chileno, y yo traduje.

—No, doctor. Antes del invento de la anestesia esto se hacía en tres minutos. No hay razón para que ahora nos demoremos más.

—Antes de la anestesia la rapidez era esencial. Ahora podemos ser más cuidadosos.

—¿Le parece que no he sido cuidadoso? —preguntó el inglés bruscamente.

—¡No he dicho eso! Quise decir que antes muchos se morían por el trauma, además de las infecciones.

—Todavía se nos mueren. Pero este muchacho es fuerte y vivirá —concluyó el cirujano.

—Creo que está despertando —los interrumpí.

Comprobaron que el paciente tenía un pulso normal y los ordenanzas se lo llevaron en una camilla. Pronto el joven iba a sufrir los vómitos producidos por el cloroformo y el espantoso dolor de la amputación.

—¿Puede conseguirnos una taza de té? —me pidió el inglés mientras se lavaba las manos en una palangana de agua con cloro, preparándose para la siguiente intervención.

En las horas siguientes se resolvió la batalla de Placilla. A las diez y media de la mañana las tropas del Gobierno retrocedieron en desbandada y el enemigo inició una feroz persecución que dejó el terreno sembrado de nuevos cadáveres y heridos. En esa etapa final dieron muerte a los generales Barbosa y Alcérreca. No supe los detalles de cómo los mataron, pero nos llegaron rumores de que los habían mancillado con crueldad y que estaban asesinando metódicamente a los soldados derrotados.

Iban llegando las víctimas por centenares al hospital, a las tiendas de campaña, a las ambulancias improvisadas y hasta a las casas de algunas familias que aceptaron recibirlos. Supimos que el hospital ambulante de los congresistas, que había actuado con ejemplar eficiencia en la batalla de Concón y contaba con un equipo bien entrenado de seis cirujanos, diez practicantes y treinta ordenanzas, además de doscientas camillas y no sé cuántas mulas, estaba atendiendo los casos más urgentes en Placilla, pero ya habían organizado el traslado de sus heridos a Valparaíso. Calculo que en esas horas nos llegaron por lo menos cuatrocientos soldados del general Del Canto. No sé cuántas fueron las bajas del Gobierno.

Al saber de la derrota, Sara León se despidió de mí y partió deprisa a reunirse con su hijo. Nada sabía de su marido. Temía por él, porque había muy poca esperanza de que los periodistas que apoyaron a Balmaceda hubieran sido respetados. Rodolfo había fundado su periódico para defender la democracia liberal, exaltar la figura del presidente y difundir sus logros. Durante los meses de la guerra el periódico había atacado en cada página a los congresistas insurgentes. Nada de eso le iban a perdonar a Rodolfo León.

Me acordé de Eric sin preocuparme demasiado, porque él se encontraba entre los vencedores y porque yo misma estaba tan atareada tratando de ayudar en el hospital que no me quedó tiempo para pensar en nada más. Hasta ese momento atendíamos por igual a los heridos de ambos bandos. No importaba el color de su uniforme, todos recibían los mismos cuidados según su estado de gravedad, pero después del mediodía de ese 28 de agosto todo cambió. Los camilleros nos traían a los heridos de las tropas congresistas con los uniformes blancos en jirones y ensangrentados, y dejaban tirados a los sobrevivientes del ejército derrotado, que no serían recogidos hasta mucho más tarde. Los vencedores sacaban a los pacientes de las camas para darles cupo a los suyos; a muchos que se habría podido salvar los dejaron morir sin atención.

Nadie nos avisó en el hospital de que el Gobierno había perdido la guerra, no fue necesario, porque escuchamos las campanas de las iglesias y un estruendo de salvas y cañonazos de triunfo. La mayor parte de la población apoyaba a los congresistas y la gente salió a celebrar a la calle enarbolando banderas chilenas; las mujeres vestidas de fiesta se mezclaban con hordas de soldados intoxicados de victoria y violencia.

Escuché las explosiones desde lejos, los tiros al aire, relinchos de caballos, ruido de vidrios rotos, griterío. De inmediato comenzaron los incendios del comercio y de las casas de los partidarios de Balmaceda. El humo denso y negro se metió en todas partes. No tuve tiempo de alarmarme, porque estaba muy atareada con los heridos que iban llegando uno tras otro y porque supuse que el hospital era un lugar seguro. Como los heridos congresistas recibían atención prioritaria, yo me concentré en los de uniforme azul y rojo que iban quedando tirados en los patios y pasillos, y así es como encontré a Angelita Ayalef.

La distinguí de lejos por la perra Covadonga, que estaba a su lado en medio de esa pesadilla de padecimiento humano. Mi amiga yacía en el suelo con la espalda apoyada contra una muralla, era la única mujer entre hombres, la única que habían traído en esas horas. Todavía vestía el uniforme y llevaba el barrilito de las cantineras y el estuche de sus instrumentos médicos, pero había perdido el quepis y sus trenzas negras estaban encostradas de sangre. Me acerqué llamándola y llamándola, pero no alzó la cabeza, que estaba inclinada sobre el pecho. Con un grito atorado en las entrañas me agaché a su lado repitiendo su nombre, Angelita, Angelita, pero ya no me oía, su alma se estaba alejando. Le levanté la cabeza y vi su rostro exangüe, gris, los párpados cerrados, la boca entreabierta y espuma rosada deslizándose hacia el mentón, pero todavía respiraba. Aparté suavemente a la perra, que intentaba lamerle la cara, y le abrí la chaqueta buscando la herida, que no encontré. Al hacerlo fue como si la débil estructura que la sujetaba se hubiera desmoronado y el cuerpo inerte de una muñeca de trapo me cayó encima. La sostuve abrazada diciéndole tonterías, que pronto la iban a atender, que respirara, que el médico estaba por llegar, que iba a estar bien, que por favor no me dejara, que por amor de Dios no se muriera, Angelita, Angelita.

Nunca recuperó la consciencia y en pocos minutos murió en mis brazos. No me di cuenta de inmediato, porque estaba llorando, meciéndola, llamándola, repitiendo una retahíla de palabras sin sentido. Quién sabe cuánto tiempo transcurrió, hasta que en algún momento sentí la mano firme de sor Gerda sacudiéndome.

—Déjela, ya no puede hacer nada por ella, la necesitamos en cirugía —me dijo.

Y entonces, al desprenderme del cuerpo de Angelita y recostarlo de lado en el suelo, vi la espalda de la chaqueta partida de arriba abajo y encharcada de sangre. Le habían dado un sablazo por detrás.

—Cámbiese el delantal, lávese las manos y vuelva a su trabajo —me ordenó la monja, y después de una breve pausa agregó en el tono maternal con que se dirigía a sus pacientes que lamentaba mucho la muerte de mi amiga.

¿Qué destino tuvieron las otras cantineras? No supe si algunas sobrevivieron a la masacre. Sentí que las había traicionado, que por cobardía no estuve con ellas; no quise volver a experimentar el horror de Concón. Estaba viva porque en esa ocasión Angelita me cogió de la mano y me obligó a correr y correr, no escapó sola, me llevó con ella. Si hubiéramos estado juntas en Placilla, tal vez ella habría hecho lo mismo y en el intento de ayudarme se habría salvado de aquel terrible sablazo que le cercenó la espalda.

Angelita Ayalef no temía la muerte, pero tampoco la buscaba. Creo que cumplió su deseo de morir con las botas puestas, pero eso no era un consuelo para mí.

Eric sabía que el ejército de Balmaceda había sido reforzado por tropas que llegaron del sur y de Santiago, pero tenía la moral quebrantada por la derrota de Concón y por el temor a los nuevos fusiles de repetición alemanes, cuyo efecto devastador ya habían sufrido. Los hombres dispusieron de varios días para reagruparse y descansar, pero también para calcular sus pérdidas, sus heridos y los desertores que habían huido o se habían pasado al enemigo. El general Barbosa no pudo imbuirles la confianza que habían perdido. Los soldados congresistas, en cambio, exaltados por la victoria anterior, parecían indiferentes a los tremendos obstáculos del terreno en Placilla.

Apenas aclaró el día, el general Del Canto dio la orden de atacar por dos flancos. La infantería, gritando a todo pulmón, se lanzó hacia delante a pecho descubierto contra las descargas cerradas de la artillería gobiernista y empezó a trepar hacia la meseta. Eric avanzó con ellos tropezando, aferrándose a lo que pudiera agarrar, pegado a la tierra para esquivar las balas zumbando por encima de su cabeza. Seguía a los hombres que iban delante, pero no entendía las órdenes, el ruido era atronador y pronto la estampida de botas convirtió el suelo en un barrial, resbalaba y caía por la garganta abrupta del cerro. Tenía la ventaja de no llevar un arma como los otros, eso le daba movilidad, pero no compensaba el inconveniente grave de su falta de entrenamiento. Hacía varios años que no le prestaba atención a su cuerpo, ya no tenía la fuerza ni la flexibilidad de los veinte años, cuando su hermano lo obligaba a boxear para que aprendiera a defenderse.

En pocos minutos la metralla de la artillería gobiernista derribó a las primeras filas y Eric se encontró sumido en el infierno, rodeado de hombres heridos pidiendo ayuda, que quedaban tirados o rodaban por las quebradas, muchos destrozados o inertes con expresión sorprendida porque no sabían que ya estaban muertos. Pero detrás venían otros corriendo, trepando, saltando por encima de los caídos, los ojos al frente, ciegos y sordos al clamor de los compañeros, con la determinación suicida de apoderarse de la artillería y detener esa matanza.

La razón le ordenó a Eric resguardarse, esa no era su guerra, él estaba allí solo para reportar, pero lo contagió la rabia asesina de los demás, sintió la brutal camaradería de los hombres dispuestos a matar y morir, el instinto del cazador y del guerrero. Le quitó el fusil de las manos a un cadáver y siguió avanzando con los otros.

Eric no alcanzó a ver el ataque audaz de la caballería, trescientos húsares que galoparon por el único acceso a la meseta, que estaba erizado con la artillería de Barbosa, e irrumpieron como una horda de sarracenos blandiendo los sables. Poco antes a Eric lo tiró lejos el estallido de una granada. Primero fue la llamarada, un fogonazo, luego un empujón formidable que le vació todo el aire del pecho y finalmente una luz blanca incandescente y un silencio fantasmal. El impacto lo sorprendió en una de las cimas que llamaban cuchillo por su forma acerada y desde allí rodó hacia abajo hasta que unos grandes peñascos detuvieron la caída.

Eran las nueve y cuarto de la mañana. Al mediodía, gracias al valor demente de los húsares, las tropas del general Del Canto ocuparon la meseta de Placilla y las de Barbosa se retiraron en desbandada. El Ejército del presidente Balmaceda se desintegró.

La guerra civil había terminado.

La explosión de la granada lanzó a Eric cerro abajo y lo dejó tirado entre las piedras, machucado e inconsciente. Esa providencial caída lo alejó del centro de la batalla y en cierta forma le salvó la vida, porque otros que estaban en el trayecto de la artillería tuvieron peor suerte. Conseguía enderezarse a ratos y trataba en vano de levantarse, pero volvía a caer aturdido. Habría de transcurrir toda la mañana antes de que se recuperara lo suficiente para darse cuenta de dónde estaba y empezar a moverse. Se palpó el cuerpo y comprobó que estaba cubierto de arañazos y cortes, una tira de piel de la mano izquierda había sido arrancada y los rasguños de las rodillas sangraban entre los huecos de los pantalones desgarrados. Levantó la vista hacia la cima del cerro tratando de calcular cuántos metros había rodado por la quebrada y agradeció el milagro de estar vivo. Solo había perdido el fusil, la mochila y el reloj, la cadena estaba rota. Se quedó mirando el trapo rojo que llevaba amarrado en el brazo sin recordar qué significaba. Lo sorprendió el silencio a su alrededor, un silencio sordo, algodonoso, como estar sumido en un paisaje nevado; todavía sentía por dentro el estruendo de la batalla. El único sonido era un zumbido de abejas o era tal vez el viento susurrando entre los pinos cercanos.

Se irguió de a poco, una articulación a la vez, mareado, quiso ponerse de pie y le fallaron las piernas. Sintió un dolor agudo en el tobillo izquierdo, pero comprobó que podía usar la pierna. Lo intentó dos veces antes de lograrlo y erguirse a duras penas apoyado en las rocas.

Paseó la vista a su alrededor sin entender cómo había llegado hasta esos peñascos al pie del cerro sin haberse partido el espinazo. Sintió vértigo, le pareció que se balanceaba a gran altura sobre un abismo; cerró los ojos y respiró profundamente buscando equilibrio. Pasaron largos minutos antes de que empezaran a surgir en su mente las imágenes de la batalla, tan confusas como fragmentos de una pesadilla. Solo el olor cáustico de pólvora y de incendio que impregnaba el aire le indicó que no estaba soñando, que algo había pasado o estaba pasando, algo terrible que se le escurría de la memoria, pero era fundamental atraparlo. Hizo un esfuerzo por retener las visiones fugaces que lo asaltaban con la esperanza de darles algún orden que lo ayudara a comprender lo ocurrido y decidir lo que debía hacer. Dio un par de pasos vacilantes gimiendo por el tormento de mover cada músculo, rígido y acalambrado por las horas de inmovilidad sobre el terreno helado.

El dolor de cabeza fue un garrotazo sorpresivo que lo cegó durante unos minutos y casi lo pone de rodillas de nuevo, pero pudo mantenerse de pie y avanzar unos metros lentamente. Se dio cuenta de que el mar no estaba lejos, podía verlo como una brillante franja negra allá abajo, pero no podía oírlo. Llevaba meses en contacto con el mar, en Iquique, en los buques de la Escuadra y en los puertos, tenía metido en las venas el ruido inconfundible del océano Pacífico estrellándose en olas enormes, eterno, poderoso, incansable, pura espuma y furia. ¿Por qué de pronto se había callado? Imposible. Recién entonces sospechó que algo anormal le impedía oír y que el murmullo del viento era en realidad un silbido pertinaz en su mente. Asustado de ese abismal silencio gritó varias veces. Sentía la exhalación de cada grito, pero nada más, ni un sonido. «¡Dios mío, estoy sordo!», exclamó, y al modular las palabras pudo sentirlas en la boca, pero no las oyó. «Calma, tengo que tratar de pensar, tengo que salir de aquí», murmuró. Supuso que el mar era su única referencia y si lograba llegar a la orilla podría ubicarse.

La pendiente del terreno lo ayudó a avanzar con cautela, paso a paso, tragando las náuseas, dominando la sensación de vértigo. Demoró un tiempo que se le hizo interminable en recorrer un trecho que normalmente hubiera hecho en media hora, hasta llegar a un sendero que iba a lo largo de la costa, muy cerca del mar. Echó a andar hacia el norte, en la dirección de Valparaíso, cojeando por el dolor del tobillo. No tuvo que preguntarse por el resultado de la batalla de Placilla, porque por el camino vio a muchos hombres que se escabullían entre los árboles, huyendo, en camisa, sin chaqueta, y por los pantalones rojos supo que eran los soldados derrotados del Gobierno.

Horas más tarde, Eric llegó a las afueras de Valparaíso. El sol se estaba hundiendo en el horizonte y el cielo nublado se teñía de color naranja; era la hora dorada, cuando la luz está a punto de irse y el mundo adquiere una transparencia de acuarela. Pudo ver la silueta de varios barcos en el mar, la Escuadra completa, y el resplandor de las luces diminutas de las casas chispeando en los cerros.

A medida que entraba en la ciudad empezó a recordar vagamente las avenidas principales, las plazas, el edificio de la aduana, la taberna que había frecuentado, las callecitas torcidas, el salón de té de los ingleses, las escaleras y los funiculares. «¡Emilia! ¡Emilia!», balbuceó. Debía reunirse conmigo. Apuró sus pasos a pesar del mareo y el tobillo torcido y pronto se encontró cerca del barrio del puerto. La ciudad estaba alumbrada por los incendios y las antorchas, olió el humo y vio gente corriendo, saltando, peleando, todo en silencio; estaba nuevamente sumido en la misma pesadilla de sordera y confusión. Atajó a un hombre por un brazo y le preguntó en inglés qué pasaba, pero no oyó su propia voz y al parecer el hombre tampoco, porque le respondió con un empellón de mula que lo tiró al suelo y siguió de largo a unirse con los que iban delante.

Por todas partes reinaban un carnaval grotesco, violencia, exaltación, el instinto animal a rienda suelta, el poder irresistible de la turba desatada, impunidad y anonimato para la destrucción. Grupos de soldados en uniformes incompletos o desarrapados y civiles armados de palos y antorchas asaltaban locales comerciales y residencias, robaban, rompían vidrios, golpeaban a los hombres que apresaban, arrastraban a las mujeres por el pelo, les disparaban a los perros vagos por el placer de la crueldad. Los uniformes blancos confirmaron lo que Eric ya sabía. La visión de la guerra lo asaltó de súbito con absoluta claridad, las tropas congresistas, la marcha hacia Placilla. ¡Emilia! Me recordó tal como me viera por última vez despidiéndolo con un beso. No podía ubicarse y las hordas que deambulaban por la ciudad lo arrastraban de un lado a otro. Notó que todos llevaban un brazalete o un trapo rojo como el suyo y entendió que eso lo salvaba de ser agredido, el trapo lo convertía en uno más entre los vencedores.

A eso de la medianoche, Eric Whelan se encontró perdido en un laberinto de callejuelas buscando la pensión de las pulgas, cuya dirección no conocía porque había llegado hasta allí guiado por mí. Se sentía débil. Trató de pedir ayuda a más de uno, pero nadie se detuvo a socorrerlo, la euforia del saqueo no se había apaciguado, todavía circulaban grupos blandiendo fusiles y banderas, gritando, cantando, amenazando. Se cayó varias veces, volvía a levantarse y seguía adelante sin rumbo, hasta que en uno de esos tropezones quedó en el suelo a pocos pasos de una fonda miserable, un tosco galpón de madera. No era el único, las calles estaban sembradas de hombres durmiendo la borrachera o reponiéndose de una paliza.

Había salido antes del amanecer apurado rumbo a Placilla y, mientras esperaba con los soldados a los pies de la meseta que iban a conquistar, consiguió medio tazón de café aguado de achicoria y un trozo del pan moreno de la tropa. Allí encogido en el suelo no pensaba en el hambre, pero lo asaltó la sed que no había tenido tiempo de sentir en todas esas horas, y pensó que los martillazos en su cabeza y el mareo se debían a que estaba seco por dentro. Logró gatear hasta la fonda, donde todavía había gente bebiendo, y sujetándose como pudo se acercó al mesón a pedir agua. Se acordaba de la palabra en español. Agua, agua.

Una mujer obesa y sudorosa le pasó una jarra y se la bebió a grandes tragos de camello. Ella le dijo algo que él no pudo oír, pero adivinó el significado: debía pagarle. Buscó en su chaqueta y comprobó que su dinero y sus documentos estaban intactos, no los había perdido en la caída por la quebrada. Le dio una moneda y ella le puso por delante un vaso de vino tinto, pero Eric necesitaba echarse algo al estómago o iba a desmayarse allí mismo y le hizo el gesto universal de comer. El valor de la moneda alcanzaba de sobra para una comida contundente, pero a esa hora tardía ya no quedaba nada en el local y tuvo que conformarse con el vino agrio.

La mujerona de la fonda se dio cuenta a primera vista de que ese hombre que apenas se sostenía en sus dos piernas era extranjero, un gringo inconfundible, como tantos que había en Valparaíso, y que andaba con bastante dinero a cuestas. Le dio la vuelta al mesón, se le acercó solícita y lo condujo a trastabillones hasta un cobertizo detrás de la fonda.

Eric se encontró en un cuartucho de tablas junto a una cabra, un caballo dormido con las patas replegadas, un montón de paja y un par de toneles de madera. La mujer, convencida de que ese cliente era sordo o imbécil, lo cogió por la ropa y lo obligó a sentarse en un rincón. Con gestos le indicó que se quedara allí descansando y lo dejó solo. Extenuado, Eric se acomodó entre el caballo y la cabra buscando calor y protección del aire helado que se colaba entre las tablas. Se durmió en pocos minutos. No se dio cuenta cuando le vaciaron el bolsillo.

12

Me detuvieron en el hospital cuando anochecía aquel día inolvidable de la última batalla. Yo llevaba más de doce horas trabajando sin de descanso y sin más sustento que dos tazas de té, pero no sentía cansancio ni hambre, estaba embrutecida por el sufrimiento ajeno, por la muerte de Angelita, por la avalancha de víctimas que iba aumentando por momentos y algunas escenas espantosas que me tocó presenciar brevemente desde la puerta del hospital, como los cadáveres desnudos y humillados de los dos generales vencidos que pasearon por la calle. No conocía al otro, pero identifiqué de inmediato al general Barbosa, un atado de huesos cubierto por un pellejo de lagartija, atravesado sobre el lomo de una mula, abucheado con insultos y rechiflas, ensangrentado, salpicado de escupos y basura.

No sabré nunca quién me denunció, supongo que podría haber sido cualquiera de las personas que me conocían y se enteraron de mi amistad con el embajador Patrick Egan y con gente del Gobierno de Balmaceda, como Rodolfo León. También puede ser que mis crónicas en el *Examiner* dieran con la forma de difundirse en Chile y fueran la causa de mi caída.

Me encontraron en la sala de cirugía junto al doctor Whitaker, quien solo había podido descansar una hora antes de regresar a su puesto. Si yo estaba exhausta, es fácil imaginar cómo estaría él, que tenía entre sus manos las vidas de tantos infelices. Viéndolo operar a lo largo de ese día le tomé tanto afecto como admiración, porque a pesar de sus modales bruscos y la prisa empedernida de su oficio se me reveló como un hombre bueno. Una vez que adquirimos el ritmo del trabajo y pude traducir sin vacilar, me trató con respeto, explicándome lo que hacíamos como un profesor.

Cuando entraron los soldados a detenerme yo estaba administrando cloroformo con la seguridad que había adquirido a lo largo del día y él estaba terminando de coser el cuero cabelludo de un chico, que llegó a esa mesa con pedazos metálicos incrustados en el cráneo abierto. Whitaker confiaba en que podía salvarlo, pero habría que ver en qué condiciones; me dijo que esa pregunta todavía lo atormentaba después de veintitrés años de practicar cirugía, porque si él fuera el paciente que despierta de la anestesia y se encuentra con el cerebro de un conejo, preferiría mil veces no despertar nunca más.

Eran tres hombres, dos de uniforme y otro que parecía un burócrata, los dos primeros con rifles y el tercero con una lista en la cual, al parecer, figuraba mi nombre.

—¿Emilia del Valle? ¡Venga con nosotros! —me ordenaron.

Me cogieron de los brazos, pero el doctor Whitaker, con el bisturí en una mano y secándose con el dorso de la otra el sudor que le mojaba la frente a pesar del pañuelo, se les puso por delante con la tremenda autoridad de su altura, su vozarrón y el delantal de hule ensangrentado. Los conminó en inglés a soltarme, pero aunque hubieran entendido sus palabras no le habrían hecho caso.

—¡No se meta en esto, míster! No le conviene —lo amenazó el hombre con la lista, y tuve que traducir lo que dijo.

—¡La señorita es ciudadana estadounidense! ¿No ven que estamos operando? —les gritó el médico.

—Nos importa un carajo. Hágase a un lado —replicó el otro.

—¡Emilia! Dígales a estos animales que la necesito aquí y que no se la pueden llevar sin una orden judicial —insistió Whitaker.

Me pareció inútil seguir traduciendo. El inglés todavía no se daba cuenta cabal de que la guerra había barrido con todo amago de legalidad y la única ley del momento era la violencia. Le dije que seguramente se trataba de un malentendido y que por favor mandara un telegrama a la Legación de Estados Unidos avisando de lo que me estaba ocurriendo. Dudé que Patrick Egan pudiera hacer algo por mí, debía de estar muy ocupado tratando de proteger su inmunidad diplomática, porque los nuevos gobernantes de Chile lo detestaban, pero era esencial que alguien supiera que me habían detenido. Alguna gente desaparecía para siempre después de ser arrestada. Hubiera querido enviarle un mensaje a Eric, pero pensé que Whitaker no tendría cómo ubicarlo.

Me sacaron del pabellón casi arrastrada, a tirones y empujones. Al cruzar el patio alcancé a ver a la Covadonga, que todavía estaba en el mismo sitio junto al cadáver de Angelita, y a sor Gerda, que iba pasando apurada. La llamé con la loca idea de que esa alemana autoritaria podía intervenir para rescatarme, pero estaba lejos y no me oyó. La perra, sin embargo, se levantó cuando reconoció mi voz.

—¡Silencio, puta! —exclamó uno de los soldados, y me dio un golpe feroz en la cara con el revés de la mano.

El dolor me cegó, se me doblaron las piernas y se me llenó de sangre la boca, pero las garras que me aprisionaban los brazos me sostuvieron de pie. Así me condujeron durante varias cuadras hasta la cárcel de hombres de Valparaíso, donde estaban reuniendo a los presos políticos. La Covadonga me siguió de cerca. En el trayecto alcancé a ver algo del saqueo de la ciudad.

Las tropas congresistas, ensopadas de alcohol, habían entrado enardecidas en la ciudad y la ocuparon con impunidad para ejercer a gusto su revancha. Muchos civiles se unieron a la destrucción, al robo, las violaciones y las muertes, así como soldados desertores que aprovecharon el caos para perderse en la multitud. Supongo que los partidarios del Gobierno de Balmaceda huyeron aterrados a los cerros o se atrincheraron donde pudieron encontrar refugio. Sé que muchos se mezclaron con las turbas victoriosas para no ser identificados, pero a otros los agarraron. Vi cómo arrastraban a un par de hombres hacia el medio de la calle y los golpeaban con saña mientras un oficial a caballo observaba la escena divertido. Varias mujeres participaban en ese ejercicio de crueldad, pateando a los caídos con una alegría demente; puede que fueran mujeres normales que unas horas antes cumplían su destino de madres y esposas.

Amaneció el 29 de agosto y la parranda de la victoria se fue diluyendo en Valparaíso, porque las tropas victoriosas partieron a Santiago, donde la Junta Revolucionaria iba a ocupar el puesto que el presidente Balmaceda había dejado en la madrugada de ese mismo día. Poco a poco se restableció algo de cordura en las calles de Valparaíso y comenzó la tarea hercúlea de apagar los últimos incendios, escarbar entre los escombros, limpiar la basura, recoger a los golpeados, enterrar a los muertos y restaurar algo de orden. Personal sanitario y grupos de voluntarios salieron en busca de los heridos que quedaron en Placilla. Los carretones de beneficencia tirados por mulas recorrían la ciudad con su triste carga de hombres aniquilados, los voluntarios del norte mezclados en el mismo montón con las tropas frescas del sur, la carne de cañón, los muchachos reclutados con perros. Cavaron fosas comunes adonde iban a dar los pobres soldados que nadie conocía y nadie reclamaba, unos encima de otros, amontonados como leños, espolvoreados con cal viva y tapados con tierra. La fetidez a putrefacción llegaba en oleadas mezclada con el olor a chamusquina de cadáveres de animales incinerados en grandes hogueras.

En Santiago, el presidente Balmaceda siguió los acontecimientos a través del telégrafo y de mensajes que le iban llegando a medida que transcurrían las horas. Esa noche celebró con unos días de atraso el onomástico de su esposa Emilia con una cena a la cual asistieron sus hijos, algunos amigos y ministros de su gabinete en un clima de tranquilidad forzada, porque a falta de noticias optimistas, todos empezaban a sospechar el fatídico desenlace en Placilla. Acababan de servir la sopa cuando le trajeron un telegrama, que él leyó sin inmutarse, lo dobló y lo puso junto a su plato.

El telegrama anunciaba la derrota total y la muerte de sus dos generales, Barbosa y Alcérreca. Tardó solo unos segundos en volver a coger su cuchara y seguir tomando la sopa con la calma que lo caracterizaba y que en los últimos meses había llegado a ser tan extrema que Rodolfo León la calificó de estado hipnótico. Nada en su semblante de aristócrata reveló alguna emoción al enterarse de que su ambicioso sueño para Chile había terminado horas antes en un baño de sangre. A la pregunta de su mujer respecto al telegrama, respondió que no había ninguna noticia, y comió el segundo plato conversando con los invitados sin dar muestras de estar preocupado, pero se retiró a su despacho antes del postre para dar sus últimas instrucciones.

¿Qué pensó en esos momentos? ¿Qué sintió? Tenía la profunda convicción de haber cumplido con su deber, haber servido a Chile en su larga carrera política y haber ejercido su autoridad de presidente con honor. No dudaba que esa autoridad era fundamental para dirigir al país con orden y con una visión de futuro; en cambio, el proyecto de sus enemigos políticos de establecer un régimen parlamentario solo acarrearía caos, corrupción y ventajas para los capitales extranjeros. Pero la guerra civil había terminado mal para él y comprendió que para evitar más desgarramiento en su país quebrado y dolido debía dejar el poder esa misma noche. Era demasiado orgulloso para huir. Si tuvo la idea de entregarse, pronto la descartó, porque ya le habían llegado rumores de la violenta revancha de los vencedores en Valparaíso y adivinó que sus enemigos serían implacables con él; debía preservar la dignidad de su cargo, no podía prestarse a ser vejado. Antes que nada, debía poner a salvo a su familia.

Pasada la medianoche salieron del palacio de La Moneda cinco de los hijos de Balmaceda hacia la Legación de Estados Unidos, donde Patrick Egan les brindó asilo, y poco después su esposa se reunió con ellos. La señora se había despedido llorando sin sospechar que no volvería a ver a su marido. A ella y sus hijos les tocó ocupar las mismas camas donde la noche anterior habían dormido refugiados de la oposición.

Entretanto, el presidente redactó cuidadosamente la dimisión de su cargo en un documento escrito a mano con su elegante caligrafía sin una sola corrección, como si lo hubiera preparado con anterioridad, y delegó el mando a un viejo general héroe de guerras anteriores, con la esperanza de que su prestigio facilitara la transición del poder de su Gobierno al de la Junta Revolucionaria. Dijo que se necesitaba la mano firme de un militar, porque a un civil no lo respetarían, para reprimir a los exaltados, mantener el orden y evitar la violencia. El general trató de escabullirse de esa responsabilidad, pero el presidente le explicó que hay situaciones en las que un hombre de bien no puede excusarse y lo conminó a dar su palabra de honor y de caballero de que haría respetar las vidas y las propiedades de quienes lo habían apoyado como presidente y de los empleados públicos y militares que habían cumplido con su deber durante su administración. Le recordó que el suyo era el Gobierno constitucional de Chile y que la Junta

Revolucionaria había tomado el poder por las armas y era ilegítimo.

Balmaceda se equivocó al elegir a su sucesor. El militar, que tanto coraje había desplegado en el campo de batalla, demostró una pasmosa debilidad de carácter ante la tarea que el presidente delegó en él esa noche. Prácticamente se durmió en el sillón presidencial mientras a su alrededor cundía el caos. No era el hombre adecuado en esas circunstancias, pero tal vez ningún otro hubiera podido evitar lo que sucedió en los días siguientes.

Antes de la madrugada repicaron las campanas de la catedral celebrando el triunfo de los congresistas, coreadas por las campanas de los bomberos. La Iglesia católica detestaba a Balmaceda, porque lo culpaba de las leyes liberales que habían disminuido su influencia, y desde los comienzos de su administración se unió a la oligarquía conservadora para complotar en su contra. Decía Rodolfo León que en Chile los más feroces enemigos del progreso eran las mujeres y los curas.

Recién entonces, cuando el eco de los campanarios reverberaba en el silencio de la noche, el presidente salió sin prisa de La Moneda y se dirigió a pie a la Legación de Argentina, con su capote negro y botas de montar, armado de un revólver y acompañado por un par de amigos. Al enterarse de lo ocurrido en Placilla, el embajador Uriburu le había enviado un mensaje ofreciéndole refugio y él lo aceptó. También Patrick Egan le había ofrecido lo mismo, pero él decidió no ir a la Legación de Estados Unidos, porque supuso que su familia estaría más segura separada de él. El embajador argentino en persona le abrió la puerta sigilosamente, le dio la bienvenida en voz baja y lo guio hacia un cuarto del segundo piso, donde le habían preparado una cama.

Por una de esas extrañas coincidencias, el presidente Balmaceda ocupó la misma habitación donde poco antes había muerto mi padre.

Eric Whelan despertó con la lengua áspera de la cabra lamiéndole la cara. Asustado, apartó al animal de un manotazo y se incorporó desorientado. Tardó unos minutos en recordar lo ocurrido el día anterior y reconocer el cobertizo de la fonda donde había dormido parte de la noche. Tenía la mente más clara y podía percibir los sonidos del mundo, aunque alterados por el zumbido de abejorros que persistía en sus oídos. «Por lo menos no voy a quedar sordo para siempre», pensó.

Se palpó la cabeza, que le dolía como si lo apresara una corona de hierro, y descubrió un bulto del tamaño de un huevo en la base del cráneo. Dedujo que era una contusión y que lo razonable era moverse lo menos posible, pero le faltaba tiempo para eso, debía encontrarme. Se puso de pie y comprobó que tenía el tobillo muy hinchado, se sacudió la paja del pelo y la ropa y se lavó la cara y las manos en el abrevadero del caballo. Todavía llevaba el trapo rojo en el brazo, el salvoconducto para salir a la calle sin ser atacado. Necesitaba comer algo.

A esa hora la fonda estaba casi vacía, salvo por un par de clientes roncando sus borracheras despatarrados en las sillas y una muchacha que limpiaba el suelo y recogía vasos y platos. Eric le indicó que quería comida, buscó en su chaqueta y lanzó una maldición al ver que todas sus monedas se habían esfumado. Por suerte sus documentos todavía estaban en el bolsillo.

La muchacha lo miró con grandes ojos aterrados blandiendo la escoba por delante como un arma ante ese mendigo harapiento, con la ropa rota, sucio, desgreñado y mascullando en una jerigonza de otra parte. Eric lamentó más que nunca su incurable torpeza para los idiomas. Trató de calmarla con gestos de las manos sin acercarse hasta que ella comprendió que ese gringo estrafalario no representaba peligro, bajó la escoba e intentó entender lo que él se esforzaba por decirle. Le indicó que esperara, desapareció durante un par de minutos y regresó con un pedazo de queso duro y una cebolla. Los puso sobre una de las rústicas mesas y trajo un jarro de cerámica con agua. Eric le explicó con mímica que no podía pagarle y ella se encogió de hombros y volvió a la tarea de barrer mientras él devoraba entre sorbos de agua el rudo alimento, que le pareció delicioso. Se despidió de la muchacha con un beso en la mano y una bendición en inglés. Ella se echó a reír con gusto, ese gringo estaba loco.

Eric se marchó cojeando. De día claro la ciudad era menos amenazante, pero no había recuperado la normalidad. Las escenas sangrientas de la noche anterior le habrían parecido engendros de su cerebro golpeado si no hubiera visto escombros y cenizas por todas partes, vidrios rotos, puertas desvencijadas y animales muertos. Se dirigió a iglesia de la Matriz, guiándose por el campanario que sobresalía por encima de los edificios cercanos. Las campanas del triunfo, que habían tañido alegremente durante veinticuatro horas, seguían sonando cada media hora llamando a los fieles a dar gracias al Santísimo por haber salvado a la patria.

La iglesia quedaba en el corazón del barrio del puerto, erguida en el mismo sitio desde mediados del siglo xvi. Había sido reconstruida varias veces a causa de terremotos y ataques de piratas, hasta convertirse en la basílica que Eric encontró fácilmente. El templo tenía las puertas abiertas de par en par y adentro se celebraba una misa con varios curas ante una abigarrada concurrencia, mientras afuera la multitud de feligreses —muchos de ellos trasnochados por el violento jolgorio del día anterior— se desparramaba sobre las nueve gradas de la entrada y la explanada de adoquines. Estaba allí, mirando a su alrededor para ubicarse, cuando un señor con chistera y cuello de piel en el abrigo le puso una limosna en la mano. Eric decidió que lo primero era conseguir algo de dinero, no tenía ni un peso, y enseguida debía buscar un telégrafo para enviar la noticia del fin de la guerra al *Examiner*. Pensó que yo estaba segura en la pensión de las pulgas y pronto nos reuniríamos.

Se encaminó hacia la plaza de la Intendencia, que según su recuerdo quedaba cerca de la iglesia, y pronto llegó frente al elegante edificio del Banco de Valparaíso. Su aspecto de náufrago resultaba muy sospechoso, pero tenía papeles para probar su identidad y creía, con la certeza del norteamericano que nunca antes ha estado fuera de su país, que no tendría problemas. Como ciudadano de Estados Unidos y corresponsal de prensa iba a conseguir un adelanto mientras el *Examiner* le enviaba un giro al mismo banco. Encontró el establecimiento cerrado a machote por el desorden de la guerra y porque era sábado.

En la plaza había varios soldados ingleses y un par de marinos norteamericanos armados, fáciles de identificar por el uniforme y el aire de haber caído allí desde otro planeta. Por fin entre compatriotas, Eric pudo explicarles a los marines en su idioma que estaba en apuros y uno de ellos le dio unos pesos. Le explicaron que estaban allí para cuidar los negocios y residencias de extranjeros, no conocían la ciudad, pero podían indicarle cómo llegar al hotel donde se reunía la prensa. Eric averiguó el nombre de quien le había dado dinero para devolvérselo más tarde.

En el hotel, Eric se reencontró con varios de sus colegas, quienes al verlo en tal precario estado y hambriento lo invitaron a desayunar y le contaron los pormenores de la batalla del día anterior. Las bajas por ambos lados habían sido catastróficas y, sumadas a las de Concón y enfrentamientos anteriores, calculaban que en pocos meses esa guerra fratricida le había costado a Chile miles y miles de muertos. El telégrafo estaba reservado para fines militares, pero en el hotel había uno instalado para la prensa extranjera y pudo enviar un primer cable a Chamberlain con lo que logró averiguar y un segundo cable para tranquilizarlo: tanto él como Emilia del Valle estaban bien y se pondrían en contacto apenas se normalizaran las comunicaciones.

En esa ciudad de cerros, calles torcidas, escaleras interminables y funiculares, resultaba difícil orientarse a menos que uno hubiera vivido allí un largo tiempo. Eric no tenía cómo preguntar, pero lo salvó un golpe de suerte. Al cabo de muchas vueltas se encontró de pronto cerca de El Condorito, la pequeña panadería al pie de la escalera del cerro donde habíamos comprado el pan de desayuno durante los tres días que vivió conmigo. Lanzó un grito de alivio al aspirar desde afuera la fragancia del pan. Cada paso en los peldaños retumbaba en su cabeza; subió gimiendo por el tobillo machucado y sobándose el bulto en el cráneo.

La propietaria de la pensión le abrió la puerta con un trapo rojo en el brazo y otro del mismo color en el cuello. Había visto a Eric un par de veces durante el poco tiempo que él estuvo conmigo y no nos tenía simpatía a ninguno de los dos. En la madrugada en que Eric se fue a Placilla, la escuché mascullar que habíamos tomado su casa por asalto, éramos dos gringos inmorales que se revolcaban como cerdos en el lodo, como si la suya fuese una casa de remolienda; los norteamericanos éramos todos arrogantes, groseros y además estábamos en el bando de Balmaceda. El comentario iba destinado a la muchacha del servicio, pero se las arregló para que yo lo oyera desde mi pieza. Me extrañó, porque yo la había tratado siempre con respeto y Eric le dio una buena propina. Supongo que no se atrevió a echarnos antes, pero las cosas habían cambiado desde la victoria del día anterior. Los meses de guerra civil habían perjudicado su negocio y complicado su existencia, le daba lo mismo quién ganara con tal de que esa pelotera terminara pronto. Quiso impedirle a Eric que subiera al segundo piso, pero él era un hombre musculoso y desesperado, y ella, una viuda enclenque y timorata. Además, el maldito gringo llevaba un brazalete rojo, de manera que la mujer debió tragarse el desagrado y hacerse a un lado.

Eric subió a la habitación que habíamos compartido y al comprobar que yo no estaba bajó a enfrentarse con la dueña de la pensión.

—¿Emilia? ¿Emilia? —le preguntó a gritos.

Ella le respondió con una mueca despectiva, encogiéndose de hombros, pero él ya había soportado demasiado y no iba a permitir que esa bruja se burlara. Sintió que la sangre se le agolpaba en las sienes y que el bulto en la cabeza estaba creciendo y creciendo como una burbuja que iba a reventar en cualquier momento. Cogió a la señora de la ropa y la levantó un palmo del suelo, sacudiéndola rojo de furia e insultándola en inglés hasta que ella, aterrada, balbuceó la palabra «hospital», que sonaba casi igual en inglés.

Era lógico que yo fuera a ayudar al hospital, pensó Eric, enojado. Me había arrancado la promesa de quedarme en la habitación con la puerta cerrada hasta que se resolviera la situación y él regresara, pero se dio cuenta de que nunca tuve intención de cumplirla. No era la primera vez. Concluyó que no se podía confiar en mí, yo hacía lo que me daba la gana. En fin, pensó, al menos en el hospital yo estaba a salvo. Decidió que antes de ir a buscarme debía lavarse, afeitarse y cambiarse de ropa para que no volvieran a darle limosna como a un mendigo.

Todo el mundo conocía el hospital y a quien Eric le preguntó mediante esa palabra mágica pudo indicarle el camino. La calma relativa en las calles terminaba en las cercanías del hospital, donde se vivía en permanente estado de emergencia desde la batalla de Concón. Los heridos de los congresistas habían sido trasladados desde Placilla y ocupaban los pabellones, mientras los demás fueron acomodados en otros edificios y en tiendas de campaña. Seguían llegando víctimas, muchas de ellas acarreadas en improvisadas angarillas por gente de buena voluntad, mientras el personal sanitario de ambos bandos unía fuerzas para atenderlos. Al día siguiente de la contienda ya nadie en el hospital distinguía amigos de enemigos, todos los heridos sufrían por igual. El personal del aseo se veía en aprietos para lavar la sangre, disponer de los miembros humanos, hervir vendajes usados y sacar los cadáveres, que iban a dar a la morgue, donde esperaban su turno para ser reclamados, en caso de que pudieran ser identificados, o enterrados en fosas comunes.

En la agitación que reinaba en el hospital nadie tenía tiempo para atender a un gringo que andaba por todos lados molestando y ni siquiera podía expresarse en español. Un buen rato más tarde, Eric se topó en uno de los pabellones con una monja altiva que lo detuvo en seco y le ordenó que saliera, no podía estar allí. Como viera que él no comprendía, se lo repitió en alemán, pero Eric era tan testarudo como ella y se quedó allí plantado repitiendo Emilia, Emilia, Emilia, hasta que sor Gerda entendió que andaba buscando a la traductora norteamericana y le dio el nombre del doctor Whitaker.

El cirujano había operado sin descanso durante treinta horas antes de que la fatiga lo venciera. Tuvieron que llevarlo en vilo a un catre de campaña instalado en un pequeño cuarto de aseo adyacente al pabellón de cirugía, en el que se desplomó y empezó a roncar antes de que alcanzaran a echarle una manta encima. Llevaba un buen rato profundamente dormido cuando Eric Whelan logró averiguar dónde estaba y se presentó en el cuartucho. Encontró al médico boca abajo en un camastro que le quedaba corto, con los pies en el aire y los brazos colgando, rodeado de escobas, cepillos y cubetas. Le costó un par de minutos despertarlo para plantearle que andaba buscando a Emilia del Valle, y Whitaker necesitó otros dos minutos para sacudirse la modorra y responder.

—La arrestaron —dijo.

—¿Cómo que la arrestaron? ¿Quién? ¿Por qué?

—Fue anoche. Estábamos operando cuando se la llevaron. Me pidió que avisara al embajador de Estados Unidos en Santiago, pero no he tenido tiempo de hacerlo y además no se consigue telégrafo —le explicó.

—¿Adónde se la llevaron?

—No sé. Eran guardias de uniforme. Supongo que ya la han soltado, porque no se van a atrever a retener a una ciudadana de Estados Unidos —dijo Whitaker.

—¡Tengo que encontrarla! —exclamó Eric.

—En su lugar, yo iría a preguntar a la cárcel —le aconsejó el cirujano antes de caer nuevamente sobre el catre.

Un sargento con la chaqueta desabrochada y los ojos vidriosos de fatiga o de alcohol atendió a Eric Whelan detrás de un mesón en la cárcel de Valparaíso. En el rato que le tocó esperar, Eric vio cómo traían prisioneros, la mayoría de ellos golpeados, y cómo eran tragados por una puerta metálica que conducía al interior del siniestro recinto. Al imaginar que yo podría estar detrás de esa puerta, sentía una bola de fuego en la boca del estómago, le temblaban las manos. Maldijo una vez más por no poder comunicarse y no tener suficiente dinero para sobornar a ese tipo. El sargento no reaccionó ante el nombre que él le repitió varias veces, pero cuando estaba a punto de estallar apareció otro hombre de uniforme que parecía tener más autoridad. Le facilitó un lápiz a Eric y le señaló que escribiera el nombre en una libreta que había sobre el mesón. Eric obedeció y además le mostró su identificación como miembro de la prensa extranjera. El otro examinó el papel y el pasaporte, le indicó que esperara y se fue.

Transcurrieron dos horas o tal vez tres o cuatro, Eric ya no podía calcular el tiempo; estaba desesperado, sentado en el suelo, porque no había asientos, observando el desfile macabro de prisioneros, guardias y militares. Por fin volvió el mismo hombre y le hizo saber con gestos inconfundibles que la persona que buscaba no estaba allí.

—¡Ustedes la arrestaron! ¡No puede haber desaparecido! ¡Dígame dónde está! —gritó Eric, pero el otro no le entendió o no quiso entenderle.

Lo sacaron a empujones y él comprendió que si no hubiera tenido el brazalete rojo y su documentación, lo habrían arrestado también.

CUARTA
PARTE

13

Desperté de a poco en el calabozo. Recordaba apenas lo que me había pasado, los puñetazos, los insultos, las patadas, casi no podía respirar por el dolor en el pecho y en el estómago. La herida en la frente se había abierto, pero ya no sangraba; tenía el pelo pegoteado de sangre seca. Me demoré en darme cuenta de dónde estaba: un cuarto pequeño, cuadrado, vacío, las paredes de cemento, oscuras, el suelo inmundo. Supongo que estuve semiinconsciente un largo rato, tal vez horas, porque un hilo de luz se colaba por una ranura a la altura del techo; eso significaba que ya había amanecido. Escuché alaridos, órdenes, portazos, golpes, el ruido de algo pesado que era arrastrado. Las paredes eran delgadas.

Me incorporé despacio y comprobé que tenía puesto el delantal del hospital, tieso de mugre, y debajo la falda y la blusa, también las bragas y la enagua mojadas de orina, y mis botas. La medalla de la Virgen estaba prendida en mi sostén. Deduje que si no me la habían robado y que si estaba completamente vestida no había sido violada, y eso fue un alivio tan grande que me puse a llorar, ahogada, y cada sollozo era como un cuchillo clavado en el pecho. Estaba segura de que me habían roto un par de costillas. ¿Qué me había pasado? ¿Por qué me habían arrestado? ¿De qué me acusaban? Esas preguntas surgían como fogonazos, pero estaba demasiado asustada para pensar. Me encogí en el suelo y cerré los ojos.

Tal vez me dormí o volví a desmayarme, porque cuando desperté estaba más claro. Afuera ya era de día. Me fijé en que las paredes estaban resquebrajadas, con manchas de humedad, rayadas con nombres tallados de forma rudimentaria. La única puerta era de tablas mal ajustadas y por las junturas se colaban pinceladas de luz. Un pequeño ratón atrevido se escabulló junto a mis pies y desapareció por un hueco. Lo llamé, para que me acompañara, y pronto regresó brevemente a dar un par de vueltas de reconocimiento.

Ese día 29 de agosto, día de absoluto terror, fue uno de los peores de mi vida. Tuve una vaga idea del transcurso del tiempo por los cambios en la escasa luz que se filtraba en el calabozo, tiritando de frío y miedo, sedienta, agobiada por los gritos de los azotes y las palizas y por los tiros de las ejecuciones. El horror de lo que ocurría al otro lado de esas paredes no me abandonó ni un instante, sentía en mi propio cuerpo la agonía de los otros y repetía como una letanía las oraciones que me enseñó mi madre en la infancia. Llevaba años alejada de la religión, agnóstica como mi Papo, pero en mi angustia clamaba a la Virgen de Guadalupe, «santa madrecita de Jesús, ayúdame en esta celda de espanto, no me abandones ahora y si he de morir, madre de Dios, no me abandones en la hora de mi muerte...».

Solo una vez se abrió la puerta y alguien entró, pero calculé que sería inútil rogar o hacer preguntas y permanecí acurrucada en el suelo con los párpados cerrados. Los pasos que crujían contra el piso de cemento eran lentos y pesados, pasos de botas.

—Se nos pasó la mano con esta —dijo una voz de hombre desde la puerta.

Sentí un leve puntapié en las piernas y no pude controlar un estremecimiento anticipando lo que iba a pasarme.

—¿Está viva? —preguntó la misma voz.

—Aturdida no más —respondió el que estaba a mi lado.

Se retiraron, oí el cerrojo de la puerta y respiré aliviada. Por el momento me habían dejado en paz. Vi que habían traído un plato y una taza de latón, entonces sentí el clamor del hambre que el dolor de los golpes había acallado. Lo peor era la sed. Me arrastré hasta el tazón y bebí toda el agua de cuatro tragos largos, con desesperación, y después cogí la cuchara de palo y devoré la mazamorra grisácea del plato. Minutos después la vomité completa.

Estaba tan agotada que durante la segunda noche eterna tirada en el suelo y sumida en la oscuridad escapé a ratos cortos en una especie de hipnosis, algo que no era desmayo ni sueño, que me libraba por momentos de la pesadilla de castigo y sufrimiento que ocurría en otras celdas. Era un alivio muy breve, unos instantes benditos en que me volvía sorda al mundo, como si estuviera a gran profundidad bajo el agua.

Me costaba mucho respirar, cada inhalación era dolorosa, tragaba aire a sorbos cortos, ahogada. Agachada en un rincón oriné un líquido rojizo y no supe si sangraba del vientre o de la vejiga. Así amaneció el segundo día de mi encierro. Durante la mañana volvieron los hombres de la noche anterior; uno era un guardia o un soldado raso con media cara deformada por una antigua quemadura, y otro que parecía de más autoridad, tal vez un oficial. Me encontraron encogida en el mismo rincón. El primero se quedó en el umbral, el segundo se acercó y me preparé para lo que venía.

—¿Conoces a Rodolfo León? —me increpó.

Negué con la cabeza porque no pude articular ni una palabra, tenía la garganta y la boca secas como si hubiera tragado arena.

—Quieres agua, ¿verdad? ¡Entonces contesta!

—No —murmuré.

—¡No te oigo! ¡Habla claro y no me mientas, gringa de mierda! ¿Lo conoces?

—No —repetí.

—Veremos si es cierto, porque lo tenemos en la celda de al lado y vamos a arrancarle los nombres de los espías del dictador —dijo.

—Soy periodista…

—¡Espía, eso es lo que eres, perra cochina! —insistió.

Se quedaron un rato interminable observándome en silencio y por último se fueron sin tocarme. Unos minutos más tarde el de la quemadura regresó con un tazón de agua, que bebí a grandes sorbos.

—Más, por favor —le rogué.

—No puedo —dijo, pero cogió el tazón, se fue y regresó con más agua. No me atreví a pedirle más.

Al poco rato empezó el suplicio de Rodolfo León, que pude escuchar nítidamente a través de la pared: los insultos, las acusaciones, los golpes, el odio más violento, la crueldad más atroz. No pretendían obtener información, nada le preguntaron, ningún nombre, se trataba solo de castigarlo, de vengarse por su periódico, por su trayectoria en la Cámara de Diputados, por sus ideas progresistas, por su lealtad al presidente. Sus alaridos de dolor se perdían en el griterío de los torturadores, pero en ningún momento Rodolfo se quebró. En una pausa del tormento dijo que había defendido al Gobierno legítimo y a la Constitución, que era un chileno digno, esposo y padre. No le permitieron hablar más. Oí un ruido seco, como si rompieran una vasija de greda de un garrotazo, seguido de una pausa, un silencio siniestro y por último un balazo y después dos más.

—Llévenselo y limpien este sangrerío —ordenó alguien.

Tuve muy poco tiempo para llorar a Rodolfo León y pensar en la suerte de Sara y el niño. Vinieron a buscarme y me condujeron entre dos guardias frente a tres uniformados que se disponían a juzgarme. Imaginé que podían ser los mismos que pelearon en Placilla, saquearon Valparaíso, llevaban dos días torturando y poco antes habían asesinado a mi amigo. Estaban trasnochados y sucios, sostenidos por la euforia de la violencia. Mi aspecto era mucho peor, fétida a orina, vómito y sudor, desgreñada, asquerosa. Como temieron que me desmoronara antes de que alcanzaran a enjuiciarme, me trajeron una silla y me dieron agua. Quise evadirme de la realidad aferrándome al recuerdo de Eric y nuestras noches de amor, pero cuando comenzó el interrogatorio mi único pensamiento fue mantener la calma y no permitir que el terror me derrotara.

—Emilia del Valle, ¿sabes lo que es un consejo de guerra?

—Sí —respondí procurando controlar el temblor de la voz.

—¡Habla más fuerte! —me ladró el interrogador.

—Un tribunal presidido por un general y varios oficiales de alta graduación —dije acordándome de que había usado esa información en una de las novelitas de diez centavos que escribía Brandon J. Price.

—¡Exactamente!

—Se usa para juzgar un delito militar… —agregué.

—Estamos en guerra —me interrumpió.

—No es mi guerra. No soy militar.

—Estás siendo juzgada como combatiente. Participaste en la batalla de Concón con el uniforme del Ejército. Cualquier inmunidad que tuvieras como miembro de la prensa extranjera, la perdiste —me dijo.

—Soy periodista de Estados Unidos. Tengo papeles —insistí.

—Llegaste a Chile en el *Charleston* para confiscar las armas legítimamente adquiridas por la Junta Revolucionaria.

—Vine como periodista —repetí.

—Sabemos que colaboraste con el dictador y publicaste artículos sobre él en Estados Unidos.

—Entrevisté al presidente Balmaceda una vez para mi periódico —repliqué.

—También colaboraste con el traidor Barbosa.

—Estuve con el general tres minutos. Necesitaba autorización para entrevistar a sus tropas. Todos los periodistas hicimos lo mismo —les expliqué.

—Denunciaste el plan de los jóvenes del Comité Revolucionario en Lo Cañas y por tu culpa todos fueron vilmente asesinados.

—¡Yo nada sabía de eso! ¿Cómo podría saberlo? ¡Estaba en Valparaíso! —exclamé con la clara convicción de que cualquier cosa que dijera era inútil, ya estaba condenada.

—Estás acusada de espionaje y alta traición. Este es un juicio sumario y tu sentencia es la pena de muerte por fusilamiento a efectuarse mañana al amanecer. ¿Entiendes?

—No. Y tampoco entiendo esta farsa. Van a matarme de todos modos, ¿para qué se molestan en darle un barniz de legalidad? —alcancé a decir antes de que me cogieran de los brazos y me arrastraran afuera.

Me dejaron en el mismo calabozo que había ocupado antes. Un par de horas más tarde el mismo guardia me trajo un jarro con agua, un plato de sopa y un trozo de pan, que compartí con el ratón amigo.

—Me pidieron que le pregunte si quiere un cura —me dijo.

—Que me traigan un obispo —le respondí desafiante, con la última pizca de valor que me quedaba.

En mi última noche las horas transcurrieron lentamente, dándome tiempo para ir soltando la pesada carga del miedo. No estuve sola, me acompañaron el ratón atrevido, que me observaba con sus ojos negros brillando como abalorios en la penumbra, y también la Muerte, que permaneció callada en un rincón esperando su turno. No se presentó como un repulsivo esqueleto con una guadaña, sino como una dama madura y paciente vestida de blanco que me inspiró una extraña sensación de conformidad, como si ese momento estuviera escrito en el relato de mi existencia desde mi nacimiento y nada pudiera cambiarlo.

Se me olvidaron el frío, el hambre y la sed que me habían mortificado desde que me arrestaron; me desprendí del cuerpo y quedé suspendida en el aire, mirando desde arriba con cierta curiosidad a esa mujer patética en el suelo. No, no estaba tirada en el suelo, la sostenía abrazada un hombre de pelo rojo.

Eric apareció junto a mí en la celda tal como lo había visto por última vez al despedirnos en la puerta de la pensión de las pulgas. Lo invoqué con la fuerza formidable de la desesperación y se materializó tal como lo necesitaba: el amante, el amigo, el protector. Imaginé el calor de su cuerpo, el olor de su ropa, su aliento en mi nuca, la firmeza de su pecho y sus brazos sujetándome, y fue una impresión tan real que temí que no fuera una ilusión de mi mente afiebrada, sino su espíritu, que venía desde el Más Allá a consolarme. ¡No! ¡Eric estaba vivo! Tenía que aferrarme a esa certeza y no pensar que pudiera haber muerto en Placilla. Al poco rato también acudieron mis padres desde San Francisco a decirme adiós y eso me tranquilizó, porque comprendí que Eric era como ellos, una visión prodigiosa y no un fantasma. Mi mamá se instaló a rezar el rosario y mi Papo se sentó a mi lado y me repitió sus enseñanzas fundamentales: «Acuérdate de que los demás tienen más miedo que tú, la frente siempre en alto, solo importan el amor y el honor».

Y llegaron para darme la bienvenida Rodolfo León y Angelita Ayalef, sin huellas de guerra, intactos, y Gonzalo Andrés del Valle, joven y guapo como en los tiempos en que sedujo a Molly Walsh. Me afligía tener que irme con ellos a los veinticinco años, pero argumentaron que no había nada que lamentar, porque en esos años tuve un destino completo, familia, amigos, aventura, amor y batallas. Era cierto, pero no quería despedirme tan pronto de Eric, recién nos habíamos enamorado, no habíamos alcanzado a conocernos a fondo ni a tener historia juntos, todo nos sucedió en un chispazo. «¡Ay! Si pudiera quedarme para siempre acurrucada en tus brazos», le dije a Eric. «¿Y por qué no?», me preguntó. Dice mi Papo que inventamos la inmortalidad porque no podemos soportar la idea de desaparecer en la nada, pero mi mamá cree en el cielo y en la eterna felicidad de las almas buenas. Si ella estuviera en lo cierto, Eric y yo nos reuniríamos en el cielo, porque él es un alma buena y yo también; eso de que yo soy una mujer mala es solo un chiste familiar. No pude menos que sonreír ante la gloriosa fantasía de la vida eterna; es bien difícil ser agnóstica en las puertas de la muerte.

Los recuerdos me llegaban como duendes, a brincos y carreras, sin orden ni razón: el columpio que instaló mi Papo en el patio de El Orgullo Azteca, la buena Rufina rezando junto al lecho de mi padre, mi primer libro de diez centavos oloroso a tinta y papel, los viajeros de tercera clase en el tren de Nueva York, el mate pasando de mano en mano entre las mujeres de las minas, un atardecer dorado en el mar infinito desde la cubierta del *Charleston*, mis hermanos escapando a carcajadas de los chancletazos de mi mamá, la intimidad maravillosa del amor con Eric en una cama desvencijada. Entre esas imágenes se colaban de repente otras espantosas de Concón y el hospital, pero las exorcizaba a punta de insultos, que se fueran, malditas, que me dejaran en paz, y entonces se alejaban como volantines en la brisa.

Desde que era niña he tenido la manía de ver todo lo que me pasa como un cuento que le voy narrando a un mudo interlocutor, y en ese ejercicio de contar puedo ordenar y darle sentido a mi existencia. Aquella noche quise tener papel y lápiz para escribir mis recuerdos, porque muy pronto una descarga de fusiles borraría mi historia por completo. Pensé que mi historia no le importaba a nadie, sería pura vanidad intentar preservarla, pero el papel y el lápiz me ayudarían a reconstruir la cadena de acontecimientos que me condujeron a esa celda y aceptar la injusticia de mi condena. Comprendí que la suerte de cada uno de los soldados en esa guerra valía lo mismo que la mía, que todas nuestras vidas son preciosas y todas están a merced de fuerzas que no podemos controlar. Yo iba a morir por nada que valiera la pena, tal como esos hombres morían por nada; éramos todos desechables, seres anónimos, números en el balance de generales y políticos de la historia.

Le pedí a la Virgen de Guadalupe que me ayudara, que no me dejara flaquear, que al llegar el amanecer me diera valor y dignidad. Y ella respondió que me acompañaría, no había nada que temer, sería rápido, ruido solamente, no alcanzaría a sentir dolor, no sería como el final terrible de Rodolfo, de tantos otros torturados en esa cárcel, de los pobres soldados desangrándose.

Supongo que me derrotó el cansancio y a ratos me quedé dormida en compañía de Eric y otros espíritus vivos y muertos, porque cuando la oscuridad se fue disipando y la primera luz anaranjada se coló por las ranuras entraron dos guardias en mi calabozo y tuvieron que despertarme.

El paredón de las ejecuciones estaba al fondo del patio trasero de la cárcel. Supongo que los vecinos, si los había, escuchaban día y noche los gritos de los torturados y las descargas de los fusilamientos. Por la noche había lloviznado y los charcos brillaban como espejos negros en el suelo de tierra. Aspiré profundamente el aire frío, que todavía olía al humo de los incendios y a pólvora; el dolor punzante entre las costillas rotas fue casi placentero, un signo de que todavía estaba viva. Habían vuelto los pájaros, los oí en la cercanía y pensé que trinaban para mí. Un perro ladró al otro lado de la muralla y me pregunté qué habría sido de la Covadonga. Sentí la humedad del suelo traspasando las suelas de mis botas, estaba temblando de frío y de miedo, apreté las mandíbulas tratando de disimular el castañeteo de los dientes.

Los hombres me habían amarrado las manos a la espalda, pero no les permití que me arrastraran de los brazos.

—Suéltenme. No necesito ayuda para esto —les dije, y me hicieron caso sorprendidos, tal vez no estaban acostumbrados a fusilar a mujeres.

Era un patio largo y en el centro había un grueso poste teñido de sangre: el poste de los castigos, donde tres días antes habían azotado a los opositores de Balmaceda y ahora servía para martirizar a quienes lo habían apoyado. Pasé de largo procurando no pensar en nada de eso, necesitaba imaginar solamente a Eric a mi lado, a mi Papo al otro, a mi mamá delante rezando por mí, a la Virgen de Guadalupe y su promesa de que iba a morir en un suspiro, sin dolor. Tropecé un par de veces en el suelo resbaloso de barro, pero los hombres que me conducían no intentaron sujetarme, se mantuvieron detrás de mí a un par de pasos de distancia.

Caminé hacia el fondo, donde estaba el pelotón de fusilamiento esperándome, cinco soldados y un oficial, y me detuve cerca del paredón salpicado de sangre fresca. Tiritaba presa de un terror visceral, empapada de sudor helado. Durante la noche me había resignado a mi suerte, pero en esos instantes finales me fallaba el coraje. Murmuré como una plegaria las palabras de mi Papo: «La cabeza en alto, princesa, siempre en alto».

A una orden del oficial, uno de los guardias se aproximó con un trapo para vendarme los ojos.

—No me toque, soldado —le dije, y me sorprendió la firmeza de mi voz, porque sentía el cuerpo sin huesos, aguado, a punto de deshacerse.

—¿Está segura? —me preguntó el oficial.

—Segura —respondí.

El oficial vaciló unos instantes antes de asentir con un gesto y el guardia retrocedió con la venda en la mano. Me pusieron contra el paredón.

—¡Apunten! —exclamó el oficial con la espada en alto, y vi cómo los cinco fusiles se levantaban al unísono, cinco huecos negros, y cerré los ojos.

—¡Fuego! —gritó el oficial.

Lo último que escuché antes de desplomarme fue el estruendo de los fusiles. Nada más, ningún dolor, solo oscuridad y vacío.

14

Nadie pudo evitar la revancha en Santiago. Al repique de las campanas anunciando el fin de la guerra civil, la población salió en masa a celebrar la caída del tirano vociferando consignas e insultos a pulmón partido, un estruendo amenazante de cientos y cientos de gargantas pidiendo la cabeza de Balmaceda. El indeciso general designado por el depuesto presidente para resguardar el orden y asegurar una transición del poder dentro de la ley no fue capaz de hacerlo, porque le falló el carácter y no tuvo ayuda; hasta la guardia del palacio había huido y solo contaba con algunos policías que no se atrevían a salir porque el populacho los agredía a pedradas.

El centro de la ciudad y la plaza frente al palacio de La Moneda fueron invadidos por una multitud febril proveniente de los arrabales, de los barrios modestos y de algunas mansiones de opositores, vertiéndose desde las calles adyacentes como un mar de trapos rojos y banderas, de ponchos, sombreros cónicos de paja, mantos y harapos, hábitos negros de monjas y curas extáticos, chisteras y corbatas, todos mezclados, muchos enarbolando palos, bastones y cuchillos.

El júbilo fue creciendo sin que ninguna autoridad quisiera controlarlo y se desbordó en ansias de golpear, vejar, quemar y destruir. Soltaron a los presos políticos de Balmaceda y las celdas se llenaron con los nuevos presos políticos de la Junta. Los delincuentes comunes salieron por la puerta principal y se unieron a la turba.

Por fin ese invierno trágico empezaba a retroceder, y a media mañana brillaba el sol; entonces empezó el saqueo muy bien organizado. Iban en grupos, irónicamente llamados comisiones, con un jefe a la cabeza, montado a caballo, tocando una campanilla para anunciar su presencia y con una lista de casas, negocios y oficinas de los partidarios del Gobierno. Estas bandas estaban compuestas por miembros de la Hermandad de San José, grupos de choque del clero y los conservadores, presos comunes, maleantes, voluntarios que figuraban como «personas decentes» y «guardianes del orden», también algunos bomberos y curas que se apropiaban de las mejores obras de arte para sus iglesias. Contaban con carretones y coches de servicio público para desplazarse por la ciudad y transportar el botín. Decían que las mujeres de la oligarquía y los sacerdotes habían ayudado a formar esas listas, las mismas personas que celebraban con champán y misas la derrota del Gobierno. Llevaban instrucciones precisas de dejar las casas particulares inhabitables: aquí pueden robar, pero no quemen nada, aquí pueden quemar, pero salven los documentos, aquí pueden romper y llevarse lo que quieran, aquí vamos a incendiar todo no más. A los residentes había que humillarlos y asustarlos, pero respetarles la vida, y algunos debían ser arrestados.

Tenían marcadas las casas que iban a saquear, especialmente aquellas de quienes habían participado en el poder. Irrumpían blandiendo hachas y garrotes, tiraban a la calle muebles preciosos y los despedazaban, decapitaban estatuas, rajaban a cuchillazos cuadros irreemplazables, incendiaban las casas y quemaban en piras infames lo que se libraba del hacha, incluso libros de colección y ejemplares raros de las bibliotecas. Pero las víctimas no fueron solo de la clase alta, el saqueo se prestó en todos los niveles sociales para venganzas mezquinas, para ventilar resentimientos y envidias acusando a otros de haber colaborado con el Gobierno. No era necesario presentar pruebas, la sospecha bastaba. El cochero de Paulina del Valle tuvo que esconderse mientras destruían su modesta vivienda y mataban a su perro. Lo acusó su cuñado, con quien se había enemistado por una deuda insignificante.

Las comisiones se presentaron ante la Legación de Estados Unidos a los gritos de «¡Muerte a Balmaceda!». A Patrick Egan se le despertó el guerrero irlandés que llevaba años subyugado esperando su oportunidad y salió rojo de furia acompañado por dos de sus hijos a enfrentarse sin armas con el exaltado populacho en su español masticado.

—¡Balmaceda no estar aquí! ¡Si estar jamás yo lo entregaría! ¡Irse de aquí, canallas! ¡Esta ser legación diplomática! ¡Para entrar van a pasar encima de yo! ¡Ese día ya no haber más Chile! —Y ante ese extranjero iracundo los asaltantes retrocedieron.

Los congresistas refugiados que habían permanecido durante meses en las legaciones extranjeras salieron a reunirse con sus familias y los que se escondieron lejos de la capital anunciaron su regreso, mientras que los nuevos perseguidos pedían asilo en las mismas legaciones y ocupaban las camas todavía tibias de sus adversarios políticos.

Dos días después las tropas triunfantes hicieron su entrada en la capital en medio de un festival delirante de vítores y cohetes, marchas militares y repique de campanas de todas las iglesias anunciando la caída del Anticristo, el tirano que había impuesto el matrimonio civil, la igualdad de huachos e hijos legítimos y la promiscuidad en los cementerios entre muertos católicos y herejes. La Junta se dispuso a ocupar el palacio de La Moneda. Por la noche se logró establecer algo de orden en aquella parranda de furia, la plebe cansada empezó a retirarse, los vándalos organizados y los borrachos frenéticos se dieron por satisfechos y ese día 29 de agosto terminó con una triste luna menguante asomando en el cielo entre el humo que impregnaba el aire. Los bomberos se dieron a la tarea de combatir los incendios y los nuevos policías recién reclutados salieron a patrullar las calles, pero el saqueo continuó durante un par de días más en los que el furor se ensañó con las casas de préstamos, las licorerías y los almacenes.

Por último, cuando el cansancio pudo más que la rabia, la ciudad recuperó algo de normalidad y entonces emergieron tímidamente los civiles de sus madrigueras a evaluar la inmensa destrucción, limpiar los escombros, lavar la sangre de las calles, quemar las carcasas de animales y enterrar los cadáveres. Quedó flotando en el ánimo de todos una vaga sensación de vergüenza por tanto odio inexplicable.

Paulina del Valle, que había permanecido atrincherada en su palacete durante meses, se echó encima la opulenta capa de piel y salió del brazo de su marido a medir la magnitud del descalabro y a ofrecerle su hospitalidad a la madre de Balmaceda. Encontró la casa de su amiga con puertas y ventanas abiertas, saqueada hasta el último rincón, con el fino mobiliario francés y el piano de cola destrozados en medio de la calle y el busto de mármol de su hijo colgando de un farol. Una empleada aterrorizada le informó que la señora se había asilado, pero no sabía dónde, y lo mismo había hecho el resto de la familia del presidente.

—Hay que hacer algo, Frederick —dijo Paulina, pensando que en la confusión y la violencia de esos meses bien podría haber sido ella quien sufriera la suerte de su amiga.

—¿Qué propone, querida? —le preguntó él.

—De partida, hay que limpiar esta casa, reparar puertas y ventanas, hacer un inventario de los muebles que se salvaron, en fin, usted verá cómo podemos ayudar a mi amiga.

Frederick Williams, imperturbable y eficiente como siempre, cumplió las instrucciones de su mujer. Supongo que la casa habría de permanecer cerrada durante años, hasta que su dueña o sus descendientes pudieran volver a ocuparla. Para entonces el eco de la guerra civil se habría desvanecido en la mala memoria colectiva, Balmaceda tendría una estatua en una plaza principal y sus partidarios habrían vuelto del exilio para reincorporarse a la política. Mi Papo me había enseñado que así sucede a menudo en la historia de los pueblos. Sospecho también que si Balmaceda tenía razón, el régimen parlamentario habría fracasado y los diez mil muertos serían una nota al pie de página en el relato de lo ocurrido en ese fatídico año 1891.

No me mataron. Tal vez se me detuvo el corazón y estuve muerta durante breves instantes, no lo sé. El primer indicio de que aún estaba en este mundo fue el eco de risas que venían de muy lejos, del otro lado del mar, risas sin alegría, risotadas de burla. Abrí los ojos tirada sobre la tierra enrojecida por la sangre de otros condenados y vi al pelotón de soldados con las armas todavía en las manos, apuntándome y riéndose a carcajadas.

—Hoy no te toca, gringa de mierda. Prepárate para morir mañana —dijo el oficial.

Habían disparado tiros de salva.

No fui la única en pasar por esa agonía inútil. El asesinato brutal de Rodolfo León, a quien golpearon con saña, le partieron la quijada de un balazo y el cráneo de un garrotazo antes de matarlo a tiros, produjo una reacción en cadena entre los corresponsales extranjeros, que enviaron la noticia a sus países. Los congresistas habían acusado a Balmaceda de censura y apenas tomaron el poder procedieron a destruir imprentas y editoriales y a arrestar a periodistas que habían apoyado al Gobierno anterior. En menos de veinticuatro horas, cuando los detalles truculentos de la muerte de Rodolfo León aparecieron publicados en varios países de Europa y Estados Unidos, los embajadores de esas naciones protestaron ante la Junta Revolucionaria y ante el general que ocupaba temporalmente el sillón presidencial. La Junta estaba decidida a reprimir a la prensa chilena que se opusiera a sus designios, pero necesitaba establecer su frágil legitimidad ante los ojos del mundo; no le convenía enemistarse con los corresponsales y deteriorar su imagen afuera. Varios periodistas que habían sido arrestados y esperaban ser ejecutados en cualquier momento fueron liberados después de recibir el castigo que sus captores estimaron necesario y la advertencia de que no habría consideración con ellos en el futuro. Algunos fueron «fusilados» con salvas por cruel diversión, como yo.

A mí no me soltaron porque estaba impresentable, inmunda, golpeada, encostrada de sangre seca, encorvada como una anciana y respirando a sorbitos a causa de las costillas rotas. Era una de las pocas mujeres de la prensa y además gringa; habría llamado demasiado la atención, supongo que no sabían qué hacer conmigo y esperaban instrucciones. Me dejaron en la misma celda y el soldado de la cara quemada me trajo una manta, comida y un tazón de té negro.

—No se asuste. Oí que no la van a fusilar mañana tampoco —me dijo en un susurro.

Pero no tuve que esperar hasta entonces, porque al atardecer vinieron a buscarme. El mismo oficial que esa mañana estaba esperándome frente al paredón entró en mi celda acompañado por otro hombre que traía una jarra y un atado de ropa. Se dirigió a mí en tono formal y respetuoso, como si nada de lo anterior hubiera ocurrido.

—Le trajimos agua y jabón para lavarse, señorita. No conseguimos un vestido de su tamaño, pero al menos puede cambiarse la ropa interior y quitarse ese delantal —me dijo.

—¿Quiere que me arregle antes de que me maten? Entonces tráigame un sombrero con plumas —le respondí, envalentonada por lo que me había adelantado el otro guardia.

—Tiene visita —me contestó secamente.

Después de que me lavara, me condujeron por un pasillo, abrieron la puerta metálica y al otro lado estaba Eric, demacrado, ojeroso, con la chaqueta tan arrugada como si hubiera dormido en ella. No pude moverme, pero él avanzó y me recogió en sus brazos murmurando mi nombre, creo que estaba llorando. A su lado vi a Frederick Williams, impecable en un traje de viaje con parches de cuero en los codos y una gorra de tweed. Me llevaron entre los dos hasta el coche que esperaba en la puerta. Entonces oí un breve ladrido y vi que la Covadonga estaba en la calle y nos había seguido. Esa perra fiel me había esperado durante todo ese tiempo; tal vez pasó varios días sin comida ni agua.

—¿Y este perro? —preguntó Frederick.

—Es mía —murmuré con voz apenas audible.

Eso le bastó a Frederick —amante de los perros— para invitar a la Covadonga a subir al coche. La pobre perra estaba en los huesos y cubierta de pulgas. Se encogió a mis pies, extenuada, jadeando de sed, mientras nos dirigíamos a la estación del tren.

Durante mi encierro, el tiempo se distorsionó, los minutos parecían horas y sentí que había estado varios meses en el calabozo del ratón. Eric consiguió encontrarme porque se plantó frente a la cárcel con la determinación de los enamorados hasta que alguien le dijo que había una gringa alta y desarrapada en uno de los calabozos. Me contó que era un guardia bajito con la cara deformada y supe que era el mismo que se compadeció de mí. Al comprender que no iba a conseguir nada sin ayuda, Eric mandó un telegrama al embajador Patrick Egan explicando mi situación y después recurrió a un capitán de fragata con quien había jugado incontables partidas de naipes en el norte. La Junta Revolucionaria lo había puesto a cargo de la gobernación marítima de Valparaíso. Eric alegó que yo era ciudadana americana, periodista y, lo más importante, miembro de la familia Del Valle.

Calculo que mientras Eric se presentaba ante su amigo, yo estaba siendo juzgada por el consejo de guerra que me condenó a muerte; sin la intervención providencial de ese capitán, el pelotón de fusilamiento habría empleado balas de verdad. También gracias a él, que le dio a Eric una carta con sus instrucciones para llevar a la cárcel, me soltaron cuando fue a buscarme.

Yo estaba tan aporreada que me dejé conducir al tren sin hacer preguntas. Durante varias semanas los trenes se habían destinado a fines militares, pero la guerra había terminado y Frederick Williams logró que agregaran un vagón de primera clase. ¿Cómo lo hizo? No sé si mediante misteriosas conexiones con las nuevas autoridades o simplemente con dinero. Por dentro, el carro era de fina madera, alfombrado, con lámparas de gas, cortinas con borlas y sillones de felpa verde capitoné, como el salón de fumar en un club inglés. Éramos los únicos tres pasajeros, atendidos por un mozo que, obedeciendo instrucciones de Frederick, colocó un tazón de agua frente a la Covadonga. La perra bebió y bebió de forma interminable. El mozo instaló una mesa de mantel largo y nos sirvió tres platos, vino y postre. Me abalancé sobre la comida con la voracidad de cuatro días de hambre, compartiéndola con la Covadonga, y después me puse a llorar de fatiga y alivio. Eric trató de calmarme con abrazos y una cantinela de palabras de consuelo, mientras Frederick Williams seguía impasible fumando su pipa hasta que se me acabaron las lágrimas.

—¿Adónde vamos? —pregunté cuando al fin me salió la voz.

—A Santiago. Le ruego que acepte nuestra hospitalidad, Emilia. Usted necesita descanso y cuidado —replicó el inglés con amabilidad.

Me informó que al recibir el telegrama de Eric, el embajador Patrick Egan se comunicó con Paulina del Valle. Tal como yo había supuesto, el embajador estaba agobiado por sus nuevos refugiados y negociando una tregua con la Junta Revolucionaria, que lo consideraba su enemigo declarado. No podía ocuparse personalmente de mi caso, pero ofreció darme asilo en la legación apenas me rescataran de la cárcel. Paulina del Valle rechazó esa sugerencia de plano, porque para eso yo tenía familia y ella tenía conexiones. Ya no era una huacha, era la hija reconocida de Gonzalo Andrés del Valle, mi lugar estaba en su casa.

—La situación política todavía es muy inestable, señor Williams. Creo que Emilia estaría más segura en la legación —intervino Eric.

—En nuestra casa nadie se atrevería a tocar a la señorita Emilia, señor Whelan. A pesar de que estábamos en la oposición, pasamos los meses de la guerra civil sin ser molestados por el temible aparato de seguridad del Gobierno. Ahora Paulina tiene una situación privilegiada entre los congresistas —nos explicó Frederick Williams.

—Se lo agradezco mucho —le dije.

—Por supuesto, la invitación también es para usted, señor Whelan —agregó el inglés.

Estuve muy enferma durante dos semanas orinando sangre y con un ronquido de tigre en el pecho, pero muy bien cuidada en el palacete de Paulina y Frederick. Al llegar me dieron un baño y vieron que tenía el cuerpo lleno de moretones color púrpura que demorarían semanas en desaparecer, y además tenía piojos. Me envolvieron la cabeza en una toalla con vinagre durante un par de horas y después una de las pacientes mucamas me quitó los bichos muertos con un peine especial. También tuvieron que bañar a la Covadonga, que no se despegaba de mi lado y dormía en mi cama. Al mastín de Frederick y al perrito lanudo de Paulina no les gustó nada la atención que recibía mi perra.

El médico de la familia, que había estado asilado en una legación desde el comienzo de la guerra civil en enero y al fin estaba libre, vino a verme a diario. Me recetó los mismos remedios caseros que usaba mi mamá —cataplasmas calientes de hierbas medicinales, limonada con ron, infusión de corteza de sauce— y me ordenó guardar reposo hasta que sanaran las costillas rotas.

Me asignaron una habitación con vistas a la cordillera de los Andes y una cama de cortesana con cuatro pilares y un baldaquino de brocado y flecos. Paulina quiso contratar a una enfermera para que me atendiera, pero todas estaban ocupadas con los pacientes de la guerra, que se iban muriendo día a día de gangrena, y tuvo que resignarse a los servicios de una monja.

A Eric le dieron una habitación en el otro extremo de la mansión, un poco menos lujosa que la mía, pero muy cómoda. No estábamos casados y era impropio que actuáramos como amantes; la monja siempre se hallaba presente cuando él venía a verme. Casi nunca estuvimos solos en ese hogar, pero no importó demasiado porque yo no estaba en condiciones de pecar de lujuria.

Creo que no le hice falta a Eric, porque él estaba ocupado reportando para el *Examiner* sobre la transición de poder en Chile. Tuvo la generosidad de firmar sus informes con el nombre suyo y el mío para recordarle a Chamberlain que yo también era su corresponsal. Para las horas de ocio encontró un compañero ideal en Frederick Williams, quien se encargó de llevarlo a cazar patos y a beber whisky con los caballeros de buena estirpe en su club. Descubrieron que tenían mucho en común.

Al principio, Paulina del Valle se asomaba a la puerta de mi pieza de vez en cuando a preguntar por mi salud, pero cuando me bajó la fiebre empezó a visitarme, a menudo acompañada por su nieta Aurora. La niña fingía leer o dibujar, pero no perdía palabra de nuestra conversación. Era mucho más lista de lo que su abuela pensaba. Las visitas se hicieron más largas y frecuentes, tomábamos té con pastelitos mientras ella me interrogaba. Quería saber de mi madre, de mi Papo, de mi vida en

San Francisco, incluso sobre las conversaciones que alcancé a tener con Gonzalo Andrés del Valle. Se me ocurre que intentaba asegurarse de que yo no era una impostora, que él era mi verdadero padre. Apenas me sentí más fuerte comencé a preguntar a mi vez y fue como abrir la caja de Pandora. Esa mujer petulante y desconfiada empezó a contarme de su familia, de su vida, de su primer marido, con quien compartió una gran pasión de forajidos, como dijo, de cómo hizo su fortuna con el hielo en California y cómo la estaba duplicando con sus viñas en Chile.

—Le propuse a Gonzalo Andrés que se hiciera cargo de mi negocio de vinos, pero era un haragán, como todos estos señoritos que no saben ni limpiarse el culo —me dijo con su desfachatez habitual.

Las familias de la aristocracia chilena son clanes cerrados y los asuntos de familia son sagrados; la consigna inviolable es que la ropa sucia se lava en casa, como dicen. Paulina acabó por aceptarme como una Del Valle más, de otro modo jamás me habría contado los secretos de su extenso clan. Supe, por ejemplo, que no soy la única huacha, porque varios hombres Del Valle han sembrado hijos ilegítimos que no reconocen y tampoco ayudan a las desafortunadas madres. En una ocasión en que estábamos solas me confió que el padre de Aurora era su hijo mayor y que, tal como hizo su sobrino con Molly Walsh, sedujo a una muchacha en San Francisco y la abandonó.

—Pero Aurora no es huacha, porque uno de mis sobrinos sacó la cara por la familia, se casó con la madre y le dio nuestro apellido.

—¿Por qué la niña vive con usted? —le pregunté.

—Su madre murió en el parto y su padre, mi hijo, murió de una rara enfermedad. Los abuelos maternos la tuvieron por un tiempo allá en California y después me la entregaron a mí. Yo la estoy criando.

—¿Y qué pasó con el sobrino suyo que se casó con la madre de Aurora?

—Lo convencí de que la chiquilla está mejor conmigo. Él se casó, tiene muchos hijos y sigue aumentando su manada. Su mujer vive preñada, pero eso no le impide ser la persona más interesante de la familia. Maneja al marido y a los hijos con el dedo meñique, pero lo hace con dulzura y sentido del humor. Es clara de pensamiento y generosa de corazón: se parece mucho a mí —me dijo sin asomo de modestia.

Además de las costillas quebradas y los riñones machucados, tuve pulmonía, que suele ser fatal, pero me había criado en el patio de tierra de El Orgullo Azteca con las gallinas y los perros, y eso me hizo inmune a los males que suelen matar a otros. Me repuse con más rapidez de la usual en estos casos, dejé de botar sangre y toser como una tísica y pude salir de la cama y pasear en el jardín con la Covadonga, pero admito que no me sentía fuerte.

—En vista de que no te vas a morir, Emilia, ha llegado el momento de informarte sobre la herencia que te dejó tu padre —me anunció Paulina.

—¿Herencia? —le pregunté sorprendida.

—No te hagas ilusiones, es una miseria. Como ya sabes, Gonzalo Andrés dilapidó la fortuna que recibió de su padre.

Me explicó que el único bien terrenal de Gonzalo Andrés del Valle era un pedazo de tierra en el sur profundo, en las faldas de la cordillera. Quedaba muy lejos, no había caminos, solo senderos de mulas, y era territorio de indios. Los blancos que vivían por esos lados eran colonos austrohúngaros, que junto a alemanes y franceses llegaron a Chile cuarenta y tantos años antes mediante una ley de inmigración selectiva. La idea era poblar el sur con profesionales y artesanos extranjeros que llevaran civilización y progreso adonde los chilenos todavía eran reacios a instalarse. Entre líneas estaba muy claro que además se trataba de blanquear el color de la raza y combatir la tendencia nacional al despilfarro y la pereza. Lo estaban consiguiendo, según Paulina. Les dieron una tierra que los mapuches consideraban suya desde hacía varios siglos y ellos la expandieron mediante sobornos de alcohol y compras fraudulentas a precio de ganga. Tampoco les faltaban pretextos para eliminar a los indígenas a tiros cuando lo demás fallaba.

—Los mapuches asaltan las fincas de los colonos, les queman los sembradíos y les matan los animales —me dijo.

—Con razón, ¿no cree? Es su manera de hacerse justicia —argumenté.

—¿Quién te dijo que hay justicia en este mundo? Los fuertes siempre ganan y los más débiles se joden —concluyó Paulina.

Agregó que seguramente el terreno de mi padre no estaba colonizado por la lejanía y porque no servía para sembrar ni para mantener ganado, no pudo venderlo y con el tiempo se le olvidó que lo tenía. Pero al revisar sus papeles, Frederick Williams descubrió el título de propiedad. Eran cincuenta hectáreas cerca del lago Pirihueico, en la provincia de Valdivia. Yo era su única descendiente reconocida y por lo tanto su única heredera.

—Supongo que no te interesa, Emilia, pero eso es tuyo y si algún día adquiere algún valor, que lo dudo, podrás venderlo. Cincuenta hectáreas en esa vastedad salvaje es lo mismo que nada. Nadie en esta familia te lo va a disputar, ni siquiera saben que existe y no seré yo quien se lo diga —agregó Paulina.

Lo primero que me vino a la mente fue la obsesión de mi mamá con el asunto de la herencia que yo debía recibir de mi padre. La noticia le iba a encantar: su hija era una legítima terrateniente aristocrática en Chile. Las vicisitudes de la guerra, las palizas, los huesos rotos y la broma macabra de su ejecución por fusilamiento habían valido la pena. Esa misma noche le escribí para contárselo y no me pareció necesario decirle que la finca quedaba en el fin del mundo y no servía para nada. Aquel inesperado golpe de suerte sería la cura definitiva del reconcomio de mi madre; podría librarse para siempre del recuerdo amargo de su primer amor.

No volví a pensar en aquel lugar remoto, que por azar me pertenecía, hasta mediados de septiembre, cuando el doctor consideró que me había recuperado lo suficiente para dar un paseo. Me haría bien el aire puro de la primavera que llegaba con su cortejo de abejas y capullos en flor a celebrar las fiestas patrias y a contribuir a la dicha del nuevo Chile, libre del largo invierno de la dictadura y de la guerra civil, como declamó en tono emocionado aquel médico. Tenía una manera lírica de expresarse que no llamaba la atención en ese país donde los poetas se daban por todas partes, pero que resultaba difícil de conciliar, porque los mismos chilenos que tanto amaban la poesía podían ser sanguinarios. Cuando se lo comenté a Paulina del Valle me contestó que los rusos eran iguales.

—Conocí a varios en San Francisco. Antes venían a vender pieles, pero después llegaron por el oro. Te digo, Emilia, eran unos bárbaros capaces de la mayor brutalidad, pero lloraban con canciones románticas.

Apenas sospechó que yo no me iba a morir, Paulina se movilizó entre sus parientes para conseguirme un ajuar adecuado a la estación, porque había llegado a su casa sin más que lo puesto. Mientras yo tiritaba como un pollo en cama, las mujeres del clan Del Valle desfilaron trayendo ropa de regalo. Paulina instaló a una costurera para alargar las faldas y las mangas, pero no pudo encontrar zapatos femeninos de mi tamaño. Cuando me recuperé lo suficiente para vestirme, tuve que usar tenidas primorosas de organdí y sombreros alegres de pajilla con mis aporreadas botas, mientras un zapatero me hacía un calzado más presentable.

—Arréglate, Emilia. Vamos a ir a hacerte un retrato adonde el maestro Juan Ribero. Es muy famoso. Las botas no se verán, vamos a taparlas con la falda —me anunció la matriarca.

—¿Quiere tener un retrato de mí? —le pregunté extrañada.

—No es por cariño. Todavía no te lo has ganado. Es para acordarme de tu cara cuando te vayas. Entonces vas a ser el único miembro de la familia fuera de mi órbita —replicó.

—Es decir, que no podrá mandarme —le comenté con burla.

—Exacto, California queda muy lejos —me respondió seriamente.

La fotografía no había progresado mucho desde mi primera experiencia posando con un arpa polvorienta en el estudio del holandés de San Francisco. En Chile ya circulaban las imágenes de las recientes batallas, hechas después de que el tiroteo callara y solo quedaran los muertos posando inmóviles para siempre. Campos desolados, humeantes, cadáveres de hombres y animales, armas abandonadas, escombros y ruina. Tal vez algún día la cámara podrá captar la acción. Eric trajo unas fotografías a casa y Paulina no permitió que cayeran en manos de Aurora, porque no tenía edad para ver eso, pero nada escapaba a la curiosidad y la astucia de esa niña. Insistió en acompañarme al estudio, donde don Juan Ribero nos inmortalizó tomadas de la mano, con vestidos casi idénticos y ojos asustados.

El 18 de septiembre, día que se conmemora la independencia de Chile, la ciudad despertó temprano con un escándalo de campanas llamando a misa y un ánimo festivo de parranda y patriotismo. Banderas chilenas y banderines rojos de la Junta flameaban en casas y edificios públicos, en las plazas se levantaron improvisados tenderetes de vendedores de alcohol y comida, se organizaron rodeos y carreras de galgos, la población se vistió de fiesta y salió en masa a emborracharse y bailar cueca al son de las guitarras. Desde temprano acordonaron las calles principales para el desfile militar; los soldados que no estaban mutilados o agonizando desfilaron con el paso de ganso copiado de los prusianos, seguidos por levas de niños harapientos y perros callejeros.

Toda la «gente bien», como se llamaba a sí misma la clase alta, asistió al tedeum de varios obispos con paramentos de gala y coros de niños celebrando el triunfo de Dios contra los liberales, de la libertad contra la opresión, de los defensores de la patria contra los traidores balmacedistas. Asistieron los generales de la Junta con los pechos cubiertos de medallas que ellos mismos se habían adjudicado, el cuerpo diplomático y toda la gente de importancia y finos apellidos. Se esperaba que el padre Restrepo se luciera con uno de sus sermones apocalípticos que dejaban a los feligreses sudando de terror —era un gran propagandista del infierno—, pero por fortuna enfermó del estómago y no pudo asistir.

—Dicen que se envenenó con caldito de pollo y está echando las tripas por la boca y por el culo. Se lo merece. Cura maldito —fue el comentario de Paulina.

La matriarca se dio el gusto de saltarse la misa, pero Frederick, que se decía anglicano, asistió en representación de la familia. A quien preguntara, le dijo que su mujer estaba indispuesta, pero dos horas más tarde ella se paseaba sin disimulo por la calle.

Paulina y su cortejo, es decir, su marido, Eric, su perrito, la Covadonga y yo, salimos en coche a recorrer las ramadas de tablas y paja donde vendían vino tinto adulterado y empanadas, que según Paulina estaban rellenas con carne de gatos callejeros. Eran sabrosas y ella se comió dos. Después presenciamos el desfile militar. Desde un lugar de honor el presidente de la Junta exaltó los valores patrióticos y su victoria en la guerra, pero el megáfono desfiguraba la voz y le entendimos muy poco. Toda esa furiosa actividad me dejó extenuada y volví con gusto a echarme en la cama. Eric vino a visitarme mientras la monja tejía calcetas para los huérfanos y nos vigilaba con un ojo desde su sillón.

—Estoy pensando en ir al sur —le dije a Eric. Era una idea que me daba vueltas en la mente desde hacía varios días.

—¿Adónde, exactamente? —me preguntó.

—A un lugar que queda cerca de un lago llamado Pirihueico. Allí está mi finca y quiero conocerla. Bueno, no es una finca, es nada más que un terreno. Nunca había tenido nada y resulta que ahora tengo eso. ¿Cómo no voy a ir a verlo?

—¿Para qué? ¿Y cómo piensas llegar hasta allá? —me preguntó.

—Lo voy a averiguar. No tengo ningún sentido de la orientación ni experiencia en viajes de exploración, pero podemos conseguir ayuda —le aseguré.

—Hablas en plural, pero yo no pienso ir a enfrentarme con indios enojados y pumas.

—Entonces tendré que ir sola —le dije.

Creo que él sentía la misma curiosidad que yo por conocer el sur. A pesar de que en Chile solo habíamos visto guerra, el país nos había cautivado a los dos. Esa misma noche nos reunimos con Frederick Williams en la biblioteca del palacete, donde las colecciones de libros empastados que nadie había leído tapizaban las paredes, y nos enfrascamos en la tarea de planear un viaje adonde el diablo perdió el poncho, como lo calificó Paulina. Frederick pudo señalar la ubicación exacta de la tierra que me pertenecía y la marcó con un círculo rojo en el mapa.

Al día siguiente, cuando estábamos tomando el chocolate del desayuno en la galería de los pájaros, nos llegó el rumor que ya circulaba por toda la ciudad. Eric y Frederick salieron a verificarlo y regresaron muy pronto con la trágica noticia de que el presidente Balmaceda se había suicidado en la Legación de Argentina.

---

19 de septiembre de 1891

EL SACRIFICIO
Por Emilia del Valle

Hoy por la madrugada muere de un tiro en la sien el presidente de Chile, José Manuel Balmaceda, que delegó el mando de la nación ante la victoria de la Junta Revolucionaria en la guerra civil. La última batalla, librada cerca del puerto de Valparaíso el 28 de agosto, pone fin a la contienda que ha desgarrado el país durante ocho meses y ha dejado un saldo de diez mil muertos.

Después de poner a salvo a su familia, Balmaceda se asila en la Legación de Argentina la misma noche de su derrota. Su amigo, el ministro argentino don José Evaristo Uriburu, le ofrece refugio sin imaginar las consecuencias. Desde una pequeña habitación del segundo piso, su huésped presencia el saqueo de la ciudad de Santiago, incluso la casa de su madre, por muchedumbres enardecidas que piden su cabeza. Se sospecha que está escondido, pero no se sabe dónde. El ministro guarda el secreto, pero la situación se le hace muy difícil, teme que la chusma ataque la sede diplomática, tal como intenta asaltar la Legación de Estados Unidos, donde el embajador norteamericano, Patrick Egan, se enfrenta solo a la muchedumbre y le impide la entrada a riesgo de su vida.

Pasan los días de angustiosa espera sin que se vislumbre una salida honorable para el refugiado, quien ocupa sus horas solitarias en escribir cartas, redactar su legado político y leer los periódicos que lo insultan, lo amenazan, lo llaman el tirano, el dictador, lo acusan de todos los males que sufre Chile. Al principio su intención es entregarse para ser juzgado y tener la oportunidad de defender a su Gobierno y su persona, pero cambia de parecer al comprobar que la revancha despiadada de los vencedores alcanza tanto a sus colaboradores como a modestos funcionarios públicos, policías y militares que cumplían con su deber en el Ejército. Sabe de sus amigos presos, torturados, humillados; escucha los tiros lejanos de los fusilamientos. Decide que no puede someterse a los vejámenes de quienes piden su muerte y desean borrar de la historia los logros de su Gobierno.

El ministro Uriburu no trata de obtener un salvoconducto, porque Balmaceda considera que escapar del país como un prófugo es un acto de cobardía indigno de su cargo como presidente electo de Chile. Pero el secreto empieza a ser un rumor incontenible y las nuevas autoridades presionan al diplomático para que entregue a su huésped. Su negativa puede provocar un grave incidente internacional.

Aislado, desilusionado, triste y consciente del dilema, el presidente comprende que su presencia es muy comprometedora, que pone en peligro a su generoso anfitrión y que no debe prolongarse. No hay una salida honrosa para él, el único desenlace posible es sacrificarse y así lo decide el 18 de septiembre, día en que termina su mandato presidencial.

El ministro Uriburu regresa del teatro, pasa a darle las buenas noches a su huésped y lo encuentra tranquilo, casi jovial. Es pasada la medianoche y el presidente se prepara para su último acto con la calma y el cuidado que pone para todo. Deja cartas para despedirse de su esposa, sus hijos y sus amigos más íntimos. Se viste de etiqueta, le quita la llave a la puerta, se tiende en la cama, acerca el revólver a la sien derecha y aprieta el gatillo. La bala le perfora la cabeza.

El ruido del balazo despierta al ministro Uriburu, quien al entrar en la habitación ve sobre la cama el cadáver del presidente y en la mesa un grueso sobre. Es el testamento político de Balmaceda, escrito con pulso seguro, en el que defiende a su Gobierno y acusa a la Junta Revolucionaria de imponer un régimen arbitrario violando la Constitución y las leyes. Concluye diciendo que hay que confiar en el porvenir. «Si nuestra bandera, encarnación del Gobierno del pueblo verdaderamente republicano, ha caído plegada y ensangrentada en los campos de batalla, será levantada de nuevo en un tiempo no lejano, y con defensores numerosos y más afortunados que nosotros, flameará un día para honra de las instituciones chilenas y para dicha de mi patria, a la cual he amado sobre todas las cosas de la vida».

El sacrificio del presidente facilita la reconciliación entre chilenos. Ya circula un volante clandestino que lo llama mártir de la patria. Tal vez así pasará a la historia.

Supe los detalles de la muerte del presidente por Rufina, la mujer que cuidó a mi padre en sus últimos días, con quien llegamos a ser amigas. Cuando ella se enteró de que yo convalecía en la casa de Paulina del Valle, vino a visitarme varias veces, nunca con las manos vacías. Llegaba tapada con su manto negro con un canasto bajo el brazo. Entraba por la puerta de servicio, pedía permiso humildemente para verme y se sentaba a mi lado a rezar y a contarme chismes. No existían secretos para la servidumbre de las familias principales. Por mucho que procuraran proteger sus vicios y errores, todo se sabía un peldaño más abajo en la escala social. Rufina me traía dulces preparados por el cocinero de la legación, remedios de naturaleza tan eficientes como las cataplasmas e infusiones del médico, escapularios y estampas de santos milagrosos, calcetines de lana y otros regalos que yo no podía retribuir.

—Le prometí a su papá que la iba a cuidar, niña Emilia, y las promesas a los muertos son sagradas. Cuidarla no puedo, pero por lo menos acépteme estos pastelitos… —me decía.

Nunca me atreví a preguntarle si eran ciertos los rumores de que Balmaceda estaba asilado en la legación argentina, porque no deseaba obligarla a mentir, en caso de que fuera cierto, pero después del suicidio Rufina pudo hablar con libertad. Todo el mundo lo sabía ya, la noticia prendió como la pólvora y al amanecer se repartió en Santiago mediante la infalible red de rumores que conectaba a la gente, mientras el resto del país se enteraba por el telégrafo. De inmediato se sintió en el aire un cambio de ánimo. Los mismos que el día anterior pedían la cabeza de Balmaceda parecían un tanto avergonzados y contritos. Hasta los periódicos más radicales de los congresistas midieron sus palabras. Balmaceda se había redimido con su muerte.

El ministro Uriburu le había asignado a Rufina la tarea de atender al presidente, tal como antes lo hizo con mi padre. Ella le llevaba sus comidas, le preparaba el baño, le lavaba la ropa y hasta le cortó el pelo y le emparejó el bigote. Lo veía escribir y escribir de forma incansable, maravillada de que pudiera poner sus pensamientos en el papel sin vacilar, sin un borrón, sin corregir nada. El día anterior él le había pedido que le planchara la levita y su camisa más elegante, como si fuera a salir. Le dijo que al amanecer ya no sería presidente, porque habría terminado su mandato, y le deseó buenas noches amablemente, como hacía siempre. Rufina dormía muy cerca, separada por un tabique delgado de su habitación, y fue la primera en acudir cuando el eco del disparo reverberó entre las paredes de la legación. Minutos después irrumpió el embajador. Me contó, llorando, que el presidente estaba tendido de espaldas sobre la cama, la pierna izquierda doblada bajo la derecha, el revólver en la mano a la altura de la cabeza sobre la almohada y la bala incrustada en la pared.

—El ministro no dejó entrar a nadie más que a mí en la pieza hasta que llegó el médico y un juez. Levantaron un acta de la presunta muerte, así dijeron, no sé qué es eso. Yo no vi que levantaran nada. El caballero estaba muerto como una piedra —me dijo.

Se juntó una muchedumbre en las calles cercanas a la legación, pero nadie gritaba odiosas consignas, reinaba un silencio respetuoso. Esperaron todo el día. A las siete de la noche llegó un modesto carro de beneficencia, se detuvo un rato ante la puerta principal y después partió rumbo al cementerio. Un capellán salió a la calle a decirle a la gente que el presidente ya no estaba allí, que se dispersaran. Un rato después, cuando ya se había vaciado la calle, partió de allí un coche de alquiler en el cual llevaban los restos del presidente envueltos en una manta y sostenidos por dos agentes de seguridad. Habían apostado piquetes de policía en el trayecto para prevenir un posible ataque, pero nada ocurrió; el odio contra Balmaceda se había diluido como la sal en el agua. En el cementerio pusieron el cuerpo en un ataúd y lo depositaron en la tumba prestada por uno de sus partidarios. Eran las ocho de la noche.

El testamento político del presidente no cayó en manos de la Junta, que seguramente lo hubiera destruido. El original fue guardado en un lugar secreto por uno de sus amigos, pero las copias circularon de mano en mano ese mismo día y así es como pude escribir mi crónica para el *Examiner*. La paz y prosperidad retornaron a Chile para los vencedores de la guerra civil y para quienes los apoyaron. El resto de la gente tendría que esperar algunos años.

15

Eric y yo nos íbamos a casar a comienzos de octubre en la iglesia colonial de San Francisco, la más antigua de Santiago. En Chile el matrimonio civil era el único válido ante la ley, pero todavía el que realmente contaba era el religioso. Nadie se consideraba casado sin el sacramento; el clero y las mujeres se encargaban de que eso se cumpliera. Había gente que no era creyente, pero nadie usaba el término «ateo»; se consideraba un insulto.

En nuestro caso, nadie nos conocía, de modo que la ceremonia religiosa iba a ser íntima y sencilla, pero Paulina del Valle decidió anunciar oficialmente nuestro noviazgo, la «postura de argollas», como se llamaba, con una fiesta memorable. Compró dos alianzas de oro sin preguntar nuestra opinión e invitó a la flor y nata de la gente conocida y al clan Del Valle en masa. Llevaba muchos meses encerrada y quiso usar ese pretexto para abrir sus puertas y recordarle al mundo quién era ella. De paso, les presentaría a la hija de su sobrino Gonzalo Andrés del Valle, que en paz descanse. Nadie tenía por qué enterarse de que esa gringa pintoresca había sido acusada de ser espía de Balmaceda y rescatada de un calabozo justo antes de su ejecución. Bastaba con que yo llevara el apellido Del

Valle para que me aceptaran sin hacer demasiadas preguntas, al menos frente a frente. A espaldas de la matriarca había un huracán de insidia. La conversión religiosa del sobrino descarriado y su decisión de reconocer a esa hija forastera en el lecho de muerte era un bocado delicioso que todos saboreaban agregándole condimentos en cada recuento.

Frederick trató de disuadir a su esposa de llevar a cabo la fiesta, porque le parecía de mal gusto echar la casa por la ventana mientras tantas familias estaban de duelo, pero ella lo hizo callar con el razonamiento de que no era la única en plan de celebración, la sociedad había vuelto a la normalidad; se refería a su clase social, el resto de la gente no era sociedad, era mera población. Tal vez la única variante era que las tertulias culturales solían incluir mesas de espiritismo y tableros de ouija para convocar a los espíritus ausentes, a pesar de la prohibición eclesiástica. Cada familia contaba con una o más víctimas de la guerra civil.

La deslumbrante primavera había llegado a aliviar la pesadumbre del odio que oscurecía el ánimo del país. La represión de la Junta no se sentía en la clase social de Paulina, pero yo estaba enterada de lo que ocurría fuera de esos círculos por Eric, que se introducía en todas partes para mandar sus notas al *Examiner*. No sé cómo se las arreglaba para conseguirlas con la grave limitación de no hablar el idioma.

La idea de casarnos me inquietaba, porque mis padres no me perdonarían que lo hiciera lejos de ellos y con un hombre que escasamente conocían. Además, en mis veinticinco años nunca había sentido la tentación de convertirme en esposa y madre, el mundo estaba lleno de posibilidades y yo quería vivir en libertad durante un tiempo más, pero Eric se mostraba tan entusiasmado con el casamiento como Paulina. Le hice ver que necesitábamos tiempo para conocernos mejor, no podíamos tomar una decisión de esa magnitud impulsados por la pasión del momento, necesitábamos darle aire al amor.

—Nos conocemos desde hace casi tres años, según mis cálculos, y la amistad que tenemos es el fundamento más sólido para una pareja. Además, la bendición de un cura en Chile no tiene ningún valor en Estados Unidos. Si te resulto satisfactorio como marido, nos casamos allá. No es delito ni pecado casarse dos veces con la misma persona. Pero si te arrepientes más tarde, no lo hacemos y listo. Quedas libre. ¿Te parece? —me propuso Eric.

—No. No me parece. Esto no puede ser una farsa. Si nos casamos aquí o en cualquier otro rincón del planeta, da lo mismo. La intención es lo que vale.

—Yo tengo la intención de quererte para siempre —me dijo.

—Para siempre es mucho tiempo —repliqué.

—Mira, Emilia, esto es importante para doña Paulina. Sería una descortesía negarle este favor, se ha portado muy bien contigo.

—¡No nos vamos a casar para darle el gusto a ella! —exclamé.

—Casémonos para darme el gusto a mí —insistió sonriendo.

Y así seguimos argumentando por esto y aquello, que dónde íbamos a vivir, qué iba a ser de mi empleo en el *Examiner*, donde seguramente me despedirían porque no permitían parejas casadas y siempre era la mujer quien salía perdiendo; adiós a mi ambición de escribir, y si teníamos niños él seguiría haciendo su vida mientras yo estaría para siempre amarrada a la maternidad y las tareas domésticas, no habría más periodismo, viajes ni aventuras para mí, mi mundo se reduciría a cuatro paredes. Y le dimos más y más vueltas hasta que se me agotaron las razones y comprendí que el vacío en la boca del estómago no era consecuencia de la paliza en la cárcel de Valparaíso ni de las pesadillas de batallas y hospitales que me atormentaban por las noches, sino el peso de la incertidumbre. Me tentaba la idea de tener a ese pelirrojo de buen corazón por marido, pero no todavía. Estaba enamorada, pero no tanto como para acallar la voz interna que me susurraba una duda tras otra. Llegué al acuerdo con Eric de intercambiar alianzas de compromiso en la fiesta de Paulina, pero postergar el matrimonio hasta que pudiéramos hacerlo en California. Redactamos juntos la carta a mis padres. Eric les pidió mi mano formalmente y yo les pedí que fueran preparando la boda en la parroquia de La Misión, donde yo entraría del brazo de mi Papo escoltada por mi mamá y los tres bribones de mis hermanos. Mi Papo se daría el gusto de invitar a todo el vecindario como quiso hacerlo cuando se publicó mi primer libro de diez centavos bajo el nombre de Brandon J. Price.

La fiesta que ofreció Paulina del Valle fue un sarao a la chilena, nada de imitar a Versalles con un chef francés, como ella hubiera deseado, porque habría sido malinterpretado. Estaba de moda el patriotismo. Llenaron el palacete con ramos de flores, lo decoraron con temas autóctonos y banderitas tricolores, contrataron a músicos que tocaron canciones populares, hubo baile y comilona: profusión de carnes asadas, mariscos frescos, guisos de maíz tierno, quesos, dulces, frutas y vino tinto de las viñas de Paulina, servido por los empleados de la casa y mozos que fueron contratados de refuerzo. Frederick Williams organizó la velada a la perfección, definitivamente chilena pero sin alarde patriotero, abundante pero sin derroche escandaloso, refinada pero sin pretensión. Eso confirmó mi creencia de que en otra vida ese marido inglés había sido mayordomo.

Los invitados llenaron las salas de recepción y los dos comedores de la mansión. Paulina había conseguido mesas de diferentes tamaños y formas y mandó hacer manteles de lino para cada una. Eric y yo debíamos recorrer las mesas saludando a cada persona como si la conociéramos, mientras Paulina presidía la fiesta desde un sillón magnífico, que según decían era copia fiel del trono de la reina de Hungría. La mitad de la concurrencia le debía favores y la otra mitad le tenía miedo.

Un sacerdote rechoncho y simpático nos endilgó un sermón cuyo mérito principal fue su brevedad, sobre los deberes de la pareja con la familia, la sociedad, los pobres y la Iglesia. Después bendijo los anillos que nos regaló Paulina y que fueron presentados en una bandeja de plata por la pequeña Aurora, y nos bendijo a Eric y a mí. Estábamos comprometidos y solo faltaba fijar la fecha del matrimonio. Entretanto, debíamos vivir en castidad y dar ejemplo de virtud y decencia. En esa parte de la amonestación Eric me guiñó un ojo y yo, tratando de disimular la risa, solté una especie de ladrido que fue coreado por la Covadonga.

La concurrencia bebió, comió, bailó y cantó hasta la medianoche, en vista de que el toque de queda había terminado, y cuando por fin todos se despidieron, Paulina cayó extenuada en la cama con los pies hinchados y los novios nos fuimos cada uno a su pieza, como era debido. Una hora más tarde Eric recorrió con sigilo esa vasta mansión y se introdujo en mi lecho. Hacía una semana que la monja que me cuidaba había vuelto a su convento y pudimos abrazarnos en plena libertad. El contraste entre esa cama palaciega y el camastro de la pensión de las pulgas era notable, pero nosotros no necesitábamos almohadas de plumas para contribuir al placer, lo único que nos importaba era estar juntos. Llevábamos varias semanas sin tocarnos, pero la pasión exigente debió ser mitigada porque yo todavía estaba débil.

Y fue allí, entre las sábanas bordadas de Paulina, mientras hacíamos el amor con la delicadeza de una pareja de ancianos, donde por fin le confesé a Eric mi aventura con su hermano Owen. Le chocó, naturalmente, pero le recordé que en ese tiempo yo era libre. No le di detalles y no me los pidió. Era historia antigua.

En el país se vivía un delirio de banderas, marchas militares y actos solemnes en homenaje a los caídos. Es decir, los caídos de los vencedores, los otros no contaban, tal como había una ayuda generosa para los huérfanos y las viudas de los soldados congresistas y ninguna para los derrotados. La fiesta de Paulina salió en las páginas sociales de los periódicos como un ejemplo de la austera elegancia de la verdadera aristocracia, en contraste con la chabacanería de los nuevos ricos del nitrato, que enchapaban las bacinicas en oro. Tradicionalmente en primavera se presentaban las niñas en bailes de debutantes, se casaban los enamorados, había exposiciones florales, carreras de caballos, rodeos y circos ambulantes, pero ese año toda celebración estaba mitigada por el peso tremendo de la guerra, una secreta incomodidad colectiva por las atrocidades cometidas. Las almas de los muertos no se habían ido, todavía andaban por la tierra buscando sus huesos.

A fines de septiembre a Eric y a mí se nos agotaron los pretextos para prolongar la estadía en Chile. En San Francisco, el señor Chamberlain empezaba a perder la paciencia con nosotros. La guerra civil y los conflictos diplomáticos de los chilenos con Estados Unidos habían pasado de moda; el periódico ya no necesitaba las noticias que enviaba Eric. Mi crónica sobre la muerte de Balmaceda y otra sobre mi experiencia frente a un pelotón de fusilamiento fueron las últimas publicadas. El editor me envió un telegrama exigiéndome que regresara lo antes posible si quería seguir colaborando en el *Examiner*. A Eric no lo amenazó tan drásticamente, pero también lo conminó a volver, porque su papel como corresponsal de guerra había concluido. La paz no le interesaba a nadie.

Eric averiguó que el siguiente navío de pasajeros salía de Valparaíso hacia San Francisco al cabo de cinco días; teníamos el tiempo justo de preparar el viaje y despedirnos del clan Del Valle. Mientras yo anticipaba con angustia el momento de embarcarme de vuelta a la antigua vida que me esperaba en el norte, él ya estaba mentalmente en California. Para mí quedaba algo pendiente. Por supuesto que quería volver a mi hogar en La Misión, ya que después de todo lo que me había pasado necesitaba ver a mis padres y a mis hermanos. Los echaba de menos, no pasaba un día sin pensar en ellos; sin embargo, algo me retenía. Me debatía entre la nostalgia por mi vida allá y algo que no sabía nombrar, algo más fuerte que mi habitual curiosidad, una especie de llamado urgente. Tenía algo más que hacer en Chile: tenía que llegar hasta la tierra que me dejó mi padre. Sabía que era un deseo irracional y que sería casi imposible explicárselo a Eric.

En los escasos cuatro meses que había pasado en Chile, sentí que había envejecido, que me había vuelto frágil y vulnerable como si la piel no pudiera ya protegerme. Los horrores que había presenciado y la proximidad de mi propia muerte me volvieron sensible al ruido y al alboroto que antes me habían impulsado y que ahora me agobiaban. No me sentía capaz de volver a escribir crónicas para entretener a lectores frívolos, como los vicios del asesinado senador Cole o las curvas indecentes de la divina Omene. Necesitaba soledad y silencio. Necesitaba tiempo para asimilar los nuevos contornos del mundo tal como se me había revelado después de enfrentar a la muerte cara a cara. Era un mundo desconocido; debía encontrar mi lugar en ese extraño paraje. Presentía que en esa región misteriosa en el sur del continente estaba lo que yo buscaba. Nada sabía de ese territorio, ni siquiera podía imaginarlo, pero esperaba librarme allí de las pesadillas y recuperar mi fuerza. Nunca volvería a ser la de antes, pero tal vez en el sur nacería una versión nueva y más fuerte de la mujer que fui.

Eric me aseguró que en un futuro regresaríamos a Chile e iríamos juntos al sur, pero yo debía hacer ese viaje sola. Le sugerí que se fuera a San Francisco a tranquilizar al señor Chamberlain y yo iría más tarde; pasaríamos juntos la Navidad con mis padres en La Misión.

—No, Emilia, no me parece buena idea. Uno hace planes y la vida los desbarata. ¿Para qué arriesgar una separación? Sería tentar a la mala suerte. Espero que esto no sea un pretexto para postergar el casamiento, Emilia. O que sea un pretexto para alejarte de mí. No necesitas esas evasivas. Basta con que me digas la verdad, puedo aceptarla —replicó enojado.

—¡Por supuesto que no pretendo librarme de ti! ¿Cómo puedes creer eso? Te amo. Siempre te voy a amar, Eric. Quiero que estemos juntos toda la vida. Incluso quiero tener esos chiquillos pelirrojos que tú tanto deseas.

—Entonces no sé qué te impide regresar a casa conmigo.

—Iré, pero no de inmediato. Necesito encontrarme a mí misma. Sé que eso es un cliché, pero no hay otra forma de explicar esta sensación que tengo de estar incompleta. Algo me espera en el sur. No es una loca fantasía, Eric. Es una certeza —le dije.

—En ese caso iré contigo —me respondió.

—No. Tú tienes que volver a tu trabajo. Lo he pensado mucho, Eric, y ahora sé que tengo que ir sola. Este es un viaje del alma para mí. Por favor, trata de entenderlo —le rogué.

—No puedo entenderlo, pero tengo que confiar en ti, Emilia. Amo a la persona imbatible que eres. Voy a respetar tu decisión, aunque me asusta terriblemente y me parte el corazón —contestó abrazándome.

Sentí su sollozo ahogado, el latido de su corazón, la firmeza de sus brazos, su olor a tabaco y lana, mis propias lágrimas en su camisa.

Pasamos el poco tiempo que nos quedaba haciendo planes durante el día y haciendo el amor por la noche. Supongo que todos en la casa, incluso Paulina, estaban enterados de lo que ocurría en esas noches de pasión, pero fingieron ignorarlo.

Por fin llegó el día de la partida. Fui a dejar a Eric a la estación del tren con un nudo en el pecho y premoniciones en el corazón. Podía ser que él tuviera razón y la separación fuera como tentar al destino. Antes de despedirnos le entregué una carta para mis padres y una copia de mi retrato que Paulina le había encargado al fotógrafo Juan Ribero. Les decía cuánto los echaba de menos, cómo quería a Eric y que esperaba con ansias el día del casamiento, pero que en realidad no iba a volver a casa todavía.

Eric viajó a Valparaíso para tomar el barco norteamericano a California y entretanto yo me organicé para ir al sur al cabo de unos días. ¿Por qué lo hice? Porque sentía un aleteo irresistible de inquietud en el vientre.

Paulina del Valle se puso frenética al enterarse de mis planes, que consideró absolutamente descabellados por muchas razones, pero sobre todo porque todavía no había recuperado por completo la salud. Es cierto que la enfermedad me había afectado mucho, pero eso no iba a impedirme partir. Tuve que irme sin su consentimiento. Calculé que podría hacer el viaje en menos de tres semanas y que podría cumplir la promesa que le había hecho a Eric de pasar juntos la Navidad en San Francisco.

Preparé un equipaje mínimo y me fui al puerto, donde conseguí pasaje en una sufrida goleta chilena de dos mástiles. Por supuesto, la Covadonga vino conmigo, no podía dejarla.

Mar y mar, días cortos y noches largas, el sol despidiéndose en el horizonte, crepúsculos dorados, la luna desplazándose en el cielo negro, amaneceres colorados, mediodías de radiante claridad, nubes sepulcrales. En las noches despejadas el capitán Janus nos señalaba la Cruz del Sur y a Sirio, la estrella más blanca y brillante del firmamento. Era un hombre enjuto, que decía ser descendiente de piratas holandeses, con arrugas profundas y barba blanca, que seguramente no era tan anciano como parecía. Había hecho ese viaje más veces de las que podía contar y era capaz de leer el mapa celestial como un alfabeto de estrellas.

El golpeteo rítmico del agua contra los costados de la nave y el aleteo de las velas en el viento cortaban el silencio del océano. Los delfines nos acompañaban durante largos trechos y a veces también ballenas monumentales.

La goleta, que tenía el nombre tierno de *Niña Juanita*, llevaba muchos años recorriendo esa misma ruta con sus amarillentas velas como alas de ave prehistórica. Contaba con seis tripulantes, además de un cocinero peruano y el capitán Janus, que en caso de necesidad actuaba de enfermero, porque en su juventud había hecho un curso de primeros auxilios en la Armada. En un atardecer de tormenta nos repartió a los pasajeros un té amargo que según él era un remedio de la naturaleza para evitar el mareo. Por el olor a alcanfor pude identificar el láudano, porque lo había administrado en el hospital de Valparaíso. Dormimos anestesiados durante doce horas soñando con truenos y relámpagos.

—Dígame, capitán Janus, ¿alguna vez uno de sus pasajeros ha sufrido una mala reacción con su remedio de la naturaleza? —le pregunté al día siguiente, todavía un poco aturdida por la droga.

—¿Como qué, por ejemplo?

—Como un ataque al corazón —le sugerí.

—No, nunca nada tan grave. Solo un poquito de dolor en el pecho y sudores fríos, pero peor sería vomitar las tripas, ¿no le parece, señorita? —me respondió.

La misión de la *Niña Juanita* era transportar carga, pero contaba con cuatro camarotes básicos para pasajeros. A mí me asignaron el más pequeño por ser la única mujer a bordo, los demás dormían de a dos. Sobre mi litera había un techo de lona alquitranada para acumular el agua que se colaba cuando enfurecían las olas; si se hinchaba demasiado, uno de los tripulantes lo vaciaba con un balde, pero más de una vez la Covadonga y yo despertamos con un chorro de agua de mar que nos cayó encima.

Pasé gran parte de la travesía en la cubierta, a pesar del frío y las salpicaduras de agua salada, porque mi diminuta cabina carecía de ventilación. El capitán Janus me facilitó una tabla, que apoyada en la falda me sirvió de mesa, y así pude continuar escribiendo en el cuaderno que había comenzado en la casa de Paulina del Valle. Mi propósito era contar lo que había vivido en Chile para que no se lo llevara el vendaval de la mala memoria, pero sin querer empecé dieciocho años antes con uno de los recuerdos más vívidos de mi infancia, cuando mi madre me llevó a ver la cabeza decapitada de Joaquín Murieta. A partir de entonces no pude imaginar a mi padre biológico de otra manera. Mi padre fue ese infeliz con los ojos cosidos y una horrorosa sonrisa de dientes pelados hasta hacía casi tres meses, cuando conocí a Gonzalo Andrés del Valle en su cama de moribundo.

No había nada que hacer a bordo. Mientras los otros pasajeros se entretenían con naipes, discutiendo de política y planeando negocios, yo escribía. No se les ocurrió invitarme a la mesa de juego, porque supusieron que apostar dinero era poco apropiado para una señorita. Hicieron bien, porque yo los habría esquilmado, tal como hice con los oficiales del *Charleston*, que habrían perdido hasta la camisa si hubiéramos jugado con dólares en vez de con fósforos.

—Veo que su cuaderno está casi lleno —comentó Janus.

—Tengo dos más en blanco. Nunca me falta papel, capitán.

—¿Qué escribe tanto, señorita? —me preguntó.

—Sobre mi vida —le dije.

—¿No es un poco prematuro? Su vida apenas ha comenzado. Yo, en cambio, tengo mucho que contar y me gustaría escribirlo, pero no sé cómo hacerlo. ¿Usted no me ayudaría?

—Si volvemos a vernos y si tenemos tiempo, tal vez lo haga, capitán Janus. Por el momento, vaya tomando nota de lo que se acuerde, así se empieza a escribir la historia de una vida —le aconsejé.

Mi experiencia en el *Charleston* cuando viajé desde California fue en pleno océano sin ver tierra ni otras naves durante días y más días, pero la *Niña Juanita* era un modesto barco de cabotaje y nunca estábamos muy lejos de la costa. Nos acercábamos a caletas diminutas, tan tenues y borrosas que parecían despobladas desde los albores del tiempo, pero apenas bajábamos en bote a la orilla, entre rocas eternas, el alboroto de pájaros marinos y los ladridos de las focas, los habitantes se materializaban por obra de encantamiento. No eran muchos, apenas un puñado de hombres y mujeres gastados, curiosos, cubiertos con pesados ponchos y gorros de lana, la piel oscura de sol y sal, y niños de ojos negros llenos de asombro y mejillas rojas cuarteadas por el viento. La *Niña Juanita* les traía el correo y los periódicos atrasados y abastecía el único almacén de la localidad.

Mientras nuestra tripulación estiraba las piernas y bebía en la taberna, que por lo general era una cabaña insignificante, el capitán Janus repartía desinfectante para heridas, aceite de hígado de bacalao para fortalecer a los niños, píldoras del doctor Ross para todos los males menos la epilepsia y condones que se transaban a hurtadillas. Entretanto, yo entablaba amistad con las mujeres. Hablábamos de los hijos, del trabajo, de los hombres que se iban para no volver y de los otros perdidos por el alcohol, del mal tiempo, de la lluvia y del frío, del verano que siempre se atrasaba. Me preguntaban cómo era la capital y si era cierto que las calles tenían faroles y si acaso me había tocado probar los helados, pero nadie mencionaba la guerra civil, como si esta hubiera ocurrido en otra época y en otro país.

En algunas ocasiones nos deteníamos frente a una costa de rocas milenarias que parecían cortadas a hachazos telúricos. Un par de tenaces tripulantes bajaban un bote y desafiaban a remo el azote de las olas para acercarse a la orilla. Yo iba con ellos. Era la única entre los pasajeros que se animaba a subir a esa pequeña embarcación sacudida por el océano; los otros eran hombres serios: un ingeniero hidráulico, un dentista, dos empresarios, un misionero protestante que iba a competir con los jesuitas y un científico belga que estudiaba las virtudes del suelo y los caprichos del clima para una compañía bananera. El capitán Janus le aconsejó que no perdiera su tiempo; Chile no era y nunca sería una república bananera.

Me tocó conocer a pioneros extranjeros, familias que vivían aisladas durante meses, entregadas a sus propios recursos y su esfuerzo en condiciones mucho más precarias que las de aquellos inmigrantes instalados en pueblos y ciudades. Algunas personas habían llegado hacía más de treinta años, tenían hijos y nietos nacidos en Chile y todavía hablaban solo su idioma materno. Los niños estudiaban durante nueve meses del año en austeros internados religiosos en el norte y pasaban el verano con sus padres hartándose de fruta y sol. Esa gente había llegado bajo el amparo del Gobierno chileno, que en muchos casos les arrebató a los indígenas las tierras que habían habitado durante siglos, condenándolos a la miseria para dárselas a ellos. Ese despojo creaba una inevitable violencia, pero a pesar de la amenaza constante y de las duras condiciones de sus vidas, aquellos forasteros estaban enamorados de Chile y no lo cambiarían por ninguna de las ventajas de Europa. Para ellos, esa naturaleza magnífica, esa fragancia de bosque y mar, ese aire de cristal, ese silencio duro eran Chile. El resto del país no existía.

En esos días que pasé en la *Niña Juanita* me dediqué por completo a recopilar recuerdos en mi cuaderno. Necesitaba anotar todo lo que había vivido antes de que se me olvidara. De pronto pensaba en algo que debería haber contado antes; entonces intercalaba una página o dos entre las anteriores, o bien tenía que cortar un párrafo y pegarlo en otro lugar. Mi cuaderno se fue llenando de notas al margen y pedazos de papel agregados por aquí y por allá. Era difícil leerlo, pero yo podía hacerlo porque conocía cada palabra de su contenido.

A ratos, cuando el capitán Janus podía entregarle el timón a su segundo, se sentaba a mi lado y hablábamos de la memoria que él deseaba escribir. Me decía que recordar es importante, hay que mirar hacia el pasado para entender el presente y enfrentar el futuro.

—Mi vida ha estado marcada por cambios, señorita. Siempre he sido inquieto, en eso usted y yo nos parecemos. Empiezo algo y ya estoy pensando en terminarlo para empezar otra cosa, supongo que por eso he acumulado aventuras. Me atrae el umbral de algo desconocido. He sido de todo, hasta contrabandista fui durante un tiempo —me contó.

—Pero lleva muchos años en la *Niña Juanita*, ¿verdad?

—Sí, pero me tomo vacaciones. Navego ocho meses al año, cuando el clima está bueno, y en invierno me voy tierra adentro.

—¿Adónde va? —le pregunté.

—Antes me iba a otros países, así recorrí América, pero ahora prefiero ir a las montañas, a los bosques, a los lagos de Chile. ¿Para qué me voy a ir lejos si aquí está lo mejor de la Creación? Eso sí, hay que saber moverse en invierno, conocer el terreno, aguantar las tormentas, andar por la nieve, dormir bajo la lluvia —me explicó.

—Por suerte hay buen clima y no será tan duro para mí. Pero me han advertido contra los indios —le dije.

—Si no se mete con ellos, no creo que ellos se metan con usted, pero tiene que cuidarse de los pumas y los bandidos. Los mapuches parecen hoscos, son un pueblo guerrero, detestan a los blancos y con razón. Nos llaman *huincas*, que quiere decir ladrones y mentirosos, pero a usted no le van a hacer daño porque irá recomendada y porque se atreve a andar sola; ellos respetan el coraje.

—¿Cómo es eso de que iré recomendada? —le pregunté.

—Tengo conocidos entre ellos. Me aceptan porque soy hermano de palabra del toqui Aliwenkura. Era un gran guerrero, pero fue derrotado en las campañas de ocupación de la Araucanía y su espíritu nunca se repuso. Lo visito casi todos los años. Le voy a mandar mensaje sobre usted. Estará protegida —me respondió.

Al cabo de varios días de navegación llegamos a Valdivia, el primer puerto importante que me había tocado ver en ese trayecto donde yo iba a desembarcar de la goleta. Entramos en una amplia bahía en la que se alzaba una ciudad floreciente. El alma de Chile está en el agua. En toda su distancia, desde la frontera del norte hasta la Patagonia, el océano Pacífico lo acompaña. Mar, lagos azules, ríos torrentosos, cascadas, cataratas, manantiales, lluvias pertinaces, nieve y lágrimas, agua en todas partes menos en aquel desierto tremendo del nitrato.

El sello de los alemanes se notaba en la ciudad, muchos colonos habían prosperado con aserraderos, industrias de cecinas, cueros y productos lácteos, también con el comercio. Había un club, dos colegios y un hospital alemán, además de varias tabernas que competían con cerveza casera. El capitán Janus me invitó a tomar té con *strudel* de manzana y por la noche fuimos a un restaurante a probar unas salchichas inolvidables con chucrut de repollo morado.

Por donde andábamos la gente saludaba a Janus; ese hombre conocía a todo el mundo. Me aconsejó que descansara un par de días y me abasteciera de lo necesario para el resto de mi viaje. Aproveché para mandar a lavar mi ropa. Una mujer de humildad absoluta, que se ganaba el sustento con una batea y jabón de Marsella, contó cada pieza de ropa al recibirla y me las devolvió limpias y olorosas al carbón del brasero en que las había secado.

En Estados Unidos y en Europa ya había algunas mujeres modernas que se ponían pantalones para cabalgar y andar en bicicleta, pero no me atreví a hacerlo en Chile. De las cantineras aprendí la ventaja de usarlos debajo de la falda, así que le compré dos pares a un sastre de caballeros, pero no pude probármelos en la tienda, habría sido escandaloso. Por consejo del capitán, quien en esos pocos días que pasamos juntos me había tomado bajo su ala protectora y me trataba con una brusca ternura, reemplacé mis botas, que ya estaban aporreadas, por otras hechas en Alemania, botas holgadas de explorador que podía usar con calcetines gruesos de lana. Le había contado al capitán mi plan de llegar hasta el lago Pirihueico en busca de una tierra que me pertenecía.

—Con los pies secos y calientes se puede andar lejos —me dijo examinando el calzado con ojo de experto.

—Me va a tocar caminar bastante, capitán —le indiqué mostrándole el mapa donde Frederick Williams había marcado mi destino con tinta roja.

—Cierto. Queda lejos. ¿Cómo piensa llegar allá y qué hará si llega? —me preguntó.

—No sé. Veré cómo me arreglo a medida que se presenten los obstáculos, capitán.

—Muy valiente de su parte, Emilia. No me imagino a una mujer sola en semejante aventura.

—¿Por qué no, capitán? Reconozco que sería mucho más fácil ser hombre, pero no voy a dejar que eso me ataje. Además, tendré a mi perra conmigo. ¡Hay tanto que ver en el mundo! —le dije.

—Veo que anda con una argolla en el dedo. ¿Está casada?

—Comprometida no más, pero planeamos casarnos pronto. Lo echo de menos —le respondí.

—¿Y por qué su novio no vino con usted? —me preguntó extrañado.

—Tuvo que volver a su trabajo en California. Y la verdad es que yo necesitaba hacer este viaje sola —le expliqué.

—Mala cosa. No debería haber hecho eso. Si usted fuera mi hija, yo no la dejaría ir sola por esos confines —replicó.

—Si usted fuera mi padre, yo le pediría que me acompañara. ¿Usted tiene hijos, capitán? —quise saber.

—Tuve una hija. Ahora ella tendría casi cuarenta años… —me contestó.

—¿Qué pasó con ella?

—A los dieciséis años se fue con un santo.

—¿Con un santo, me dijo? —le pregunté.

—Era un santón del Brasil que andaba anunciando la llegada del nuevo Mesías, como san Juan Bautista. Hacía milagros, decían sus discípulos, pero por aquí nadie vio ninguno. Un charlatán, eso creo que era. Mi hija se fue detrás de él y nunca más supe de ella —me contó.

—¿La ha buscado?

—Siempre la ando buscando, pero creo que si estuviera viva se habría comunicado conmigo. Ella sabría dónde encontrarme. Una mujer sola corre mucho peligro, por eso le digo que no siga adelante —insistió el capitán Janus.

—Tengo que hacerlo, el riesgo no me asusta demasiado, capitán. Usted me contó que fue caminante y aventurero antes de hacerse marinero, así que entiende mejor que nadie el vértigo de ir cada vez más lejos —le respondí.

—Sí, Emilia, pero yo soy hombre. En fin, si no quiere escuchar razones, qué le vamos a hacer. Mi hija también era porfiada como un guanaco. Usted va a necesitar un poncho abrigado y un arma. Le voy a conseguir un revólver.

—Gracias, capitán, pero no se moleste, porque no sé usarlo. Sería una carga inútil.

No sé cuándo ni por qué el capitán Janus decidió acompañarme, pero no me lo anunció hasta el momento en que íbamos a despedirnos. Cuando me presenté a pagar la cuenta del hotelito donde me alojaba, con mi mochila y la bolsa de lona que contenían mis pocas pertenencias —la ropa elegante que me dio Paulina del Valle había quedado en Santiago—, él me estaba esperando. Noté que había reemplazado la chaqueta azul y la gorra de marino que siempre usaba por una chamarra forrada en cuero de oveja y una boina negra que le daba un aire de pastor vasco. Se había recortado un poco la barba y se veía más joven. A sus pies había un saco marinero y un canasto grande, y se apoyaba en una escopeta.

—De aquí en adelante el viaje no será muy cómodo. Vamos a tener que hacer un trecho en bote y el resto a caballo y a pie —me explicó.

—¿Vamos, dijo? —le pregunté asombrada.

—La *Niña Juanita* necesita reparaciones, está haciendo agua por varias grietas. Vamos a aprovechar para hacerlo aquí, eso me da tiempo para mostrarle una parte del camino.

—¡Cómo se le ocurre! ¡Usted no puede perder su tiempo conmigo, capitán! —exclamé.

—No lo hago por usted, Emilia, lo hago porque me gusta explorar. He andado por aquí antes y quiero volver a ver el lago —me respondió.

Y así estuvimos un par de minutos como impone la cortesía en Chile, él haciéndome un favor y yo negándome a recibirlo para no molestar, hasta que fingí que él me había vencido con sus argumentos y él fingió que yo aceptaba para no defraudarlo.

Nos despedimos de los tripulantes, que quedaron a cargo de las reparaciones que necesitaba la nave hasta el regreso del capitán, y fuimos al muelle del río, donde nos aguardaba el botero que Janus había contratado, un hombrón moreno y cuadrado como un armario con una sonrisa amable de pocos dientes, calzado con botas altas de pescador. Era dueño de una embarcación básica, pero en buen estado, provista de un toldo para protegernos del sol y la lluvia. Acomodó nuestro escaso equipaje y antes de que yo alcanzara a protestar me levantó en brazos sin esfuerzo y me depositó dentro del bote. Hizo lo mismo con la Covadonga, que después de navegar en el océano ya no le tenía miedo al agua. Janus se instaló frente a mí para equilibrar el peso.

16

El botero se había criado recorriendo el río Calle-Calle en ambas direcciones, conocía cada recoveco, cada obstáculo, sabía dónde duplicar el esfuerzo y dónde permitir que la corriente lo ayudara. Tuvo que remar hora tras hora hasta que se puso el sol y lo hizo cantando gran parte del trayecto. Nos detuvimos tres veces, dos para aliviar el cuerpo y una para comer. El capitán abrió el canasto y nos presentó un inesperado despliegue de provisiones: pollo asado, fiambres, quesos, pan fresco, frutas, dulces y dos botellas de vino tinto que fueron una bendición. Me sentía mareada, a pesar de que el bote se vapuleaba muy poco, y supuse que todavía no había terminado mi convalecencia y padecía las últimas secuelas de la paliza en la cárcel y las fiebres que me atormentaron donde Paulina del Valle.

Agua, lagos, ríos, esteros, bosque, cerros, cumbres lejanas de montañas y volcanes, el espectáculo soberbio de la naturaleza en que nos íbamos adentrando con cada golpe de remo. Me explicó el capitán que hay más de dos mil volcanes en Chile, por eso nadie se asusta con un temblor; la gente reserva el pánico para los terremotos de verdad, esos que ocurren con cierta frecuencia y en pocos minutos echan todo abajo, abren grietas en la tierra, llenan el aire de polvo y el suelo de escombros, matan a humanos y animales por igual.

No es posible describir el paisaje con lápiz y un cuaderno, solo un poeta podría intentarlo. Vastedad de árboles milenarios, coigüe, canelo, araucaria, avellanos, cipreses de la cordillera. Verde, cien tonos de verde y a veces, en la altura, la llamarada de un copihue rojo, la flor emblemática de Chile. Aves de todas clases, coros de pájaros bulliciosos y de repente el vuelo silencioso de un cóndor andino. El aire puro y frío como cristal se colaba en cada rincón del cuerpo y del alma, lavando los caminos secretos de las venas y de los pensamientos. Aspiraba ese aire con el corazón abierto y se me llenaban los ojos de lágrimas; el agradecimiento era tan profundo que no me alcanzaban las palabras para expresarlo y me sorprendía a cada rato murmurando en voz baja oraciones inventadas, «gracias, gracias, gracias porque no me mataron, gracias por estar viva y por estar aquí en el fin del mundo, en este paraíso original, en esta naturaleza virgen, gracias, mil veces gracias». El capitán Janus me observaba sin disimulo y creo que comprendía mi emoción ante tanta belleza tan sagrada. Tal vez él la compartía.

—Nunca imaginé que existiera un lugar como este, capitán —le confesé con la voz entrecortada.

—Espere, Emilia. Todavía no se ha asomado al lago Pirihueico. Eso es lo más hermoso que existe, se lo digo yo, que he visto mucho mundo —me respondió.

—Me parece que yo he estado aquí antes, capitán. En otro tiempo, en otra vida. Quisiera quedarme aquí para siempre —le dije.

—¿Y su novio? —me preguntó con un guiño travieso.

Me di cuenta de que el recuerdo de Eric no se había diluido en ese paisaje encantado y que su ausencia me provocaba una punzada de angustia. Él estaría viajando a California y haciendo planes para nuestra vida en común mientras yo me alejaba más y más.

El sol se puso tarde y llegamos con luz al punto donde nos dejó el botero en un atracadero de tablas medio podridas. Se despidió con el enigmático consejo de que nos cuidáramos de los *wekufes*. Janus me explicó que, según la mitología de la zona, son seres maléficos que pueden hacer daño. No había un ser humano a la vista, ni un sendero, nada. Allí, en esas soledades, debía comenzar la última etapa de mi travesía.

Janus me ayudó a llevar mi equipaje, echó a andar abriéndose camino entre matorrales y veinte minutos más tarde nos encontramos en un claro de la vegetación donde se alzaba un caserío de cuatro o cinco chozas de barro y paja. De un par de ellas escapaba una débil columna de humo por un agujero en el techo. Varios caballos, gallinas y un cerdo ocupaban el área central, un patio común donde seguramente transcurría la vida, porque vimos un fuego de brasas. Los ladridos de los perros que nos salieron al encuentro alertaron a los habitantes.

Primero se asomaron los niños seguidos de las madres, mapuches puros en su ropa tradicional. Janus los saludó en su lengua y nos quedamos allí esperando mientras nos observaban sin decir palabra y los perros seguían gruñendo y ladrando. Por fin, después de un rato que me pareció muy largo, de una de las rucas salieron dos hombres bastante mayores con los rostros cuarteados por arrugas y el cabello negro salpicado de canas. Uno llevaba una escopeta antigua de dos cañones y el otro un hacha corta. Su actitud de altiva desconfianza cambió al reconocer al capitán.

Tal como Janus me había adelantado, su amistad con el toqui Aliwenkura era la mejor carta de presentación, capaz de soslayar el odio contra el blanco iniciado durante la conquista de los españoles en el siglo xvi y exacerbado por la guerra reciente del Gobierno chileno por el control y la explotación de la Araucanía. Esos ancianos eran parientes del toqui; los intrincados nexos de familia unían a las tribus a lo largo y ancho de ese territorio. Nos invitaron a una de las rucas, redonda, oscura, sin ventanas, con un pequeño fuego sobre piedras al centro, olorosa a humo, hierbas y estiércol, que usaban como combustible.

Janus se instaló con los hombres sobre cueros de ovejas y las mujeres nos colocamos alrededor sentadas en el piso de tierra apisonada. Los hombres compartieron *muday*, y a mí, por ser una visita y ser extranjera, también me ofrecieron lo mismo, pero a las otras mujeres no les tocó. Era una chicha de maíz o trigo fermentado servida en un tazón de greda, que me pareció repugnante, pero la tragué sin chistar porque Janus me había advertido que rechazar un ofrecimiento de comida o bebida era un insulto. Después supe que las mujeres masticaban los granos y los escupían en un recipiente como parte del proceso de fermentación. Comprobé que incluso allí, entre esa gente que no se consideraba chilena, sino hijos de la tierra, fuimos recibidos con la hospitalidad habitual en ese país, el rasgo común de todos, ricos y pobres por igual.

Era un pequeño clan de abuelos, mujeres y niños. No entendí nada de lo que hablaron, pero después Janus me contó que lo estaban pasando mal, el invierno había sido uno de los peores y los hombres jóvenes que sobrevivieron a las matanzas de los militares se habían ido a las montañas a esconderse para que no los apresaran. Habían oído que la guerra había terminado, pero todavía no se atrevían a regresar. Recordaban muy bien la crueldad y el abuso de las campañas de pacificación en las que habían perdido tanto. Temían al Gobierno.

Por la tarde las mujeres cocinaron una mazamorra de maíz con trozos de charqui y calabaza, fea de aspecto, pero sabrosa. Al ponerse el sol bajó la temperatura y mientras los hombres seguían bebiendo *muday*, tan borrachos que ya ni hablaban, las mujeres nos acurrucamos con los niños, tapadas con pesadas mantas de lana. Sobre ese suelo duro, con mi mochila por almohada y mi perra al costado, dormí profundamente durante siete horas.

Al amanecer Janus me esperaba vestido y con el pelo mojado. Se había lavado con agua helada y no presentaba síntomas de la resaca del *muday*, tenía tripas invulnerables. Consiguió dos caballos prestados con el compromiso de devolverlos en buen estado, animales viejos pero fuertes y aptos para cualquier terreno y para soportar el frío. Me informó que los caballos nos llevarían hasta cierto punto no más, de allí en adelante iríamos andando. Calculé que no sería capaz de cargar mi bolsa durante mucho rato; coloqué en la mochila solo lo indispensable y el resto quedó a cargo de la familia mapuche. Me habían dicho que los indígenas están habituados a compartir lo que tienen y por lo mismo no respetan la propiedad ajena, pero decidí que nada del contenido de mi bolsa era realmente necesario. Se puede sobrevivir con muy poco.

Una hora más tarde emprendimos la marcha en fila, Janus delante señalando la ruta y yo detrás hipnotizada por el paisaje. En la grupa de mi caballo iba una niña de unos doce años, que después llevaría los animales de vuelta a su familia.

Recorrimos durante varias horas una huella invisible para mí, pero evidente para Janus y los caballos. Grandes árboles nativos custodiaban nuestro paso, tan altos y frondosos que las cúpulas apenas dejaban pasar la luz. No nos cruzamos con ninguna persona, la soledad era vasta, infinita; íbamos callados, respetuosos, escuchando la vida a nuestro alrededor: trinos de pájaros, murmullo del follaje, canto de arroyos y manantiales, los cascos de los caballos. Cabalgamos todo el día y a cierta hora Janus nos advirtió que debíamos apurar el paso, porque pronto caería la noche y no podíamos seguir a oscuras.

Llegamos a una primitiva vivienda de troncos y piedras, sin ventanas y con una puerta ancha y alta, que surgió por encantamiento en medio de la vegetación. Era un antiguo albergue de contrabandistas conocido solo por los hombres de ese oficio. El interior contenía una plataforma de tablas que servía como litera, una mesa rústica, un fogón para cocinar, una pila de leña y un bidón metálico con agua; lo necesario para pasar unas cuantas noches. Hacía muchos años que Janus no andaba por esa ruta que no figuraba en los mapas ni estaba marcada por un sendero, solo existía en la memoria de quienes la usaban, pero él la recordaba sin vacilar. Me contó que en los últimos tiempos, además del contrabando de bienes y animales, cruzaban la frontera ilegalmente desertores del ejército y personas que escapaban de Chile por la represión política, tal como en otras ocasiones habían sido fugitivos de Argentina quienes entraban en Chile. Pensé en Rodolfo León y su muerte tan cruel; si hubiera podido alcanzar esos pasos secretos de la cordillera, se habría salvado.

Comimos charqui, pan y queso duro, que traíamos en las alforjas, y regamos esa cena frugal con mate y sorbos de aguardiente para entrar en calor. Mi caballo resultó caprichoso, se trancaba o echaba a trotar por cuenta propia y una vez volteó la cabeza enojado y pensé que iba a morderme. No estoy acostumbrada a cabalgar, mi familia no podía darse el lujo de tener caballos, solo teníamos a Alberto, un burrito cojo que mi mamá salvó del matadero y se convirtió en nuestra mascota. Alberto pasaba su vejez bien atendido entre las gallinas, perros y gatos de la casa, a nadie se le hubiera ocurrido montarlo. El resultado de tantas horas a horcajadas con una manta por montura me dejó las posaderas machucadas y los muslos en carne viva por el roce. Además, mis costillas todavía no estaban del todo curadas. La niña, que no había dicho ni una sola palabra desde que salimos, se echó a reír de buena gana cuando me vio caminar como un pato. Ella les dio heno y agua a los animales, mientras conversaba con ellos en su idioma, y después los introdujo en la cabaña. Entonces entendí la razón de la puerta alta y ancha. Los contrabandistas tenían que esconderse con sus caballos.

—Para que no se los roben —dijo la niña, pero como nadie andaba por allí, creo que solo quería protegerlos de la intemperie.

Con los dos animales adentro, el espacio se redujo a menos de la mitad, pero me sentí abrigada por esos grandes compañeros con su olor dulzón y su calor. La niña y yo nos acomodamos en la estrecha litera y el capitán lo hizo en el suelo. Me dormí mecida por los ronquidos del hombre y la honda respiración de los caballos. La niña olía a humo y hablaba en sueños.

Amaneció nublado, la luz se filtraba a través de un espumoso velo de novia. La niña despertó primero, sacó afuera a los caballos y la vi en el umbral murmurando algo que parecía una oración, como si saludara al día. Janus y ella fueron a buscar agua y cortar leña, porque la norma era dejar el refugio para el próximo viajero tal como lo habíamos encontrado. Entretanto, yo limpié la bosta de los animales. Después de desayunar con mate y pan, la niña preparó los caballos y volvimos a montar. Me pregunté si aguantaría otro día como el anterior; el descanso de la noche no me había atenuado el dolor de huesos ni la irritación en las piernas. Temí que me estuviera poniendo achacosa, como mi mamá, que anotaba sus malestares diarios en el mismo cuaderno de su contabilidad.

Ese segundo día cabalgamos a paso lento durante muchas horas, seguidos por la Covadonga, que resultó ser mucho más fuerte de lo que parecía. Las nubes se despejaron temprano y los rayos del sol que atravesaban el follaje nos calentaron un poco. El terreno estaba sembrado de obstáculos, en algunas partes el bosque era impenetrable y debíamos dar rodeos. No había sendero, solo una huella tenue que a menudo desaparecía tragada por la vegetación. Creí que andábamos en círculos, pero la niña y el capitán parecían muy seguros de la dirección a tomar. Durante largos trechos bordeábamos la cuenca de ríos y esteros pantanosos que las lluvias del invierno habían anegado. Hice las paces con mi caballo, que al principio no me obedecía porque seguramente se dio cuenta de que, como jinete, yo era un desastre. Tal vez me tuvo lástima, el hecho es que adoptó un paso suave y ya no me dio problemas.

Calculé que serían las tres o las cuatro de la tarde cuando nos encontramos cerca de un volcán de laderas negras de lava antigua y cumbre resplandeciente de nieve. El capitán me explicó que en realidad eran dos gemelos, dormidos desde hacía más o menos veinticinco años. La niña nos anunció que hasta allí no más llegaba ella, debía regresar con los caballos. Dijo que los volcanes tienen muy mal carácter y se enojan por cualquier cosa, nunca se sabe cuándo van a echar fuego por la boca. Agregó que uno de los volcanes no tenía punta porque la perdió en una pelea con otro y nos advirtió que por allí andaban los *pillañes*, seres mágicos del trueno, los relámpagos y la lava ardiente. Convenía hacerles un ofrecimiento.

Janus decidió que acamparíamos allí mismo y trató de convencer a la niña de que se quedara con nosotros, pero ella decidió irse, porque a menos de una hora de distancia tenía parientes con quienes cobijarse. Temía a los *pillañes*, pero no la asustaba cabalgar sola en el bosque.

El capitán Janus se las arregló para armar un campamento básico con un techo de ramas y una pequeña fogata, donde calentó agua para el mate. El dolor que yo sentía en todo el cuerpo había aumentado, me encontraba peor que el día anterior; cada movimiento requería esfuerzo, cada inhalación me repercutía en las costillas. Aunque procuré disimularlo, Janus adivinó mi estado y me dio un trago de licor y me hizo mascar tabaco para relajar los músculos, según dijo. También me ofreció sebo de oveja para la piel en los muslos. Se alejó con el pretexto de colocar unas trampas para darme privacidad. Me quité los pantalones y las bragas y me froté con esa espesa pomada que olía a queso.

Cenamos los restos de la merienda que traíamos desde Valdivia, charqui, pan duro y un puñado de nueces, pero Janus no quiso tocar las cuatro papas que todavía nos quedaban. No parecía preocupado, estaba seguro de que podía cazar o pescar algo. Me contó que en sus viajes había andado durante meses sin más equipaje que la ropa puesta, una manta, un hacha y un cuchillo. Eso era suficiente para sobrevivir, me aseguró.

Pasamos el resto de la noche acurrucados bajo el improvisado cobertizo de ramas, espalda contra espalda, abrigados con toda la ropa que teníamos. Algo cedió dentro de mí, había entrado en un estado misterioso donde no imperaban las reglas habituales. Me dormí pegada a ese hombre que diez días antes ni siquiera conocía, con el calor de mi perra al otro lado, recordando las noches maravillosas de amor y confidencias con Eric en la pensión de las pulgas y pensando en mis padres, en mi mamá al amanecer horneando pan, en mi Papo con su olor a cigarrillo y sus manos grandes trenzándome el pelo y hablándome de cometas y asteroides. El capitán era una presencia tranquilizadora, sólida y cálida, con él me sentí casi como si estuviera de vuelta al amparo de mi hogar en La Misión.

Apenas despuntó el amanecer el capitán salió a revisar las trampas y regresó con una liebre. Mientras él hacía fuego, le quité la piel y las vísceras, como me había enseñado Angelita Ayalef en el campamento, y la cocinamos en las brasas aderezada con sal. Era pequeña y una vez despellejada y asada se redujo a casi nada, pero teníamos hambre y nos pareció deliciosa. Antes de partir, Janus se aseguró de que no quedaran brasas. Me dijo que cada año se incendiaban algunos bosques por las tormentas de relámpagos, se trataba de un proceso natural y necesario, pero que era pecado para un humano iniciar el fuego. Echamos a andar sin prisa, porque, tal como dijo el capitán, quien va lento llega lejos.

Los cuidados del capitán me ayudaron. A medida que avanzábamos paso a paso dejé de pensar en mi incomodidad y pude apreciar la belleza sobrenatural de ese paisaje intacto desde el comienzo del mundo. No sé cuántas horas anduvimos en un terreno de tupida vegetación donde los caballos no habrían podido avanzar, pero no debieron de ser tantas como me parecieron, porque el sol todavía estaba alto cuando de pronto, a la vuelta de un recodo, surgió a nuestros pies el lago Pirihueico, largo y angosto, ondulante, cristalino, tranquilo, de profundo color azul, enmarcado a lo lejos por altas montañas y de cerca por bosques que llegaban hasta la orilla misma. Janus me explicó que era de origen glaciar, uno entre siete lagos de la región, el más bello de todos y el más remoto. Su nombre significa lago de nieve.

—Muy pocos viajeros vienen hasta aquí —comentó.

—Espero que nunca exista un camino que les permita llegar —agregué.

—Exacto, Emilia. Así no pueden venir a cortar los árboles para criar animales, como han hecho en otros lados.

Nos tomó otras dos horas bajar a la orilla y avanzar en la maraña del bosque hasta una pequeña ensenada. El capitán me anunció que, de acuerdo con el mapa de Frederick Williams, yo tendría que recorrer todo el lago hasta el extremo sur y desde allí caminar hacia la cordillera para encontrar mi terreno.

—Tenemos que esperar —agregó, y se puso a juntar palos para hacer otro fuego.

—¿Qué esperamos? —le pregunté.

—Al botero.

—¿Cuánto rato? ¿Cómo piensa avisarle a ese botero de que estamos aquí? —insistí.

—No sea tan impaciente, Emilia. Aquí no sirven los relojes ni el apuro, no se puede medir el tiempo ni hacer planes, se vive no más. Puede que esperemos varios días, depende. Tarde o temprano avisarán al botero que lo estamos esperando. Donde no hay correo ni radio, la palabra viaja de boca en boca —me respondió.

—Así será, pero no veo gente por ninguna parte, capitán.

—Gente hay muy poca, pero según las leyendas en el lago vive todo un pueblo de *sumpalles*, criaturas mitológicas que cuidan las aguas.

Nos bañamos en el lago en nuestra ropa interior para quitarnos de encima la suciedad y el sudor. El primer golpe del agua helada me cortó el aliento, pero al minuto de sumergirme me sentí lavada por dentro y por fuera, purificada de la guerra y las pesadillas, reconciliada con la vida y con los recuerdos. De pronto la idea de reclamar la tierra que me legó mi padre me pareció tan absurda como tomar posesión del aire o del agua. Mi propósito era ridículo, esa naturaleza prístina pertenecía a los dioses y a los espíritus. Yo no era propietaria, era visitante. Les pedí permiso a los *sumpalles* del lago para quedarme con ellos un rato más flotando ingrávida, con una peluca de algas, una falda de espuma y un chaleco de escamas. Así debía de ser la muerte, silencio, paz y frío.

Envuelta en mi poncho, me calenté en el fuego que hizo Janus para secar la ropa; también improvisó un par de cañas de pescar y las plantó en la orilla. Se nos fue el día armando un cobertizo de ramas, como el que nos había protegido la noche anterior, bebiendo mate y conversando. No conseguimos ni un pez y nos conformamos con las papas asadas en las brasas, porque el poco charqui que nos quedaba era para la Covadonga. El capitán me enseñó a comer muy lentamente para engañar al hambre. Más tarde, mientras él fumaba su pipa con tranquilo deleite, yo me puse a mascar tabaco para apaciguar el dolor de las piernas. Él había cabalgado y caminado tanto como yo y debía de tener cuarenta años más, pero era inmune a la fatiga.

Estuvimos mucho rato hablando en torno al fuego, único atisbo de luz en la oscuridad absoluta que nos envolvía. Si había luna, debía de estar tapada por las nubes. Le conté de la guerra y él me habló de otras guerras donde había participado de joven. Le pregunté por sus viajes y me habló de las leyendas y la magia que había visto. Me dijo que existían muchas realidades y muchos mundos paralelos, que nuestros sentidos no eran suficientes para captarlos, pero que a veces es posible atravesar el velo que nos ciega y atisbar brevemente otras dimensiones. En busca de esa vivencia él había probado drogas poderosas, ceremonias y ritos de pueblos antiguos, ayuno extremo, hipnosis y meditación; había sometido el cuerpo y la mente al límite de su resistencia.

—Pero nunca he tenido una verdadera revelación, porque eso no se encuentra buscando, sino que llega como un regalo —concluyó.

Entonces le confesé mi extraña experiencia en la celda de la cárcel de Valparaíso aquella noche en que esperaba a ser ejecutada al amanecer, cuando acudieron los fantasmas de los vivos y los muertos a despedirse y la Virgen de Guadalupe a consolarme.

—El miedo me trastornó, capitán —le dije.

—No trate de entender lo que le pasó, amiga mía. Es un enigma. Guarde ese momento en la memoria como un tesoro —me respondió.

Como la noche anterior, nos acostamos vestidos, incluso con las botas puestas, lo más cercanos posible para brindarnos calor mutuamente. Creo que el capitán durmió muy poco, porque se levantaba a menudo para alimentar el fuego que nos brindaba algo de calor y cuyo resplandor disuadía a los pumas. Yo tampoco pude dormir por el frío y la humedad tenaz que penetraban hasta los huesos. Anticipé con ansias la salida del sol, pero al amanecer vimos que había caído una niebla densa como merengue. Las montañas y el bosque habían desaparecido y la orilla del lago apenas se vislumbraba como una línea de acero. Pensé que en esas circunstancias nadie vendría a buscarnos, me resigné a esperar por tiempo indefinido y esa posibilidad no me pareció demasiado grave. «No hay apuro», había dicho el capitán.

Parece que la niebla se ha instalado con ánimo de quedarse. Me estoy acostumbrando al hambre. A ratos siento náuseas, y si no estuviera segura de que no es así, pensaría que estoy encinta; suele bastar un solo descuido, como el que tuvimos Eric y yo en agosto, para que eso ocurra y la vida de una mujer cambie para siempre. También me estoy acostumbrando al dolor de las piernas, que se ha extendido por el resto del cuerpo, pero disminuye cuando estoy distraída. «Dolor es solo dolor, se aguanta no más», decía Angelita Ayalef.

El capitán me advirtió que solamente me acompañará hasta aquí, este es el umbral, más allá viajaré sola hasta que encuentre lo que busco. Él debe volver a la *Niña Juanita*, a su tripulación y a su vida, pero me aseguró que no estaré desamparada, porque el botero que vendrá a buscarme me llevará al sur del lago y allí habrá alguien esperándome.

Gracias a este cuaderno, que me mantiene entretenida, las horas se deslizan con ligereza y así se me va la mañana. Escribo y escribo, aunque apenas distingo las letras en la penumbra algodonosa de la niebla. Hasta aquí llega mi relato porque mi cuaderno está lleno, y cuando llegue al pie de esta última página ya no podré agregar ni una palabra más, pero seguiré anotando mi vida en otros hasta que se me acaben los recuerdos.

El capitán tiene el hábito de la quietud, supongo que es necesario en su oficio del mar. En la goleta lo veía gran parte del día frente al timón con la vista en el horizonte, inmóvil y callado. Así ha estado toda la mañana. Tiene muy buena vista, a pesar de su edad, y adivinó la presencia del bote cuando era apenas un pincelazo en la niebla.

—Ahí viene el botero, niña Emilia. Todavía es tiempo de regresar conmigo a la civilización. La he estado observando y me parece que usted no está bien, ¿qué le pasa? —quiso saber.

—Nada serio, creo que me enfrié un poco, eso es todo —le respondí, pero en verdad me sentía débil y afiebrada.

—No debe seguir —me dijo.

—Será por pocos días, no se preocupe, capitán.

—¿Cómo piensa volver? ¿Se halla capaz de rehacer el camino que acabamos de recorrer? —me preguntó.

—No —admití.

—Ya se bañó en el lago Pirihueico, ¿qué más quiere? Al otro lado es igual que aquí, vuelva conmigo —me repitió.

—Quiero terminar esta odisea en Chile como se debe, capitán. No puedo darme por vencida en el último momento, ¿no le parece? —le respondí.

—Allá no hay nada que ver, su propiedad es una ilusión. No está señalada, y si lo estuviera, ¿de qué le serviría? —insistió.

—Tiene razón. No soy dueña de nada, pero debo seguir un poco más lejos para contarle a mi madre que estuve allí. No importa que nunca más vuelva a ver este lago —le dije a Janus.

Sin embargo, sé que un día volveré, porque pertenezco a este lugar, aquí quisiera vivir mis últimos años, aquí quisiera morir y que mi cuerpo desintegrado fertilice el suelo. Pero mientras vivan mi mamá y mi Papo, quiero estar cerca de ellos. ¿Y Eric? Ruego para que venga aquí conmigo y que él también quiera envejecer y morir aquí. En este lugar mágico del sur de Chile están mis raíces más antiguas, raíces de antepasados indígenas, españoles y mestizos, raíces más profundas que las de mi madre en Irlanda o las de mi nacimiento en California; esta es la única explicación que se me ocurre para la irresistible atracción de este lejano territorio al pie de los volcanes. La herencia de mi padre no es un terreno de cincuenta hectáreas, son mis raíces.

Epílogo de Eric Whelan

Una de las decisiones más difíciles de mi vida fue dejar a Emilia y volver a San Francisco. Me pareció muy arriesgado poner más y más distancia entre nosotros, ella en dirección al sur y yo al norte. El hilo que nos unía se iba aflojando a medida que nos alejábamos, pero siempre sentí que estaba allí, manteniéndonos juntos.

Los padres de Emilia me acogieron con afecto cuando me presenté con la última carta que ella les había escrito y empezaron a planear nuestra boda, tal como su hija les había pedido. Esperamos noticias de ella durante meses, cada vez más ansiosos, porque ella acostumbraba a escribirle a su familia por lo menos una vez por semana. Me comuniqué con Paulina del Valle y con el embajador Patrick Egan en Chile, pero ellos tampoco sabían de Emilia y aunque me prometieron que indagarían sobre su paradero, no obtuve respuesta.

Emilia no volvió a California para la Navidad, como habíamos acordado. No era posible que mi futura esposa hubiera desaparecido de la faz de la tierra. En febrero de 1892, después de sufrir más noches de insomnio de las que puedo contar, ya no pude esperar más. Me despedí del señor Chamberlain y de mis colegas y me dispuse a viajar a Chile a buscarla.

Poco antes de mi partida llegó al *Examiner* un sobre con estampillas de Chile. Contenía una carta escrita en español y fechada cinco semanas antes. Los padres de Emilia me la tradujeron. Decía así:

Distinguido Sr. Eric Whelan:

Le ruego me disculpe por escribirle sin haber sido presentados, y aunque esta carta puede parecerle una grave intromisión en sus asuntos privados, tenga la certeza de que he tomado esta iniciativa de buena fe y con el mayor respeto.

Soy propietario de la goleta comercial *Niña Juanita*. Tuve el honor de conocer recientemente a la señorita Emilia del Valle cuando ella se embarcó conmigo para ir a la provincia de Valdivia en el sur de Chile. Durante la travesía nos hicimos amigos y ella me habló de usted.

Como sabe, ella deseaba llegar a un terreno que le pertenece cerca del lago Pirihueico. El lago es muy extenso, de forma irregular, con innumerables meandros y recodos, pero ella tenía una idea bastante clara de la ubicación de su propiedad. La acompañé hasta la ribera norte del lago, donde el 28 de octubre nos separamos porque yo debía regresar a mis obligaciones.

El día en que ella siguió adelante sin mí fue de una niebla opresiva, como suele ocurrir por esos lados. Aguardamos en la orilla del lago hasta cerca de las dos de la tarde, cuando llegó a buscarla el botero a quien yo le había mandado recado de que necesitábamos sus servicios. Es un hombre de entera confianza a quien le encargué el cuidado de la señorita.

Me tranquilizó el hecho de que ella iba acompañada por una perra que permanecía siempre a su lado.

No soy sentimental, pero le confieso que me emocioné al despedirnos y creo que ella sintió lo mismo. Me abrazó largamente y me aseguró que volveríamos a vernos al cabo de pocas semanas; quería que yo la condujera a Valparaíso, donde se embarcaría rumbo a California. Me dio a entender que planeaba casarse poco tiempo después.

Lo último que vi de ella fue su silueta en el bote esfumándose en la neblina hasta desaparecer del todo.

No he dejado de pensar en la señorita Emilia, y cuando pasaron semanas sin que regresara traté de averiguar qué había sido de ella. Gracias a mis contactos en la región supe que estaba gravemente enferma. Eso me ha motivado a escribirle. Creo que usted tiene derecho a saber sobre su novia. He dirigido esta carta a su periódico en San Francisco con la esperanza de que llegue a sus manos sin dilación.

La señorita Emilia del Valle me causó una vívida impresión por su sensibilidad, su determinación y su coraje. En la probabilidad de que usted decida venir a Chile me pongo a su entera disposición para secundarlo en ese propósito.

Su atento y seguro servidor,

CAPITÁN MARTÍN JANUS

Cuando don Pancho terminó de traducir la carta, nos miramos sin necesidad de hablar: ambos temíamos lo peor. La madre de Emilia se cubrió el rostro con las manos y empezó a rezar en voz alta. Ambos estaban acostumbrados al afán de aventura de su hija y su tendencia a explorar lugares lejanos, pero era la primera vez que parecía haberse perdido más allá del horizonte.

Le mandé un telegrama al capitán Janus anunciándole mis intenciones y me embarqué en un vapor hacia Chile. La travesía se me hizo eterna, porque cada día que pasaba podía ser el último de Emilia en este mundo. Mil veces rogué al cielo que me permitiera llegar a tiempo para ayudarla, para salvarla, si fuera posible.

Llegué a Valparaíso a mediados de marzo y el capitán Janus me recibió en el muelle. Nunca nos habíamos visto, pero por instinto nos reconocimos de inmediato. Me embarqué en la *Niña Juanita* y el capitán me guio en el mismo recorrido que había hecho con Emilia el año pasado hasta el lago Pirihueico, donde el mismo botero nos recogió. El hombre conocía al capitán Janus desde la juventud, cuando ambos hacían contrabando de plata en el norte, en la frontera de Bolivia. Nos dijo que había llevado a Emilia al extremo sur del lago y allí ella se reunió con una mujer indígena, quien había sido advertida de su llegada y había aceptado acompañarla. Nada más pudo decirnos.

Navegamos en el bote siguiendo los contornos del lago, que serpentea como una fabulosa cinta azul entre cerros erizados de árboles majestuosos, y desembarcamos más tarde en una angosta playa. Janus conocía la existencia de un asentamiento mapuche y hacia allá echamos a andar, confiando en su brújula y en la buena suerte.

Janus y yo hablamos muy poco, porque las palabras que sé en español solo alcanzan para las necesidades básicas y él no habla inglés, pero se las arregló para decirme que era responsable de lo que pudiera haberle ocurrido a Emilia, ya que no debió permitirle continuar el trayecto sola. Le aseguré que el responsable soy yo. Caminamos muchas horas. Según el capitán, no debíamos preocuparnos, porque si no encontrábamos a los mapuches, ellos nos encontrarían a nosotros. Así fue. Al atardecer, cuando ya suponía que íbamos a pasar la noche a la intemperie, nos salieron al paso dos mujeres que de alguna manera supieron de nosotros. Janus se entendió con ellas en su idioma y las seguimos hasta un asentamiento de unas pocas rucas habitadas por una familia, que aparentemente consistía en un anciano, un par de adolescentes, varias mujeres y media docena de niños de diferentes edades. Creo que sus únicos bienes eran unas llamas, gallinas y un huerto de vegetales.

Yo desfallecía de fatiga, pero después de entregarle al viejo el licor y la bolsa de tabaco que le llevaba de regalo, el capitán se instaló a fumar, beber y conversar con él sin ninguna prisa. Hablaban con pausas eternas, me pareció que repetían las mismas palabras o tal vez las mismas ideas, como moviéndose en círculos, despacio. Al cabo de mucho rato, Janus me tradujo que tiempo atrás esa gente había acogido a una forastera, una *newen zomo*, mujer fuerte que se atrevía a viajar sola.

Les mostré la fotografía de Emilia, que sus padres me habían dado y siempre llevo junto al corazón, pero no dieron muestras de reconocerla. Janus me dijo que él tampoco podía reconocer a esa mujer hierática con ropa elegante y peinado complicado mirando de fijo con expresión asustada. No se parecía a la Emilia que él conocía.

Le dijeron que estuvo muy enferma, llegó al borde mismo de la muerte y se asomó al otro lado, pero vino una machi de lejos a hacerle sanación con hierbas, ritos y cantos. Aunque la visitante era blanca, las ceremonias le curaron el cuerpo, y cuando volvió a la vida, se había transformado. Todos pudieron ver la luz que tenía adentro, por eso le dieron un nuevo nombre: Ailen, que quiere decir claridad y transparencia. Cuando recuperó las ganas de hablar y de comer, Ailen anunció que había llegado la hora de las despedidas y les dio como recuerdo lo único de valor que tenía. Después cogió su mochila y se fue andando hacia los bosques con su perra.

Ailen, la *newen zomo*, había sido elegida por *Ñuke Mapu*, la madre tierra; ella la trajo de vuelta del abismo, y les encargó a los espíritus del aire, el agua y el suelo que la protegieran. Me mostraron lo que Ailen les dejó en agradecimiento: era la medalla que Emilia siempre llevaba prendida en el sostén. Al verla tuve la horrible sospecha de que había muerto o la habían asesinado, pero Janus me aseguró que la versión de los hechos que nos habían dado era cierta.

—Vuelva a su país, señor Whelan. No se puede hallar a quien no quiere ser hallada. La señorita Emilia tiene alma de nómada y nadie podrá sujetarla —me dijo Janus.

—Es cierto que ella tiene vocación de exploradora y no habría descansado hasta encontrar este lugar, donde cree que están plantadas sus raíces. Pero también tiene vocación para el amor y solo aceptará una vida en la que ambas cosas sean posible —le expliqué.

Sin embargo, comprendí lo que intentaba decirme el capitán. Tal como sin duda le sucedió a Emilia, yo sentí que estaba en un mundo encantado, en el Jardín del Edén, que persiste como un sueño eterno en la memoria colectiva de la humanidad. A pesar de la angustia que me atormentaba, la belleza extraordinaria de ese paisaje me había cautivado. Durante meses viví con un puño en el estómago pensando en las peores razones para la ausencia y el silencio de la mujer que amo, mil accidentes, mil muertes, y lo único que no se me ocurrió es que simplemente ella quiso seguir andando y andando. Tal vez necesitaba exorcizar los recuerdos terribles de la guerra o tal vez buscaba a Dios. No lo sé, pero en algún momento el llamado de su familia y de nuestro amor sería más poderoso que la atracción magnética de ese paraíso. Decidí que cuando eso ocurriera yo estaría con ella para cogerla de la mano y ayudarla a retornar a su vida anterior.

Le expliqué al capitán Janus que si había llegado hasta allí debía seguir adelante. Si Emilia era capaz de adentrarse sola en la inmensidad de esos bosques sombríos y esas altas montañas envueltas en bruma, yo también podía hacerlo.

—Prepárese para la posibilidad de que la señorita no haya sobrevivido —me advirtió el capitán.

Agregó que allí no llegaban el largo brazo del Gobierno ni los gendarmes, tampoco había asentamientos de colonos extranjeros, y que los mapuches detestaban a los blancos. Me dijo que había tratado de explicarle a nuestro anciano anfitrión que yo no era como otros *huincas*, que no venía a ofender a la *Ñuke Mapu* ni a robar nada, venía a buscar a mi mujer.

—Yo tengo que volver a mi barco, pero usted puede quedarse aquí. Cuando regresen los maridos de estas mujeres, tal vez puedan guiarlo.

—¿Cuándo será eso, capitán?

—No lo sé. Aquí el tiempo es relativo y de nada sirve la impaciencia —me respondió.

Nos despedimos con un abrazo y cuando lo vi alejarse por donde habíamos llegado sentí el peso oprimente de mi soledad. Ese buen hombre era mi único enlace con el mundo exterior. Quedé a merced de unos indígenas sin cuya ayuda nunca encontraría a Emilia, y cada hora transcurrida ella se alejaba más. Esperar, solo podía esperar.

Al atardecer del tercer día, que para mí fueron tan largos como tres años, llegaron dos hombres a caballo. Estaban cubiertos con ponchos de lana y llevaban cintillos rojos en la frente, eran sólidos, parecían esculpidos en piedra oscura, de largos cabellos negros y rostro severo. Uno tenía una lanza y el otro un viejo fusil. Al verme levantaron sus armas, pero el anciano los tranquilizó con un gesto y procedió a darles una larguísima explicación, que escucharon con expresión hostil, pero por último desmontaron. Las mujeres descargaron las alforjas, que contenían grandes trozos de carne ahumada. Habían cazado un puma.

Esa noche hasta los perros se hartaron de carne. Los hombres, borrachos de *muday*, manifestaron asombro ante mi capacidad para ingerir alcohol, herencia de mis antepasados irlandeses. Lo consideraron una prueba de mi hombría. Eso los volvió más amistosos y mediante gestos me hicieron saber que me ayudarían, pero comprendí que iba a tener que esperar hasta que se repusieran de los efectos del *muday*.

Por fin, al día siguiente salimos temprano. Me acompañó uno de los cazadores llevando a un caballo de las riendas. Me extrañó que fuéramos a pie, pero no tenía cómo hacerle preguntas y simplemente lo seguí en silencio hasta que oscureció y tuvimos que detenernos. Pasamos la noche cerca de un arroyo turnándonos para alimentar una pequeña fogata destinada a mantener a raya a los animales salvajes. Mi guía no daba muestras de fatiga, pero yo estaba extenuado y hambriento, porque solo habíamos comido algo de charqui y pan duro de maíz. Fue una noche larga y fría. Con la primera luz del amanecer seguimos adelante.

Al cabo de varias horas llegamos al pie de un cerro escarpado y empezamos a trepar. El hombre y el caballo conocían el terreno y sorteaban los obstáculos sin dificultad, mientras yo me rompía las manos con las rocas afiladas. Habíamos ascendido un buen trecho cuando oí ladridos furiosos. Mi acompañante respondió con un largo silbido y poco después vi bajar hacia nosotros, saltando entre las piedras, a un perro amarillo. Se me escapó un incontenible grito de alivio al reconocer a la Covadonga.

Minutos después Emilia apareció más arriba. Trepé los últimos metros, abrí los brazos repitiendo su nombre y ella se apretó contra mi pecho. ¡Estaba tan delgada! Al abrazarla sentí una oleada de amor y compasión por esa mujer demacrada que olía a humo, tan diferente a la Emilia que recordaba. Pero estábamos juntos, la tenía en mis brazos y nunca más la soltaría. Levantó el rostro, tocó mis lágrimas y me besó en los labios, entonces volvió a ser la de antes, mi novia indomable.

—Te estaba esperando —me anunció.

La noticia de mi llegada la había alcanzado cuando Janus y yo fuimos recibidos en el asentamiento mapuche, es decir, hacía ya seis días. Nunca sabré cómo viajan las palabras en esas soledades.

—¿Por qué no viniste a buscarme, Emilia? Ha sido un infierno pensar que nunca volvería a verte… —le reproché.

—Quería que vieras dónde he vivido estos meses —replicó.

Me mostró con un gesto el vasto paisaje: bosques, montañas y a lo lejos el contorno brillante del lago. Me condujo a una cueva en la ladera del cerro que, según me explicó, era un refugio de los contrabandistas y los indios, que no respetaban las fronteras entre Chile y Argentina. Habían protegido la entrada con rocas y ramas, de modo que era invisible para quien no supiera su ubicación.

El mapuche se dirigía a Emilia como Ailen y se trataban con una especie de afecto brusco; supuse que se veían a menudo. La cueva contenía lo necesario para sobrevivir con lo mínimo, incluso forraje para caballos y leña. Dos pieles de oveja y unas mantas servían para dormir; había unos pocos cacharros de greda, ajos y cebollas colgando de unos ganchos. Un tablón entre dos piedras formaba una mesa. Hacía mucho frío y humedad, peligroso para ella, que había estado tan enferma. Me contó que seguramente tuvo una recaída de pulmonía, pero había sanado por completo y, aunque había perdido mucho peso, se sentía fuerte.

—¡Qué haces aquí, Emilia, por Dios! —exclamé espantado.

—Escribo. No te asustes, no estoy loca —dijo adivinándome el pensamiento.

Me explicó que una vez que llegó a la tierra de su padre, se dio cuenta de que tenía otra tarea por delante: completar la historia que había comenzado. En su retiro habían estado a salvo y en paz. La Covadonga era una fiel compañera y los mapuches la protegían y le llevaban provisiones: maíz, camotes, papas, carne ahumada y fruta seca. Nadie la había molestado. Había dedicado los meses del verano a escribir, pero el clima estaba cambiando y tendría que abandonar su refugio antes de que cayeran las heladas del otoño. Me mostró los tres cuadernos que había llenado hasta los márgenes con letra minúscula y me contó que era una memoria de sus experiencias, pero también la novela que siempre quiso escribir. Supuse que sería la primera de muchas más, ella estaba destinada a la escritura.

Emilia es un espíritu salvaje y brillante. Nunca podré retenerla, pero espero poder acompañarla y que el amor nos mantenga siempre juntos.

—Terminé mi historia. Estoy lista para volver a casa —me dijo.

Agradecimientos

Juan Allende por su infatigable investigación.
Johanna Castillo, mi feroz agente y cariñosa amiga.
Jennifer Hershey, mi meticulosa y sabia editora americana.
David Trías, mi querido editor español.
Elizabeth Subercaseaux, mi amiga literaria y paciente lectora.
A mi pequeña familia: Roger, Nico y Lori, por soportarme.